D0907931

COLLECTION
FOLIO CLASSIQUE

Nicolas Gogol

Taras Boulba

Préface et traduction de Michel Aucouturier
Professeur à l'Université de Paris-Sorbonne

Gallimard

PRÉFACE

Taras Boulba *occupe dans l'œuvre de Gogol une
place tout à fait particulière. Du point de vue de
l'histoire littéraire, ce n'est certainement pas sa création la plus importante :* Les Âmes mortes *ou* Le
Révizor, *ou même de brèves nouvelles comme* Le
Nez *ou* Le Manteau, *par leur riche postérité, pourraient plus justement prétendre à ce titre. Elle est
pourtant parmi les plus lues et les plus souvent
traduites. Elle le doit certainement à son héros
central, l'un des rares personnages héroïques de la
littérature des temps modernes : c'est bien la raison
pour laquelle les éditeurs d'aujourd'hui la destinent
souvent à la jeunesse. Pour Gogol aussi, du reste,
c'est encore, dans une certaine mesure, une œuvre de
jeunesse : il l'a commencée à vingt-quatre ans, en
1833, à l'époque de ses débuts. Mais loin de la renier,
il y reviendra cinq ans plus tard pour l'étoffer,
l'allonger de moitié, en polir le style et en marquer
plus fortement l'accent épique, et la publiera sous
cette nouvelle forme en 1843, peu après la première
partie des* Âmes mortes *: c'est dire l'importance qu'il
continue à lui attacher.*

La première rédaction de Taras Boulba *a paru en 1835, dans le second recueil de nouvelles de Gogol,* Mirgorod. *Ce titre, comme l'indique l'épigraphe tirée d'un manuel de géographie, est le nom d'un gros bourg d'Ukraine : c'est le chef-lieu du canton où se trouve le village auprès duquel Gogol a passé son enfance, et où, quatre ans plus tôt, il a situé le narrateur de son premier recueil de contes.* Les Soirées du hameau près de Dikanka *lui ont apporté la célébrité. Avec* Mirgorod, *nous restons en Ukraine, et plus précisément dans le gouvernement de Poltava. Mais, en passant du village au chef-lieu du canton, l'horizon s'élargit. Ce n'est plus l'Ukraine intemporelle de l'idylle villageoise, où les frontières s'estompent entre les réalités d'aujourd'hui et les légendes du temps passé. À Mirgorod, ce temps indéterminé se précise, le présent et le passé, le réel et l'imaginaire se séparent et s'opposent, jusque dans la tonalité des récits qui leur sont consacrés : le réalisme satirique des nouvelles contemporaines,* Un ménage d'autrefois *et* La Brouille des deux Ivan, *contraste avec la coloration fantastique ou héroïque de l'évocation du passé dans* Vii *et dans* Taras Boulba.*

À vrai dire, le passé historique se profilait déjà à l'arrière-plan du village de Dikanka, lorsque par exemple l'un des conteurs mis en scène par Gogol, le sacristain Foma Grigoriévitch, se rappelait les « belles histoires » que son grand-père pouvait lui raconter « sur l'ancien temps, sur les expéditions des Zaporogues, sur les Polonais, sur les actions d'éclat de Podkova, de Poltora-Kojoukha et de Sagaïdatchny », figures légendaires d' « atamans » cosaques du xviie siècle. Du reste, tandis qu'il écrit Les Soirées du hameau, *Gogol entreprend aussi un roman historique, « Le Hetman », qui restera inachevé, mais dont il publiera séparément plusieurs chapitres : ils ont précisément pour personnage central un chef cosaque du milieu du xviie siècle, l'ataman Stepan Ostranitsa, et pour arrière-plan la lutte des Cosaques contre les Polonais.*

Car le passé de l'Ukraine, ce sont les Cosaques, et plus précisément les Cosaques zaporogues, dont la république guerrière a été, au cours du xviie siècle, le foyer de l'insurrection sociale, religieuse et nationale qui a séparé l'Ukraine de l'État polonais pour la rattacher, après mainte péripétie, à l'Empire russe.

Au xixe siècle, les Cosaques constituent en Russie une caste de soldats laboureurs cantonnés dans certaines zones territoriales et régis par des statuts particuliers, leur fixant des obligations militaires permanentes : c'est ainsi que Tolstoï, en 1863, décrira ceux du Caucase dans sa nouvelle Les Cosaques. *Mais à l'origine, ce sont des marginaux, des vagabonds sans attaches, chassés vers les zones frontalières de l'État russe par les progrès de la centralisation et l'asservissement progressif de la paysannerie. Leur nom (qui se prononce et s'écrit aujourd'hui « kazak »), qu'on voit apparaître en russe vers le début du xive siècle, vient du mot turc qui a donné son nom à l'une des républiques formant aujourd'hui l'Union soviétique, celle des Kazakhs, ou Kazakhstan : il signifie à l'origine homme libre, vagabond ou aventurier. Désignant d'abord les cavaliers de race turque qui, depuis la grande invasion mongole du xiiie siècle, sillonnent, tels les Peaux-Rouges de l'Amérique du Nord, la vaste*

zone des steppes qui s'étend de l'Asie centrale jusqu'aux Carpates, il s'applique bientôt à tous ceux qui
viennent chercher fortune sur ces immenses prairies
désertes coupées de larges fleuves aux vallées ver-
doyantes. Les cow-boys de ce Far-West eurasien dont
la bordure occidentale est appelée Ukraine, c'est-à-
dire « marche », « province-frontière », adoptent,
pour se défendre contre les Tatars et les Turcs, les
mœurs et les pratiques guerrières de leurs adversaires.
Dès la fin du xve siècle, avec la disparition de la
Horde d'or et l'affaiblissement des khanats tatars qui
lui ont succédé, cette « frontière » commence à se
peupler. Il se forme des communautés cosaques tout
le long des confins méridionaux et orientaux du pays
russe, sur le cours inférieur du Dniepr et du Don,
sur le Terek, au pied du Caucase, sur le Iaïk, au bord
de la Caspienne, et en Sibérie, jusqu'aux confins de la
Chine sur le fleuve Amour.

Ceux d'Ukraine avancent vers le sud avec leurs
troupeaux de bœufs ou de moutons. Bientôt ils
commencent à se fixer sur ces terres fertiles et à les
cultiver, toujours prêts cependant à reprendre les
armes, d'abord pour se protéger contre les pillards
tatars ou turcs qui alimentent les marchés d'esclaves
de Constantinople, puis pour se lancer eux-mêmes,
avec leurs grandes embarcations, dans des razzias sur
les côtes de la mer Noire. Ils sont les sujets nomi-
naux du royaume de Pologne et du grand-duché de
Lituanie qui, au xive et au xve siècles, s'étendent vers
le sud-est aux dépens des Tatars affaiblis. Ils protè-
gent leurs frontières méridionales, face aux Turcs
ottomans qui, à la même époque, s'emparent de
Constantinople et des Balkans et prennent sous leur

protection le khanat tatar de Crimée, résidu de la Horde d'or. À la fin du XVIe siècle, les rois de Pologne tenteront de transformer ces Cosaques sédentarisés, propriétaires et cultivateurs, en une armée régulière : ils les inscriront sur un registre, par régiments et par centuries, leur verseront une solde, les placeront sous l'autorité d'un commandant en chef, ou Hetman, de façon à pouvoir les rappeler sous les armes en cas de besoin.

Mais à l'extrême sud de leur territoire, au-delà des chutes (« porogui ») du Dniepr, les Cosaques « zaporogues » (d'outre-chutes ») continuent à former des communautés libres, vivant de la chasse et de la pêche, mais aussi de rapines et de brigandage. Ils choisissent eux-mêmes leurs « atamans » (mot turc signifiant « chef »), et constituent ainsi une sorte de république militaire, la Setch, installée dans un vaste camp fortifié sur l'une des îles de cet enchevêtrement de bras et de chenaux que forme le Dniepr dans les basses terres proches de la mer Noire.

En 1569, par l'Union de Lublin, le grand-duché de Lituanie, dont la population est en majorité d'origine russe et d'obédience orthodoxe, est définitivement réuni au royaume de Pologne. La noblesse russe du grand-duché, dont les droits et les libertés sont alignés sur ceux de la noblesse polonaise, se polonise rapidement. En 1596, au concile de Brest-Litovsk, une partie du haut clergé orthodoxe, pour jouir des mêmes droits que les catholiques, se sépare du patriarche de Moscou et, tout en conservant le rite oriental, se soumet à l'autorité du pape. Mais le peuple reste attaché à ses traditions culturelles et religieuses : les fidèles et le bas clergé rejettent l'Union *des Églises. D'autre part, l'Union de Lublin a fait passer l'Ukraine sous l'autorité directe de la couronne polonaise, qui la considère comme une terre de colonisation et la lotit en immenses domaines distribués aux magnats polonais, dépossédant et réduisant ainsi au servage les cultivateurs ukrainiens. La résistance nationale et religieuse se double d'un conflit social. Les paysans menacés d'expropriation ou d'asservissement se révoltent ou se réfugient chez les Zaporogues. La Setch, qui constitue déjà une sorte d'État dans l'État, se renforce constamment et devient un foyer de résistance à la domination polonaise et au catholicisme. Elle s'attaque aux biens des magnats polonais et des prélats uniates, défait les armées envoyées pour la soumettre. Entre 1625 et 1638, l'Ukraine est ravagée par une suite ininterrompue de combats sanglants, où les révoltes et les répressions s'enchaînent inexorablement. Ces guérillas, où l'on voit s'illustrer tour à tour des atamans légendaires, préparent la grande insurrection du hetman Bogdan Khmelnitski qui, à partir de 1648, étendra sa domination sur l'ensemble du territoire ukrainien, et négociera d'égal à égal avec le roi de Pologne, le khan de Crimée et le tsar de Moscou Alexis. Par le traité de Pereïaslav, en 1654, il finira par placer toute la rive gauche du Dniepr, avec Kiev et une petite portion de la rive droite, sous la domination de la Russie.*

Au XVIIIe siècle, avec les partages successifs de la Pologne, c'est la totalité de l'Ukraine qui se trouvera réunie à l'Empire russe. Celle-ci, au fil des années, réduit de plus en plus son autonomie administrative, économique, sociale, culturelle. À la fin du XVIIIe siècle, le hetmanat est aboli, les Cosaques intégrés à l'armée régulière, leur élite assimilée à la noblesse russe. La Setch zaporogue, qui s'est montrée aussi indocile vis-à-vis de la Russie qu'elle l'avait été envers la Pologne, est détruite par Pierre le Grand en 1709. Exilés dans l'Empire ottoman, ses membres sont autorisés en 1734 à revenir s'installer sur le Dniepr. La Setch est restaurée mais le pouvoir impérial continue à se méfier de ses velléités d'indépendance. En 1775, Catherine II la dissout définitivement.

Pourtant son souvenir reste vivant en Ukraine. Ses exploits sont chantés dans les « doumy », ces longues chansons épiques qui se transmettent oralement de génération en génération, et que des vieillards aveugles, les « Kobzars », psalmodient au son d'une « bandoura » (ou « kobza », sorte de guitare) dans les foires de Petite-Russie, où Gogol enfant a encore pu les entendre. Les chroniqueurs polonais et cosaques des XVIIe et XVIIIe siècles en ont consigné les péripéties. Chroniques historiques et chansons populaires, depuis le début du XIXe siècle, sont recueillies avec une curiosité passionnée par les lettrés originaires d'Ukraine, qui redécouvrent à travers eux le passé glorieux de leur pays.

Le jeune écrivain Nicolas Gogol est de ceux-là. En janvier 1834, il annonce dans plusieurs revues la publication d'une « Histoire des Cosaques petits-russiens », pour laquelle, écrit-il, il a passé cinq ans à recueillir des matériaux, mais qu'il hésite encore à publier, « soupçonnant l'existence de nombreuses sources ignorées qui doivent se trouver en la posses-sion de personnes privées » : il sollicite tous « ceux qui possèdent des matériaux quelconques, chroni-

*ques, mémoires, chansons, récits de bandouristes,
papiers d'affaires »* de les lui communiquer pour lui
permettre de mener à bien son travail. La redécou-
verte du pays natal, qui a inspiré ses premiers essais
littéraires, a éveillé chez lui une véritable vocation
d'historien. Dès 1831 il a obtenu, grâce à son ami le
critique Pletniov, une charge de professeur d'histoire
à l'* « Institut patriotique »* pour jeunes filles d'officiers nobles. Deux ans plus tard, en décembre 1833,
devenu l'auteur célèbre des Soirées du hameau, *il a
posé sa candidature à une chaire d'histoire à la
nouvelle Université Saint-Vladimir de Kiev, et fait
part à Pouchkine des projets ambitieux qu'il y
associe : « Là-bas, je terminerai l'histoire de
l'Ukraine et du sud de la Russie et j'écrirai une
histoire universelle, laquelle, dans son vrai aspect,
n'existe malheureusement pas encore, non seulement
en Russie, mais même en Europe. »*

L'*Université de Kiev ayant rejeté sa candidature,
Gogol doit se rabattre sur un poste de professeur
adjoint d'histoire à l'Université de Pétersbourg. Sa
leçon inaugurale, en septembre 1834, obtient un très
grand succès, mais ses cours, qui brillent par l'éloquence plus que par l'érudition, seront interrompus
« pour raisons de santé » avant même la fin de
l'année universitaire. En fait, son intérêt pour l'histoire est celui d'un poète. Le véritable fruit de ses
recherches, ce sont moins ses leçons ou les grands
projets dont les ébauches se sont conservées dans
ses papiers que cette œuvre d'imagination qu'il a
commencée en 1833 et qu'il intitulera* Taras Boulba.

Certes, Taras Boulba *reste un ouvrage historique
sérieusement documenté. Le sujet — l'initiation guer-*

*rière de deux jeunes frères sous la conduite de leur
père, le vieux Taras Boulba — paraît choisi de
manière à déployer devant le lecteur une fresque
haute en couleur de la vie et des mœurs guerrières des
Cosaques zaporogues à l'apogée de la Setch. Gogol
nous présente une véritable encyclopédie de la vie
cosaque, décrivant par une série de tableaux le cadre
historique, le milieu naturel et social, les mœurs et les
usages de l'Ukraine du XVIIe siècle. Le retour des
deux jeunes gens au foyer paternel, au terme de leurs
études, sert de prétexte à une description de l'habitat
et du mode de vie du « gentihomme cosaque » Taras
Boulba, mi-paysan riche, mi-chevalier. Il permet de
revenir sur la fameuse Académie de Kiev, ce premier
collège d'études humanistes en pays orthodoxe dont
l'Ukraine s'enorgueillit, et dont Gogol a décrit dans
Viï les pensionnaires turbulents. Un tableau poétique
de l'Ukraine primitive, plaine immense aux horizons
infinis, déserte et ouverte à tous les vents, tapissée de
hautes herbes et fourmillante de vie animale, qui est la
patrie naturelle du Cosaque, sert de transition avec la
présentation à la Setch des deux novices. Celle-ci est
l'occasion d'une description de ce vaste campement
militaire, de l'organisation de l'armée zaporogue et de
la vie de ses membres, puis du fonctionnement de
cette démocratie guerrière, bien proche souvent de
l'anarchie, qui fait l'originalité de la Setch.*

*Pour reconstituer fidèlement ses us et coutumes,
Gogol s'est servi en particulier d'un témoignage
contemporain précieux, celui du Français Guillaume
Le Vasseur de Beauplan, « capitaine d'artillerie et
ingénieur royal » au service du roi de Pologne de
1630 à 1648, chargé de bâtir en 1635 la forteresse de*

Kodak, sur le Bas-Dniepr, pour surveiller les Zapo-
rogues, et qui nous a laissé une Description *de*
l'Ukraine, *publiée à Paris en 1650. Gogol lui a payé*
sa dette en l'incluant sans le nommer dans son récit :
désigné comme « l'artilleur et ingénieur français en
service dans les armées polonaises, grand expert dans
l'art militaire », il représente l'Occident civilisé, et
joue le rôle du témoin impartial et compétent du
savoir-faire guerrier des Zaporogues. Dans son livre,
ainsi que dans le commentaire critique de son traduc-
teur russe, l'historien Oustrialov, Gogol a puisé de
nombreux détails sur les mœurs et les techniques
militaires des Zaporogues, par exemple sur le tabor,
cette forteresse roulante composée de chariots qui leur
permet de protéger leur retraite. En 1838-1839, la
réédition de Taras Boulba *l'incite à de nouvelles*
lectures, qui enrichiront le contenu documentaire du
*récit : ainsi, dans l'*Histoire des Cosaques *de Mychet-*
ski (publiée seulement en 1847, mais déjà connue en
manuscrit), ou dans les Annales de la Petite-Russie
de Benoît Schérer, parues à Paris en 1788, et qui s'en
inspirent, il trouvera une description des procédures
d'élection de l'ataman Zaporogue qu'il suivra de très
près dans la scène du « coup d'État » inspiré par
Taras Boulba.

Mais le but de Gogol n'est pas seulement de nous
donner un tableau des mœurs cosaques. Les chapitres
« ethnographiques » ne sont qu'une introduction au
noyau épique de Taras Boulba. *Celui-ci nous peint*
un épisode de la lutte menée par les Cosaques
zaporogues contre les Polonais. L'épisode est imagi-
naire, comme le sont la ville de Doubno et tous les
personnages, Taras Boulba en tête. Pourtant, l'allu-

sion finale à l'ataman Ostranitsa, héros de la révolte anti-polonaise de 1638, le rattache à l'histoire. Ou plutôt, comme nous allons le voir, à la légende historique.

Car la source principale de Gogol, ici, est un faux : un manuscrit encore inédit à l'époque, l'Histoire des Ruthènes ou de la Petite-Russie (Istoria Roussov), prétendument découvert en 1828, mais qui semble avoir été connu de certains lettrés dès le milieu des années 20, et qui a déjà une large audience dans le public cultivé à l'époque où Gogol écrit son récit. Une préface anonyme le présente comme une chronique authentique, « tenue à jour depuis les temps anciens dans le monastère métropolitain de Moguilev », et revue par l'archevêque orthodoxe de cette ville, Georges Konissky, prélat et écrivain religieux connu, à l'intention de son contemporain, le lettré érudit Grégoire Poletyka, député de la noblesse d'Ukraine à la Commission législative réunie par Catherine II en 1767. En réalité c'est un « faux patriotique » beaucoup plus récent, rédigé sans doute vers le début des années 20 par le fils de Grégoire Poletyka, Basile. C'est une sorte de légende héroïque, s'inspirant des chroniques authentiques, notamment polonaises, mais les arrangeant à sa guise pour servir un dessein apologétique.

Le talent littéraire de l'auteur, loué notamment par Pouchkine, qui, dans le compte rendu d'une édition des œuvres de Konissky, cite de longs passages de l'Histoire des Ruthènes, va assurer le succès durable d'une œuvre dans laquelle poètes, romanciers et historiens puiseront largement, avant que la critique historique n'en ait démasqué la supercherie et n'ait *fait justice de ses nombreuses inventions. Gogol en particulier y a trouvé la description minutieuse des avanies infligées par les seigneurs polonais et leurs financiers juifs aux Ukrainiens restés fidèles à l'orthodoxie, et des châtiments atroces réservés aux meneurs cosaques capturés. Mais il y a trouvé surtout une interprétation patriotique de l'épopée zaporogue : l'auteur de l'*Histoire des Ruthènes *gomme totalement l'aspect social de la rébellion cosaque, et transforme les pillards impénitents qui ont drainé le mécontentement populaire devant les empiétements de l'aristocratie et les progrès du servage en Ukraine en défenseurs de la nation et en chevaliers de la foi face à la Pologne catholique.*

En 1833-1834, cette orientation patriotique et antipolonaise est d'actualité : elle répond en effet au sentiment général de l'opinion russe, même éclairée, au lendemain de l'insurrection polonaise de 1830. Celle-ci a réveillé une vieille hostilité envers la Pologne qui remonte précisément à l'antique rivalité à la fois politique et religieuse entre l'État russe et l'État polonais pour la possession de ces terres « russes » (c'est-à-dire orthodoxes) progressivement arrachées à la Pologne depuis le XVIIe siècle, et en particulier au cours des trois partages qui ont marqué la fin du XVIIIe. Le rappel de l'oppression nationale et religieuse exercée par les Polonais aux XVIe et XVIIe siècles peut servir à justifier la répression de l'insurrection polonaise de 1830, qui a dressé l'opinion de l'Europe occidentale contre la Russie : c'est le sens des allusions au passé que l'on trouve par exemple dans le célèbre poème de Pouchkine « Aux calomnia-

teurs de la Russie », inspiré par les discours anti-russes des orateurs de la Chambre parisienne.

Cependant, dans l'Histoire des Ruthènes, ce patriotisme anti-polonais a une inflexion fortement ukrainienne, ou pour mieux dire cosaque. Il ne s'agit pas encore de nationalisme ukrainien : tout au plus peut-on parler d'un certain particularisme, lié aux souvenirs d'une autonomie encore récente et d'un passé glorieux. Mais l'Ukraine apparaît ici, face à la Moscovie, comme l'héritière légitime de l'ancien État russe de Kiev, détruit par les invasions mongoles. Les Cosaques révoltés contre la Pologne au nom de l'orthodoxie sont les champions les plus authentiques de la cause russe. Le patriotisme ukrainien n'est encore qu'une variante « régionale » du patriotisme russe. Mais il lui donne une coloration particulière, dont le « mythe cosaque », incarné par le personnage de Taras Boulba, est l'illustration.

« Buvons donc, mes camarades, buvons tous ensemble, et d'abord à notre sainte foi orthodoxe ! » s'exclame Taras en faisant distribuer de l'eau-de-vie à ses hommes pour les préparer au combat. Au cours de la bataille, les Cosaques Mosée Chilo, Stéphane Gouska, Bovdioug, Balaban, Koukoubenko, succombant sous les coups de l'adversaire, mourront en célébrant la « terre russe ». Dès le début du récit, dans la digression historique sur l'origine et l'organisation des Cosaques qui suit la première scène, Gogol définit la « Cosaquerie » comme un « penchant généreux et débridé de la nature russe ». « Bref, le caractère russe avait trouvé ici un ample et puissant

essor, une vigoureuse expression », écrit-il en conclu-
sion de son analyse.

Face à la Pologne catholique, les Cosaques, défen-
seurs de la foi orthodoxe, incarnent la Russie. Leur
horizon, c'est la steppe infinie, avec ses hautes herbes,
sa vie animale et végétale foisonnante, dont l'évoca-
tion poétique précède et prépare celle de la Setch des
Zaporogues. Les Polonais, eux, ont pour arrière-
plan la ville : celle de Kiev, où le jeune André a vu
s'encadrer dans la fenêtre d'un palais le visage
malicieux de la jeune Polonaise, celle, imaginaire, de
Doubno, sur les murailles de laquelle les guerriers
polonais se montrent à leurs ennemis dans tout l'éclat
de leurs parures somptueuses, celle de Varsovie enfin,
où le vieux Boulba assistera impuissant au supplice de
son aîné Ostap, au milieu d'une foule bigarrée de
badauds insensibles : la ville qui, avec ses maisons à
colombage apparent ou ses palais Renaissance,
incarne la civilisation occidentale face à la rustique
Russie.

« C'était l'époque, écrit Gogol, où les influences
polonaises commençaient déjà à agir sur la noblesse
russe. On imitait les usages polonais, on s'habituait à
un train de vie luxueux, on entretenait une somp-
tueuse domesticité, des faucons, des veneurs, on
offrait des banquets, on s'entourait d'une cour. » Ce
monde urbain, occidental, civilisé, avec son luxe et
son raffinement, est aussi celui de la vaine apparence,
du trompe-l'œil prétentieux, du faux-semblant : il
s'incarne dans l'image caricaturale du guerrier polo-
nais, fier-à-bras au visage orné de moustaches en
pointe ou de barbiches savamment taillées, somptueu-
sement vêtu, harnaché et paré, portant fièrement sur

lui tout ce qu'il possède, et s'endettant auprès de l'usurier juif pour pouvoir se montrer à son avantage. Cette dépendance que Gogol se plaît à souligner suggère le lien qui unit dans son imagination l'univers polonais contre lequel lutte Taras Boulba avec l'Occident contemporain, mercantile et bourgeois.

Taras Boulba, lui, « aimait la simplicité de la vie cosaque, et s'était brouillé peu à peu avec tous ceux de ses compagnons qui penchaient du côté de Varsovie, et qu'il traitait de valets des seigneurs polonais ». Même le confort rustique de la ferme familiale, avec ses ustensiles rudimentaires qu'il fracasse dans un moment d'emportement, est encore trop raffiné à côté de cette simplicité idéale que représente l'existence guerrière de la Setch zaporogue. Celle-ci est peinte avec amour, comme une sorte de modèle utopique de la société idéale. Gogol en fait un lieu où s'abolissent toutes les inégalités et toutes les barrières que l'on entrevoit encore, quoique brouillées et obscurcies, dans son univers domestique de gentilhomme cosaque. Le principe qui fonde cette société est celui que Boulba, dans le grand discours qu'il prononce avant la bataille décisive, et qui donne à la « cosaquerie » son fondement idéologique, désigne du nom de « camaraderie » : c'est elle qui constitue selon lui le ciment de la société nouvelle qui est née en Ukraine sur les décombres de la Russie dévastée par les invasions : « Nous seuls sommes restés, orphelins, nous et notre terre, délaissée comme nous, pareille à la veuve qui a perdu le soutien de son vigoureux époux ! Et c'est alors, mes camarades, que nous nous sommes tendu la main pour sceller notre fraternité ! C'est là-dessus que repose notre camaraderie ! Il n'y a pas de liens plus sacrés que ceux-là ! [...] s'apparenter par le cœur, et non par le sang, voilà ce dont l'homme seul est capable. Il s'est vu des camarades en d'autres pays, mais des camarades comme nous les connaissons en pays russe, non, nulle part ailleurs on n'en a vu de semblables [...] Non, mes frères, aimer comme un cœur russe en est capable, aimer non pas avec son intelligence ou une autre partie de soi, mais avec tout ce que Dieu nous a donné, avec tout, mais tout ce qu'on a... [...] Non, aimer ainsi, nul n'en est capable ! » La camaraderie se fonde sur l'amour, et non sur la raison ; c'est le lien social profond, organique, que les slavophiles opposeront au lien rationnel, juridique, du contrat social, impliquant la primauté de l'individu sur la société. Le mythe cosaque de Gogol rejoint ainsi une certaine opposition romantique à la société individualiste issue de la Révolution française et régie par la déclaration des droits de l'homme. En ce sens, il annonce le slavophilisme, né, comme on le sait, du sentiment de crise qui se développe après 1825 dans la société russe en stagnation, et du besoin de définir la vocation propre de la Russie face à l'Europe bourgeoise.

Mais le mythe cosaque a aussi une dimension plus personnelle. L'aventure amoureuse du fils cadet de Taras, André, qui prélude à la partie proprement épique du récit, n'est pas seulement destinée à introduire un élément romanesque dans cette austère épopée guerrière. L'éblouissement qui saisit le jeune Cosaque dans les flots de lumière colorée filtrée par les vitraux et les éclats de la musique céleste dont l'orgue fait retentir les voûtes de l'église catholique préfigure déjà l'enchantement qui le mettra aux pieds

*de la belle Polonaise. Celle qui fera d'André un traître
à sa famille, à sa race et à sa foi exprime symbolique-
ment toute l'ambiguïté de la séduction exercée par
l'Occident sur l'âme virile du Cosaque. Elle tient ici le
rôle de l'enchanteresse aux pouvoirs maléfiques qui
hante déjà les récits « folkloriques » de Gogol, tels
que* Une nuit de mai *(dans* Les Soirées du hameau*)
ou* Vïï *(dans* Mirgorod*) sous la forme de l'ondine ou
de la sorcière, qui sont les instruments du malin. Dès*
Les Soirées du hameau, *à travers le sourire timide et
les sourcils baissés des jeunes villageoises, on aperçoit
parfois la malice des ondines sensuelles à la séduction
perverse, qui guettent les jeunes Cosaques pour les
faire mourir sous les caresses dans les étangs aux
mystérieuses profondeurs. La peur de la femme
s'exprime au grand jour dans les cauchemars du
candide Ivan Fiodorovitch Chponka ou dans la pièce*
Hyménée, *dans lesquels il semble bien que, sous un
travestissement burlesque, Gogol ait exprimé ses
propres hantises. On a interprété parfois cette ambiguïté de l'image féminine dans l'œuvre de Gogol par
des tendances homosexuelles refoulées. Il est certain
que la Setch zaporogue est un univers sans femmes :
« Seuls les coureurs de jupons n'avaient rien à y
récolter, écrit Gogol, car il n'était pas de femme qui
osât se montrer à la Setch, ou même dans ses
faubourgs. » Le mythe cosaque est aussi celui d'une
société exclusivement virile, dont l'élément féminin est
sévèrement banni.*

*Ce mythe sert enfin à exorciser une autre hantise
gogolienne, celle du quotidien. La dimension romantique et utopique du mythe zaporogue apparaît aussi
dans la place qu'il fait à la fête. La première vision de*

la Setch, que Boulba contemple avec une admiration attendrie, est celle d'un Zaporogue ivre mort allongé « comme un lion » au milieu de la route ; plus loin c'est un autre Zaporogue, torse nu, assis comme Bacchus sur une barrique renversée ; plus loin encore, c'est un groupe « emporté par la danse la plus déchaînée, la plus endiablée qui se soit jamais vue, cette danse qui, du nom de ses puissants inventeurs, a été baptisée la " cosaque " », et invitant les passants à participer au spectacle en les régalant d'eau-de-vie. La soûlerie et la danse sont le passe-temps favori, presque l'état normal de la Setch zaporogue en temps de paix : « C'était comme un festin perpétuel, un bal bruyamment ouvert et dont on aurait perdu la fin [...] La vue de ce festin général avait quelque chose d'ensorcelant. Ce n'était pas un ramassis d'ivrognes noyant leur chagrin dans le vin : c'était tout simplement une folle frénésie de gaieté. »

Cette gaieté est l'une des dimensions essentielles de l'œuvre. Le monde cosaque nous est souvent présenté dans Taras Boulba *avec une truculence quasi rabelaisienne. Les scènes de danse et de beuverie colorent toute l'existence en temps de paix des Zaporogues. La description du coup de force par lequel Boulba se débarrasse d'un ataman trop pacifique, celle de l'assemblée où il convainc son successeur de partir en expédition nous présentent la vie politique de la démocratie cosaque dans la même tonalité drolatique. Avec son génie de l'invention verbale, Gogol se complaît dans l'énumération en avalanche des noms cosaques, qui sont autant de sobriquets exotiques et savoureux à une oreille russe. Le nom du héros, qui est un peu l'emblème de l'œuvre, est caractéristique :*

rare en russe, le prénom Taras, d'origine grecque, sent le terroir petit-russien, de même que le sobriquet « Boulba », qui signifie en ukrainien « pomme de terre », évoquant la rusticité massive du personnage dans un registre qui est plutôt celui du burlesque que de l'épopée.

À vrai dire, c'est le mélange et la fusion de ces deux registres qui fait l'originalité du personnage, et avec lui de l'œuvre tout entière. Le bagarreur cabochard qui accueille son fils aîné en l'invitant à un pugilat, l'ivrogne qui s'emporte contre le confort domestique, le démagogue turbulent qui soulève la Setch contre un ataman trop pacifique, et d'autre part le guerrier intraitable qui punit de mort son propre fils félon, le preux qui affronte la mort pour venger son aîné et assouvir sa haine de l'ennemi sont bien une seule et même personne. Par ce mélange de verdeur truculente et de grandeur héroïque, Taras Boulba représente les deux visages inséparables de la Setch zaporogue, c'est-à-dire du mythe cosaque de Gogol.

Car le « festin perpétuel » de la Setch ne fait que préparer le Cosaque à cet autre festin qu'est la guerre. La guerre est la raison d'être du Cosaque, la finalité ultime de la Setch. C'est la guerre que le vieux Taras, trouvant insupportable que « l'énergie cosaque se gaspille en pure perte », vient y chercher pour lui-même et pour ses deux fils. « Explique-moi donc à quoi nous sert notre vie ? » demande-t-il avec indignation à l'ataman qui refuse de partir en expédition contre les Turcs sous prétexte que les Cosaques ont promis la paix au sultan. La guerre approfondit la signification existentielle de la fête : elle est une réponse à l'absurde de notre condition.

C'est pourquoi la joviale gaieté des scènes de la vie cosaque s'associe sans peine à l'emphase épique des scènes de guerre où le mythe cosaque trouve son expression la plus haute. La forme de l'épopée héroïque qui caractérise la deuxième version de son récit, Gogol ne l'a pas trouvée du premier coup. Dans sa première rédaction, beaucoup plus courte, bien que l'intrigue soit déjà celle de la rédaction définitive et que tous les éléments du mythe cosaque soient déjà en place, Taras Boulba n'est encore qu'un court roman historique à la manière de Walter Scott, où les descriptions pittoresques alternent avec les épisodes romanesques ou guerriers. Seul le personnage de Taras, mourant sur le bûcher après avoir tué l'un de ses fils et perdu l'autre devant l'ennemi, lui confère un accent héroïque. C'est l'adjonction de deux grandes scènes de batailles, sommairement esquissées dans la première rédaction, qui va donner toute sa stature au personnage en lui prêtant sa résonance épique. L'une, au chapitre VII, raconte la sorte manquée des Polonais assiégés dans Doubno; l'autre, au chapitre IX, est le point culminant du récit : c'est la grande bataille longtemps indécise des Cosaques commandés par Taras Boulba contre des forces supérieures, au cours de laquelle André, passé à l'ennemi, est tué par son propre père, tandis qu'Ostap est fait prisonnier et que Taras lui-même, blessé, n'échappe que par miracle à la capture ou à la mort.

Le style de ces récits de bataille est celui de l'épopée : digressions lyriques, métaphores ou comparaisons homériques, répétitions qui rythment le récit de la bataille à la manière d'un leitmotiv, telle l'apostrophe imagée par laquelle Boulba sonde et *ranime le courage de ses combattants : « Y a-t-il encore de la poudre dans vos poudrières ? La force cosaque n'a-t-elle pas fléchi ? Les Cosaques tiennent bon ? » ou les dernières paroles des héros cosaques, qui, l'un après l'autre, répètent en mourant le même motif, celui de la glorification de la « terre ortho-doxe ». C'est dans ces chapitres que Gogol se sert le plus largement des « doumy » ukrainiennes, leur empruntant leurs épithètes homériques, leurs digres-sions lyriques, leurs images. La tradition épique orale se combine aisément avec des procédés manifestement suggérés par les grands modèles de l'épopée antique : l'affrontement entre les Polonais et les Cosaques devant les murs de Doubno, comme celui des Hel-lènes et des Troyens sous les murailles d'Ilion, commence par une bataille d'injures et de quolibets, où les Cosaques délèguent et soutiennent de leurs rires et de leurs commentaires les beaux parleurs et les hâbleurs professionnels ; la bataille elle-même est décrite comme un enchaînement de prouesses indivi-duelles, où le combattant frappé à mort en pleine action ne tarde pas à être vengé par un des siens, bientôt frappé à son tour : la troupe anonyme des Cosaques se transforme ainsi au fil du combat en une galerie de héros épiques dont le nom et la vie aven-tureuse s'inscrivent sur le registre de l'éternité.*

C'est encore en conformité avec la tradition épique que la guerre est décrite comme un festin où les Cosaques s'en donnent à cœur joie. Ils « quittent ce monde sans regrets », rendant grâces au ciel de mourir d'une belle mort, sous les yeux de leurs camarades, et d'accéder ainsi à une éternité — celle de la gloire cosaque — qui ressemble davantage au

Walhalla ou aux Champs-Élysées qu'au paradis chré-
tien. Elle est l'apothéose du mythe cosaque, de ce
monde utopique de la fête sans frein et de la prouesse
ultime par lequel l'auteur de Mirgorod *tente de*
conjurer le spectre terrifiant de l'ennui provincial
qui, à la même époque, hante les pages du Ménage
d'autrefois et de La Brouille des deux Ivan.

MICHEL AUCOUTURIER

Taras Boulba

I

« Tourne-toi voir, petit ! Tu en as une allure ! Où avez-vous pris ces soutanes de popes ? C'est donc ça qu'on porte, au collège ? »

C'est ainsi que le vieux Boulba accueillait ses deux fils, qui revenaient du séminaire de Kiev[1] où ils avaient fait leurs études.

Ils venaient à peine de quitter les étriers. C'étaient deux solides gaillards au regard encore fuyant de séminaristes frais émoulus. Leurs visages pleins de vigueur et de santé étaient recouverts d'un premier duvet que le rasoir n'avait pas encore effleuré. Déconcertés par l'accueil de leur père, ils restaient immobiles, les yeux rivés au sol.

« Attendez, ne bougez pas ! Laissez-moi vous examiner comme il faut, continuait-il en les faisant tourner devant lui. Vous en avez de longues casaques ! Ah, ces casaques ! C'est bien la première fois qu'on voit des casaques pareilles ! Essayez donc de courir, l'un ou l'autre ! J'aimerais bien vous voir flanquer par terre, les pieds emmêlés dans vos basques !

— Cesse donc de te moquer de nous, père, dit enfin l'aîné.

— Voyez-le qui prend de grands airs ! Il ne faut pas se moquer de vous ? Et pourquoi donc, s'il te plaît ?

— C'est comme ça. Tu as beau être mon père, si tu continues à rire, je vais te rosser, parole d'honneur.

— Comment, sacré gamin ! Quoi, ton père ? dit Taras tout surpris, en reculant de quelques pas.

— Et pourquoi pas ? Quand on m'offense, je n'y regarde pas de si près et ne fais d'exception pour personne.

— Comment veux-tu donc te battre avec moi ? Aux poings, peut-être ?

— N'importe comment.

— Va pour les poings, dit Taras en retroussant ses manches. Que je voie ce que tu vaux à ce jeu-là ! »

Et père et fils, en guise de bienvenue après une longue séparation, commencèrent à se bourrer les côtes, les reins, la poitrine, reculant parfois pour mieux voir, puis revenant à l'attaque.

« Voyez, bonnes gens, le vieux a perdu la tête ! Il est fou à lier ! » disait leur mère, une femme pâle et maigre, au regard plein de bonté, qui se tenait devant le seuil de sa maison et n'avait pas encore eu le temps d'embrasser ses fils bien-aimés. « Voilà les enfants qui reviennent à la maison, il y a plus d'un an qu'on ne les a vus, et tout ce qu'il trouve à faire, c'est de se battre à coups de poing avec eux !

— C'est qu'il sait se battre ! dit Boulba en s'arrê-

tant. C'est bien, ma parole! continuait-il en se
remettant un peu. Mieux vaut ne pas s'y frotter. On
en fera un bon Cosaque! Eh bien, salut, petit,
embrassons-nous! » Et père et fils de s'embrasser.
« C'est comme ça qu'il faut les rosser tous, juste
comme tu m'étrillais moi-même. Ne te laisse faire
par personne! Mais tu portes tout de même un drôle
d'équipement : qu'est-ce que c'est que cette ficelle
qui te pend là? Et toi, nigaud, qu'est-ce que tu fais
là, les bras ballants? dit-il en s'adressant au cadet.
Tu ne viens pas me rosser, fils de chien?

— Il ne manquait plus que ça, dit la mère en
serrant le cadet dans ses bras. Il faut qu'un fils batte
son propre père maintenant : a-t-on idée d'une
chose pareille? Et puis, c'est bien le moment!
L'enfant est tout jeune, il a fait un long voyage, il est
fatigué… (L'enfant avait vingt ans passés et juste six
pieds de haut.) Il aurait besoin de se reposer et de
manger un morceau, et celui-là veut l'obliger à se
battre!

— Eh, mais tu es un petit douillet, toi, à ce que je
vois! dit Boulba. N'écoute pas ta mère, petit : c'est
une femme, elle ne sait rien. Comme s'il vous fallait
des douceurs! Vos douceurs, à vous, c'est la vaste
plaine et un bon cheval : voilà les douceurs qu'il
vous faut. Et ce sabre, vous le voyez? Voilà votre
mère! Des balivernes, tout ce dont on vous a farci
l'esprit : le collège avec tous ses livres, abécédaires,
philosophie et Dieu sait quoi encore… au diable tout
ça! » Ici, Boulba aligna un terme dont l'imprimerie
ignore même l'usage. « Mais, tenez, je m'en vais
plutôt vous envoyer au pays zaporogue[2] dès la
semaine qui vient. Là, pour de la science, vous

trouverez de la science. C'est cela, l'école qu'il vous faut. C'est là-bas que vous allez vous instruire !

— Alors ils n'en ont que pour une semaine à vivre à la maison ? » dit d'une voix plaintive la vieille femme maigre et chétive, tandis que les larmes lui montaient aux yeux. « Ils ne pourront même pas, les pauvres petits, s'amuser un peu ? Ils ne pourront même pas profiter de leur maison, et moi je ne pourrai pas les voir tout à mon aise ?

— Assez, assez gémi, la vieille ! Quand on est cosaque, ce n'est pas pour perdre son temps avec les femmes. Toi, si on te laissait faire, tu les cacherais sous tes jupons pour les couver comme des œufs de poule. Allez, va, et prépare-nous vite la table, sans rien oublier. Pas de beignets, de pain d'épice, de galettes aux pavots et autres sucreries ; apporte-nous un mouton entier, une chèvre, de l'hydromel vieux de quarante ans ! Et de l'eau-de-vie en quantité, et pas de l'eau-de-vie de fantaisie, avec des raisins secs et autres fanfreluches, mais de la pure, de la mousseuse, qui danse et qui pétille comme une enragée. »

Boulba conduisit ses fils dans la grande pièce, d'où s'échappèrent vivement deux belles servantes, parées de colliers pourpres, qui étaient occupées à ranger la maison. Sans doute avaient-elles été effarouchées par l'arrivée des jeunes maîtres, qui ne badinaient pas avec le respect, ou bien simplement avaient-elles voulu obéir à leurs usages de femmes, qui prescrivaient de pousser un cri et de fuir à corps perdu dès que l'on voyait un homme, puis de garder longtemps le visage caché dans sa manche en signe de grande honte. La pièce était meublée dans le goût de ce temps dont le souvenir n'est resté vivant que dans les chansons, ainsi que dans les antiques gestes populaires que chantaient jadis à travers toute l'Ukraine de vieux aveugles à longue barbe, pinçant en sourdine les cordes d'une *bandoura* devant un cercle d'auditeurs[3]; dans le goût de cette rude époque guerrière, où l'Union des Églises commençait à provoquer en Ukraine des querelles et des batailles[4]. Tout était net, enduit de terre glaise colorée. Aux murs, des sabres, des cravaches, des filets d'oiseleurs et de pêcheurs, des fusils, une corne finement ouvragée pour la poudre, un mors en or massif, des harnais à plaques d'argent. Les fenêtres étaient petites, garnies de ces vitres rondes, ternies, que l'on ne rencontre plus que dans les vieilles églises, et à travers lesquelles on ne pouvait voir qu'en soulevant un cerceau mobile. Portes et fenêtres étaient encadrées de rouge. Dans les coins, sur des étagères, on apercevait des cruches, des bouteilles et des flacons bleus et verts, des coupes d'argent ciselé, des gobelets dorés d'origine vénitienne, turque, circassienne, qui étaient passés par toutes sortes de chemins et avaient changé trois ou quatre fois de propriétaire avant d'échouer dans cette pièce, ce qui était fort courant en ces temps aventureux. Des bancs en bois d'orme, faisant le tour de la pièce; une immense table se dressant sous les icônes, dans le coin d'honneur; un vaste poêle revêtu de carreaux de faïence bariolés, tout cela était bien connu de nos deux jeunes gens, qui revenaient chaque année passer les vacances chez leurs parents, qui revenaient à pied, car ils ne possédaient pas encore de chevaux, et puis il n'était pas d'usage que l'on permît à des écoliers de monter à cheval. Ils n'avaient pour tout bien que leur long toupet, sur lequel n'importe quel Cosaque en âge de porter les armes pouvait se faire la main. Boulba avait attendu la fin de leurs études pour leur envoyer deux jeunes étalons de ses haras.

Pour l'arrivée de ses fils, Boulba avait fait convier tous les centeniers et autres gradés de son régiment qui se trouvaient disponibles, et lorsque deux d'entre eux, avec l'*essaoul*[5] Dmitro Tovkatch, arrivèrent, il les leur présenta sans tarder, en disant :

« Tenez, regardez-moi ces gaillards ! Je vais bientôt les envoyer à la *Setch*[6]. »

Les invités félicitèrent le père et les deux fils, ajoutant que c'était là une bonne résolution, et qu'il n'y avait pas de meilleure école pour un jeune homme que la *Setch* zaporogue.

« Eh bien donc, seigneurs mes frères, que chacun prenne place où bon lui semble. Allons, petits ! Commençons par un verre d'eau-de-vie ! disait Boulba. Que Dieu vous bénisse ! À votre santé, les enfants : à la tienne, Ostap, à la tienne, André. Que Dieu vous donne de perpétuels succès à la guerre ! Qu'il vous accorde de battre les infidèles, Turcs et Tatars aussi bien ; et quand les Polonais voudront aussi s'en prendre à notre foi, qu'il vous accorde également de battre les Polonais ! Allons, approche ton gobelet ; eh bien, est-elle bonne, l'eau-de-vie ? Comment cela se dit-il en latin, l'eau-de-vie ? Tu vois bien, petit, que c'étaient des sots, tes Latins : ils ne savaient même pas si ça existait, l'eau-de-vie ! Comment l'appelles-tu, déjà, celui qui écrivait des vers en latin ? Je n'en sais rien, moi, l'instruction, ce n'est pas mon fort. Ce ne serait pas Horace, des fois ? »

« Voyez-vous comment il est, le père, se dit Ostap, le fils aîné. Il a beau tout savoir, le vieux, il faut encore qu'il joue la comédie, l'animal ! »

« Le recteur, à ce que je pense, ne vous en donnait même pas à humer, de l'eau-de-vie, continuait Taras. Mais avouez, les enfants, qu'on vous fouettait ferme avec des rameaux de bouleau et de merisier frais, le dos et tout ce qu'un Cosaque possède, sans exception ? Et peut-être, comme vous étiez devenus trop raisonnables, vous fouettait-on aussi avec des cravaches tressées ? Et pas le samedi seulement, je parie ; vous en receviez aussi le mercredi et le jeudi ?

— À quoi bon, père, se rappeler ce qui a été ? répondit Ostap sans s'émouvoir. Tout cela, c'est du passé !

— Je voudrais bien l'y voir à présent ! dit André. Que quelqu'un vienne seulement me chercher querelle ! Tiens, qu'une engeance de Tatar me tombe seulement sous la main, à présent, et je lui apprendrai ce que c'est qu'un sabre de Cosaque !

— Bien, petit ! Bien, ma parole ! Et puis, tenez, puisqu'on y est, je vais partir avec vous, moi aussi ! J'y vais, ma parole ! Que diable ai-je à attendre ici ? Que je devienne un semeur de sarrasin, un patron de ferme, que je garde les moutons et les porcs, que je m'enjuponne avec ma femme ? Mais qu'elle aille au diable, je suis Cosaque, je ne veux pas ! Nous ne sommes pas en guerre ? Qu'est-ce que cela me fait ? Je vous accompagne au pays zaporogue comme ça, pour prendre un peu de plaisir. Ma parole, j'y

vais ! » Et le vieux Boulba s'échauffait, s'échauffait
toujours davantage, au point qu'il finit par se mettre
vraiment en colère : il se leva de table, se redressa
de toute sa taille et tapa du pied : « Dès demain
nous partons ! À quoi bon remettre ? Ce n'est pas en
restant ici que nous allons nous couver un ennemi !
Pourquoi faire cette maison ? Quel besoin avons-
nous de tout ceci ? À quoi bon ces pots ? » Et là-
dessus, il commença à fracasser et à faire voler les
pots et les bouteilles.

La pauvre vieille était déjà habituée à voir son
mari agir de la sorte ; assise sur un banc, elle
contemplait la scène avec tristesse. Elle n'osait rien
dire ; mais, à la nouvelle d'une décision qui la
frappait si durement, elle ne put retenir ses larmes ;
elle regarda ses enfants, qu'une si prompte séparation menaçait de lui enlever — et qui pourrait
décrire toute la puissance muette d'une douleur qui
paraissait frémir dans ses yeux et sur ses lèvres
crispées ?

Boulba était affreusement obstiné. C'était un
caractère comme il n'en pouvait apparaître qu'en ce
rude xve siècle [7], et dans ces confins à demi nomades
de l'Europe, à l'époque où toute l'antique Russie
méridionale, abandonnée de ses princes, avait été
dévastée et réduite en cendres par les incursions
irrépressibles des rapaces mongols [8] ; lorsque, privé
de foyer et de toit, l'homme, en ces lieux, se fut
armé d'audace ; lorsqu'il se mit à bâtir sa demeure
sur les cendres, sous le regard de ses redoutables
voisins et à la merci d'un danger perpétuel, et qu'il
s'accoutuma à les regarder droit dans les yeux, ne
sachant plus à la longue ce que c'était que la peur ; à

l'époque où, traditionnellement pacifique, le génie slave s'embrasa d'une flamme guerrière et où surgit la Cosaquerie, ce penchant généreux et débridé de la nature russe ; où toutes les vallées, tous les lieux de passage, toutes les régions riveraines au relief peu accentué et propice au peuplement se couvrirent de Cosaques dont nul ne savait le nombre, si bien que leurs audacieux compagnons étaient en droit de répondre au sultan, qui désirait savoir combien ils étaient : « Dieu sait ! Nous en avons de par toute la steppe : autant de buttes, autant de Cosaques ! » Et c'était en effet une étonnante expression de la force russe : la pierre à feu des malheurs l'avait fait jaillir du sein de la nation. Les fiefs des temps jadis, avec leurs petites villes pleines d'écuyers et de veneurs, avec leurs principicules qui guerroyaient entre eux et se servaient de leurs cités comme de monnaie d'échange, firent place à de redoutables établissements militaires, avec leurs cantonnements et leurs enceintes fortifiées, que liait le péril commun ainsi que la haine des pillards mécréants. L'histoire nous a appris comment leurs luttes incessantes et leur vie mouvementée ont préservé l'Europe des incursions irrésistibles qui menaçaient de la détruire. Les rois de Pologne, qui avaient substitué leur autorité — une autorité lointaine et mal assurée, il est vrai — à celle des princes féodaux, comprirent l'importance du rôle dévolu aux Cosaques et le parti que l'on pouvait tirer de leur mode de vie de guerriers et de sentinelles. Ils les encourageaient et flattaient en eux ces dispositions. Sous leur autorité lointaine, les *hetmans*[9], choisis parmi les Cosaques eux-mêmes, transformèrent les bourgades et les cantonnements militaires en régiments et en circonscriptions régulières. Ce n'était pas une armée en ligne que celle-là : elle échappait à tous les regards. Mais en cas de guerre ou de levée générale, il ne fallait pas plus d'une huitaine pour que chacun se présentât, à cheval, armé de pied en cap, ne recevant du roi qu'un ducat pour toute solde, et en l'espace de deux semaines on voyait se former une armée que nulle conscription n'aurait pu rassembler. La campagne terminée, le soldat revenait à ses prés, à ses labours, aux passages du Dniepr, se remettait à pêcher du poisson, à faire du commerce, à brasser de la bière, bref, redevenait un franc Cosaque. Les contemporains venus de l'étranger s'étonnaient à bon droit de ses extraordinaires capacités. Il n'y avait pas de métier que le Cosaque ne sût faire : bouillir le cru, équiper un chariot, broyer de la poudre, faire le forgeron et le serrurier, et, par-dessus le marché, faire la noce à tout casser, boire et s'enivrer comme seul un Russe en est capable, tout cela était à sa portée. En plus des « Cosaques du registre [10] », qui avaient l'obligation de répondre à l'appel en temps de guerre, on pouvait à tout moment, en cas de grande nécessité, rassembler des foules de cavaliers volontaires : il suffisait aux *essaouls* de parcourir les marchés et les places des villages et des bourgs, de monter sur un chariot et de crier à pleine voix : « Ohé, les brasseurs de bière, les bouilleurs de cru ! Quand finirez-vous de fabriquer de la bière et de vous vautrer sur les banquettes du poêle pour nourrir les mouches de votre graisse ? Venez vous battre pour l'honneur et la gloire des chevaliers ! Ohé, les laboureurs, les pâtres de moutons, les coureurs de jupons ! Assez marché derrière les charrues pour crotter vos bottes jaunes, fini de courir les femmes, et de dépenser pour rien votre force de chevaliers ! Il est temps d'aller chercher la gloire du Cosaque [11] ! » Et ces mots étaient comme une étincelle tombant sur du bois sec. Le laboureur brisait sa charrue, le bouilleur de cru et le brasseur de bière abandonnaient leurs cuves et démolissaient leurs tonneaux, l'artisan et le mercanti envoyaient au diable métier et boutique et faisaient voler en éclats tous les pots que contenait leur maison. Et tout le monde se mettait en selle. Bref, le caractère russe avait trouvé ici un ample et puissant essor, une vigoureuse expression.

Taras était un colonel de la vieille roche. Il était bâti pour le branle-bas de combat et se distinguait par la rude franchise de son naturel. C'était l'époque où les influences polonaises commençaient déjà à agir sur la noblesse russe. On imitait les usages polonais, on s'habituait à un train de vie luxueux, on entretenait une somptueuse domesticité, des faucons, des veneurs, on offrait des banquets, on s'entourait d'une cour. Taras, lui, voyait cela d'un mauvais œil. Il aimait la simplicité de la vie cosaque, et s'était brouillé peu à peu avec tous ceux de ses compagnons qui penchaient du côté de Varsovie, et qu'il traitait de valets des seigneurs polonais. Toujours sur la brèche, il se considérait comme le défenseur attitré de l'orthodoxie. Il se rendait de sa propre autorité dans tous les villages où l'on se plaignait des vexations des fermiers de l'impôt et de la création de nouvelles redevances par feu. Accompagné de ses Cosaques, il allait en personne leur rendre justice, et il s'était fait une règle de toujours tirer l'épée dans trois cas : lorsque les commissaires polonais manquaient de respect aux officiers cosaques et restaient couverts devant eux, lorsque la foi orthodoxe était bafouée et les coutumes ancestrales foulées aux pieds, et enfin lorsque l'on avait devant soi des mahométans et des Turcs, contre lesquels, selon lui, il était toujours permis de lever les armes pour la gloire de la chrétienté.

À présent, il se réjouissait d'avance à l'idée d'apparaître à la *Setch* avec ses deux fils, et de dire : « Tenez, regardez ces gaillards que je vous amène ! » ; de les présenter à tous ses vieux camarades trempés dans les combats, d'assister à leurs premières actions d'éclat dans l'art de la guerre et dans celui de la beuverie, qu'il tenait aussi pour l'une des plus belles illustrations de la chevalerie. Il avait d'abord songé à les envoyer seuls. Mais la vue de leur fraîcheur, de leur stature, de la puissante beauté de leurs corps avait réveillé son ardeur guerrière, et il avait pris la résolution de les accompagner, et cela dès le lendemain, bien qu'il n'y fût contraint que par son opiniâtre volonté. Déjà, on le voyait s'affairer et distribuer les ordres, choisir des chevaux et des harnais pour ses jeunes fils, visiter ses écuries et ses hangars, désigner les domestiques qui devaient les escorter le lendemain. Il passa son commandement à l'*essaoul* Tovkatch, avec l'ordre formel de se présenter sur l'heure à la *Setch* avec tout son régiment dès qu'il lui aurait fait tenir de ses nouvelles. Malgré son ivresse et les vapeurs de l'alcool qui bourdonnaient encore dans sa tête, il prit garde de ne rien oublier. Il pensa même à donner l'ordre d'abreuver les chevaux

et de verser dans leur râtelier du blé à gros grains et
de la meilleure qualité. Puis il revint, épuisé par ces
préparatifs.

« Eh bien, mes enfants, il faut dormir maintenant,
et demain, à la grâce de Dieu. Mais non, ne nous fais
pas de lits ! Nous n'avons que faire d'un lit. Nous
allons dormir dans la cour. »

La nuit venait à peine d'embrasser l'étendue du
ciel, mais Boulba se couchait toujours tôt. Il s'allongea sur un tapis et se couvrit d'une pelisse de
mouton, car la nuit était fraîche, et il aimait à dormir
bien au chaud lorsqu'il était chez lui. Il ne tarda pas
à ronfler, et toute la cour, bientôt, l'imitait : tout ce
qui gisait çà et là dans ses coins et ses recoins ronflait
et respirait bruyamment, à commencer par le veil-
leur de nuit qui avait bu plus que les autres pour
l'arrivée des deux jeunes seigneurs.

Seule la pauvre mère restait éveillée. Elle se
penchait au chevet de ses enfants bien-aimés qui
dormaient côte à côte. Elle passait un peigne dans
leurs longues boucles ébouriffées qu'elle mouillait
de ses larmes ; elle les regardait de tout son être, de
tous ses sens, elle n'était plus qu'un regard que rien
ne pouvait assouvir. Elle qui les avait nourris à son
sein, élevés, dorlotés, elle ne les avait à présent
devant elle que pour un bref instant. « Mes enfants,
mes chers petits, que va-t-il vous arriver ? Quel est le
sort qui vous attend ? » disait-elle, et les larmes
trempaient son visage, retenues par les rides qui
avaient creusé ses traits, si beaux jadis. Elle faisait
pitié, en vérité, comme toutes les femmes en ce
siècle d'aventures. Elle n'avait vécu d'amour que
l'espace d'un instant, dans la première fièvre de la

passion, dans la première ardeur de la jeunesse, et déjà son rude séducteur la quittait pour le sabre, les compagnons et les beuveries. Elle ne voyait son mari que deux ou trois jours dans l'année, et plus d'un an s'écoulait parfois sans qu'il lui donnât signe de vie. Et même lorsqu'elle le voyait, lorsqu'ils vivaient côte à côte, quelle existence était la sienne ? Il l'abreuvait d'injures, et même de coups ; les tendresses étaient une grâce qu'il lui accordait ; elle était comme une créature à part au milieu de cette horde de chevaliers sans femmes que la vie turbulente du pays zaporogue marquait de son farouche coloris. Sa jeunesse avait fui sans lui apporter de plaisirs ; la beauté de ses joues fraîches et de son jeune sein, fanée faute de baisers, s'était couverte de rides prématurées. Tout l'amour, toute la sensibilité qu'elle portait en elle, tout ce qu'une femme peut avoir de tendre et de passionné, tout cela s'était reporté sur ses enfants. Avec ardeur, avec passion, les yeux remplis de larmes, elle paraissait tournoyer au-dessus d'eux comme une mouette de la steppe. Ses enfants, ses chers enfants, on les lui prenait, on les lui enlevait à jamais ! Qui sait, peut-être qu'à la première bataille un Tatar leur tranchera la tête, et elle ne saura pas où gisent leurs corps abandonnés, déchirés à coups de bec par les rapaces des grands chemins, elle qui serait prête à tout donner pour la moindre parcelle de leur chair, pour la moindre goutte de leur sang. Elle sanglotait, les yeux dans leurs yeux que le sommeil tout-puissant commençait déjà à fermer, et elle pensait : « Qui sait, peut-être qu'à son réveil Boulba décidera de remettre ce départ d'un jour ou deux ; s'il a résolu de partir si vite, c'est peut-être parce qu'il a tant bu. »

Depuis longtemps déjà, la lune, du haut du ciel, éclairait toute la cour remplie de dormeurs, la masse touffue des saules et la palissade enfouie sous les hautes herbes. Toujours assise au chevet de ses fils bien-aimés, et ne les quittant pas des yeux un seul instant, la vieille femme ne songeait pas à dormir. Déjà les chevaux, flairant l'approche de l'aube, s'étaient couchés çà et là dans l'herbe et avaient cessé de brouter ; à la cime des saules, les feuilles commençaient à murmurer, et, petit à petit, leur murmure pareil à un ruisseau descendait jusqu'aux pieds des arbres. Elle veilla jusqu'au petit jour, sans ressentir la moindre fatigue, et souhaitant au fond d'elle-même que la nuit durât le plus longtemps possible. Le hennissement d'un poulain retentit dans la steppe ; des raies rouges brillèrent d'un vif éclat dans le ciel.

Soudain Boulba se réveilla et bondit sur ses pieds. Il se souvenait fort bien des ordres qu'il avait donnés la veille.

« Allons, mes gaillards, assez dormi ! C'est l'heure ! C'est l'heure ! Qu'on donne à boire aux chevaux. Et la vieille, où est-elle ? (C'est ainsi qu'il avait coutume d'appeler sa femme.) Allons, dépêchons-nous, la vieille, prépare-nous à manger : nous avons beaucoup de chemin à faire ! »

La pauvre vieille, privée de son dernier espoir, se traîna tristement vers la maison. Pendant que, les larmes aux yeux, elle préparait le déjeuner, Boulba distribuait des ordres, s'affairait dans ses écuries et choisissait lui-même pour ses enfants les plus beaux

habits qu'il possédait. En un instant, les écoliers de
la veille se trouvèrent métamorphosés : Leurs bottes
crottées firent place à des bottes de maroquin rouge,
ferrées d'argent ; ils portaient des braies bouffantes
larges comme la mer Noire [12] et ornées de milliers de
plis et de fronces, serrées à la taille par une
cordelière d'or à laquelle étaient suspendus, au
moyen de longues lanières, des pompons et divers
accessoires de fumeurs. Leurs casaques pourpres,
coupées dans une toile à l'éclat de feu, étaient
entourées d'une ceinture brodée ; des pistolets turcs
à poignée ciselée étaient passés à la ceinture ; un
sabre leur battait les jambes. Leurs visages, encore
peu hâlés, avaient embelli et paraissaient plus
blancs ; leurs jeunes moustaches noires faisaient
mieux ressortir la blancheur de leur peau et la
fraîcheur d'un teint qui respirait la santé et la
vigueur : ils avaient belle allure sous leurs bonnets
de mouton noirs à faîtes dorés. Pauvre mère ! Quand
elle les vit, elle ne put prononcer un seul mot, et ses
yeux se couvrirent de larmes.

« Eh bien, mes fils, tout est prêt ! Ne perdons pas
notre temps ! dit enfin Boulba. À présent, comme le
veulent nos usages chrétiens, il faut que nous
restions assis tous ensemble pendant quelques instants avant de nous mettre en route. »

Tous s'assirent, jusqu'aux palefreniers, qui se
tenaient près de la porte dans une attitude respec-
tueuse.

« Et maintenant, mère, bénis tes enfants ! dit
Boulba. Prie Dieu qu'il leur accorde de combattre
vaillamment, de toujours défendre leur honneur de
chevaliers, de toujours lutter pour la foi chrétienne,

— et sinon, mieux vaut qu'ils périssent, qu'ils disparaissent à jamais d'ici-bas ! Approchez-vous de votre mère, petits : que ce soit à terre ou sur les flots, la prière d'une mère est toujours un gage de salut. »

Faible comme une mère peut l'être, la vieille femme étreignit ses enfants et, tout en sanglotant, leur passa au cou deux petites images saintes.

« Que la Sainte Mère... vous protège... N'oubliez pas votre mère, mes petits enfants... Faites-lui savoir au moins de vos nouvelles... » Elle ne put en dire davantage.

« Eh bien, allons-y, les enfants ! » dit Boulba.

Des chevaux sellés les attendaient devant le perron. Boulba enfourcha son Diable, qui fit un furieux écart lorsqu'il se sentit chargé d'un poids de deux cents livres, car Boulba était extrêmement lourd et gros.

Quand la mère vit ses deux fils à cheval, elle s'élança vers le plus jeune, dont le visage paraissait trahir plus de tendresse ; elle saisit son étrier et, se collant à sa selle avec une expression de désespoir, elle ne voulut plus le lâcher. Deux robustes Cosaques la prirent avec précaution et l'emportèrent dans la maison. Mais lorsque les cavaliers eurent franchi le portail, elle bondit au-dehors avec, malgré son âge, la légèreté d'une chèvre sauvage, arrêta l'un des chevaux avec une vigueur étonnante, et étreignit son fils avec la fébrilité à demi consciente d'une folle ; on l'emmena de nouveau. Les jeunes Cosaques chevauchaient la mort dans l'âme et retenaient leurs larmes, par crainte de leur père qui, cependant, n'était guère moins troublé, bien qu'il s'efforçât de n'en rien laisser paraître. Le temps, ce jour-là, était gris ; la verdure scintillait avec éclat ; dans le gazouillis des oiseaux il y avait quelque chose de discordant. Au bout de quelques instants, les Cosaques se retournèrent : la ferme paraissait être rentrée dans le sol ; seules dépassaient encore à l'horizon les deux cheminées de leur modeste maisonnette, ainsi que les cimes des arbres où ils grimpaient jadis comme des écureuils ; seul s'étendait encore sous leurs yeux le pré lointain, ce pré qui leur rappelait toute l'histoire de leur vie, depuis les années où ils se roulaient dans son herbe inondée de rosée jusqu'à l'époque où ils y guettaient une jeune Cosaque aux noirs sourcils qui, jetant autour d'elle un regard craintif, le traversait à la hâte, portée par ses jambes fraîches et promptes. Et l'on ne voyait plus maintenant se dresser contre le ciel que la gaule esseulée du puits, avec une roue de chariot fixée à son sommet ; et déjà la plaine qu'ils venaient de traverser leur apparaissait au loin comme le versant d'une colline qui leur dissimulait tout ce qu'ils avaient quitté. Adieu l'enfance, adieu les jeux, et tout le reste, adieu !

II

Les trois cavaliers cheminaient en silence. Le vieux Taras songeait au temps jadis : il revoyait sa jeunesse, ses belles années, ces années révolues que pleurera toujours le Cosaque, lui qui souhaiterait que sa vie entière fût jeunesse. Il se demandait lesquels de ses compagnons de jadis il allait revoir à la *Setch*. Dans sa tête, il passait en revue les morts et dénombrait les survivants. Une larme silencieuse perlait à sa pupille et sa tête chenue s'inclinait tristement.

Ses deux fils avaient d'autres pensées en tête. Mais il est temps d'en dire davantage à leur sujet. Leurs douze ans accomplis, on les avait envoyés à l' « Académie » ecclésiastique de Kiev [13], car, à l'époque, tous les hauts personnages jugeaient indispensable de faire instruire leurs enfants, même s'il ne s'agissait ensuite que d'oublier tout ce qu'on avait appris. Ils étaient alors, comme tous ceux que l'on mettait en pension, de jeunes sauvages élevés au grand air, et c'était au collège seulement que l'on devait les polir tant soit peu et leur imprimer ce cachet uniforme qui leur donnait ensuite comme un air de famille. L'aîné, Ostap, fit ses débuts dans la carrière en s'évadant dès sa première année de collège. On le ramena, on le fouetta sauvagement et on lui mit un livre entre les mains. Quatre fois, il enterra son abécédaire et quatre fois, après une féroce volée, on lui en racheta un autre. Nul doute, cependant, qu'il eût recommencé une cinquième fois si son père ne lui avait solennellement promis de l'enfermer pour vingt ans dans un monastère en qualité de frère convers, et s'il n'avait juré que son fils ne verrait jamais le pays zaporogue à moins d'apprendre toutes les sciences au collège. On notera que ces menaces venaient du même Boulba qui traînait dans la boue toutes les études et qui, nous l'avons vu, conseillait à ses enfants d'en faire fi.

Dès lors, Ostap s'attela à d'ennuyeux ouvrages avec une application peu commune et ne tarda pas à trouver parmi les meilleurs de sa classe. L'enseignement qui se donnait alors était en opposition flagrante avec les usages de la vie courante : ces subtilités scolastiques, grammaticales, rhétoriques et logiques étaient sans aucun rapport avec leur temps, et ne trouvaient jamais à s'appliquer ou à se reproduire dans la vie réelle. Ceux qui les avaient étudiées ne pouvaient rattacher à rien les connaissances qu'ils avaient acquises, même les moins scolastiques. Les érudits de l'époque étaient eux-mêmes plus ignorants que les autres, car le contact de l'expérience leur faisait tout à fait défaut. De plus, l'organisation républicaine de la *boursa*[14], l'immense multitude d'hommes jeunes, robustes et en bonne santé que l'on y trouvait rassemblés, tout cela devait les inciter à une activité tout à fait étrangère à leurs études. La mauvaise nourriture, les jeûnes fréquemment infligés en guise de châtiments, les multiples besoins qui pouvaient s'éveiller dans un organisme plein de fraîcheur, de santé et de vigueur, tout cela réuni leur donnait ce caractère entreprenant qui devait ensuite se développer en pays zaporogue. Les pensionnaires affamés rôdaient à travers les rues de Kiev, et contraignaient les habitants à s'armer de prudence. Les marchandes du bazar, sitôt qu'un pensionnaire venait à passer, ne manquaient jamais d'étendre leurs bras au-dessus de leurs petits pâtés, de leurs croissants et de leurs graines de citrouilles, telles des aigles protégeant leurs petits. Le *consul,* qui avait pour fonction de surveiller les camarades sur lesquels s'étendait son

autorité, avait à ses braies des poches d'une taille si
prodigieuse qu'il y aurait facilement logé tout l'éven-
taire d'une marchande distraite. Ces pensionnaires
de la *boursa* formaient un monde à part : ils
n'étaient pas admis dans les milieux aristocratiques,
composés de nobles polonais et russes. Même le
gouverneur Adam Kisel[15], bien qu'il eût pris le
collège sous sa protection, ne faisait rien pour les
introduire dans la haute société et exigeait qu'on
leur tînt la bride haute. Cette recommandation, du
reste, était superflue, car le recteur et les moines-
professeurs n'épargnaient pas les verges et les
fouets, et souvent, sur leurs ordres, les *licteurs*
fouettaient si cruellement leurs propres *consuls* que
ceux-ci en avaient pour plusieurs semaines à frotter
le fond de leurs pantalons bouffants. Pour beaucoup
d'entre eux cela n'était rien, et la chose leur paraissait à peine plus corsée que de la bonne vodka au
piment ; d'autres cependant finissaient par en avoir
assez de ces volées continuelles et s'enfuyaient au
pays zaporogue, lorsqu'ils parvenaient à en trouver
le chemin sans être repris en cours de route. Ostap
Boulba, bien qu'il se fût attelé avec beaucoup
d'application à l'étude de la logique et même de la
théologie, ne parvenait pas à échapper aux verges
sans merci. Tout cela devait naturellement imprimer
une certaine rudesse à son caractère et lui communiquer cette fermeté qui, de tout temps, avait distin-
gué les Cosaques. Ostap passait aux yeux de tous
pour l'un des camarades les plus sûrs. Il était
rarement le chef lorsqu'il s'agissait d'accomplir quelque coup d'audace comme de mettre à sac un verger
ou un potager ; en revanche, il était toujours parmi

les premiers à se ranger sous la bannière du pensionnaire entreprenant et jamais, en aucune circonstance, il n'aurait trahi ses camarades. Ni les fouets ni les verges ne pouvaient l'y contraindre. La guerre et la ripaille exceptées, il ne connaissait aucune faiblesse ; du moins ne pensait-il presque jamais à autre chose. Il était sans détours avec ses égaux. Il était bon, autant que le comportaient l'époque et son caractère. Les larmes de sa pauvre mère l'avaient profondément remué, et c'était l'unique raison du trouble qu'il ressentait, tandis qu'il chevauchait, pensif et la tête basse.

André, son frère cadet, avait une sensibilité plus vive et comme plus développée. Il étudiait de meilleur cœur et sans l'effort de volonté que cela exige d'un caractère rude et énergique. Il était plus inventif que son frère ; plus souvent que lui, il prenait la tête d'une entreprise plutôt risquée, et son ingéniosité lui permettait parfois d'esquiver le châtiment là où Ostap, faisant fi de toute précaution, mettait bas la veste et se couchait sur le plancher, sans se soucier le moins du monde de demander grâce. Il brûlait tout autant d'accomplir des exploits, mais son âme s'ouvrait aussi à d'autres sentiments. Le besoin d'aimer avait fait jaillir en lui sa vive flamme lorsqu'il eut atteint ses dix-huit ans. L'image de la femme commença à hanter plus souvent ses ardentes rêveries ; tandis qu'il écoutait des controverses philosophiques, il la voyait sans cesse devant lui, avec sa fraîcheur, ses yeux noirs, sa douceur. Il avait sans cesse devant les yeux une gorge resplendissante et ferme, la tendre beauté d'un bras nu ; les vêtements eux-mêmes qui modelaient des membres

virginaux, mais pleins de vigueur, respiraient dans
ses rêves je ne sais quelle inexprimable volupté. Il
prenait soin de dissimuler devant ses camarades ces
mouvements de son âme passionnée d'adolescent,
car, en ces temps-là, un Cosaque, à moins d'être
passé par le feu, ne pouvait songer aux femmes sans
honte et déshonneur. Dans l'ensemble, au cours de
ces dernières années, on le voyait plus rarement à la
tête de quelque bande, tandis qu'il lui arrivait plus
souvent d'errer seul dans un coin perdu de Kiev,
parmi de basses maisonnettes noyées dans les ceri-
saies, et qui montraient au passant un visage
attrayant. Parfois même il se hasardait dans la rue
des aristocrates, dans le vieux Kiev d'aujourd'hui,
où vivaient alors les nobles petit-russiens et polonais, et où les maisons étaient bâties avec une
certaine fantaisie. Un jour, tandis qu'il bayait aux
corneilles, il faillit être renversé par le lourd carrosse
d'un seigneur polonais, et un cocher aux terribles
moustaches le cingla du haut de son siège d'un coup
de fouet assez bien envoyé. Le sang du jeune
pensionnaire ne fit qu'un tour ; avec une folle
audace, il saisit d'une poigne vigoureuse la roue
arrière du carrosse, qui s'arrêta net. Mais le cocher,
redoutant d'avoir à lui rendre des comptes, fouetta
ses chevaux, ceux-ci se ruèrent en avant, et André,
qui par bonheur avait eu le temps de lâcher la roue,
s'étala de tout son long, le visage dans la boue. Un
rire, le plus éclatant et le plus harmonieux qui fût,
retentit au-dessus de lui. André leva les yeux et
aperçut, debout à sa fenêtre, la femme la plus belle
qu'il eût jamais vue : des yeux noirs, une peau
blanche comme la neige que le soleil matinal vient

illuminer de sa rougeur. Elle riait de tout son cœur,
et ce rire donnait une force radieuse à son aveu-
glante beauté. André resta comme frappé de stupeur. Il la regardait, tout désemparé, en essuyant
d'un geste machinal la boue qui couvrait son visage,
et dont il ne faisait que se barbouiller de plus en
plus. Qui pouvait bien être cette beauté ? Il voulut
s'en enquérir auprès des domestiques richement
accoutrés qui s'attroupaient devant le portail autour
d'un jeune musicien jouant de sa *bandoura*. Mais
ceux-ci partirent d'un grand éclat de rire lorsqu'ils
virent sa trogne maculée de boue, et il n'obtint pas
de réponse. Il finit cependant par apprendre qu'elle
était la fille du gouverneur de Kovno [16], de passage à
Kiev. Dès la nuit suivante, avec l'audace qui distinguait les pensionnaires, il pénétra dans le jardin en
franchissant la palissade, grimpa sur un arbre dont
les branches surplombaient le toit de la maison,
descendit des branches sur le toit et, passant par la
cheminée, déboucha droit dans la chambre à coucher de la belle, qu'il trouva assise devant une
chandelle allumée, occupée à détacher ses précieuses boucles d'oreilles. La belle Polonaise eut si
peur en voyant surgir devant elle un inconnu qu'elle
ne put proférer un son ; mais lorsqu'elle eut remarqué que le *boursak* restait planté là, les yeux baissés,
si timide qu'il n'osait pas lever le petit doigt,
lorsqu'elle eut reconnu en lui l'homme qui, sous ses
yeux, s'était étalé de tout son long dans la rue, son
rire la reprit. Du reste, le visage d'André, n'avait
rien d'effrayant : le jeune homme était fort bien fait
de sa personne. Elle rit de bon cœur et s'amusa
longtemps de lui. La belle était frivole, en vraie

Polonaise, mais ses yeux, des yeux merveilleux, d'une limpidité pénétrante, lançaient un regard long comme la constance. Le pensionnaire n'osait pas faire le moindre geste et paraissait ligoté dans un sac, tandis que la fille du gouverneur s'approchait hardiment de lui, le coiffait de son diadème scintillant, accrochait des bouches d'oreilles à ses lèvres et le revêtait de sa camisole de mousseline transparente brodée de festons d'or. Elle le parait et lui faisait subir mille sottises avec un sans-gêne enfantin, propre aux frivoles Polonaises, qui ne faisait qu'accroître la confusion du malheureux écolier. Bouche bée, le regard rivé à ses yeux éblouissants, il offrait une plaisante figure. Soudain on frappa à la porte, et la Polonaise prit peur. Elle ordonna à André de se cacher sous son lit, et, sitôt que l'alarme fut passée, elle appela sa femme de chambre, une captive tatare, et lui enjoignit de le reconduire avec prudence dans le jardin pour lui faire enjamber la palissade. Mais, ce faisant, notre pensionnaire eut moins de chance que la première fois : un gardien, réveillé, lui assena un bon coup sur les jambes, et les domestiques accourus le poursuivirent longtemps dans les rues en le frappant à coups de trique, jusqu'au moment où ses jambes rapides lui permirent de leur échapper. Dès lors, André ne put s'aventurer sans danger aux abords de la maison, car les domestiques du gouverneur étaient fort nombreux. Il rencontra de nouveau la jeune fille à l'église : elle le remarqua et lui sourit de façon très affable, comme à un vieil ami. Il l'aperçut une fois encore à la dérobée, mais le gouverneur de Kovno ne tarda pas à repartir, et la belle Polonaise aux yeux noirs disparut de sa fenêtre, remplacée par on ne sait quel épais visage. C'était à cela que pensait André, tandis qu'il chevauchait tête basse et les yeux fixés sur la crinière de son cheval.

Mais déjà la steppe les avait tous accueillis dans ses vertes étreintes, et ses hautes herbes, se refermant autour d'eux, les dérobaient aux regards, ne laissant parfois apercevoir entre ses épis que leurs bonnets noirs de Cosaques.

« Eh, eh, eh! Vous êtes bien silencieux, mes gaillards, dit enfin Boulba, émergeant de sa rêverie. On dirait des moines! Allons, et vivement, au diable toutes les songeries! Mettez la pipe entre les dents, fumons un coup, piquons des deux et en avant, que même les oiseaux ne puissent pas nous rattraper! »

Et les Cosaques, penchés sur leurs selles, disparurent entre les herbes. À présent, on ne voyait même plus leurs bonnets noirs; seul le sillage qu'ils laissaient dans l'herbe foulée par les chevaux montrait la trace de leur course rapide.

Dispersant les nuages, le soleil, depuis longtemps déjà, avait paru dans le ciel, inondant la steppe de sa lumière chaude et vivifiante. Tout ce qu'il y avait de trouble et de somnolent dans l'âme des Cosaques s'évanouit comme par enchantement, leur cœur tressaillit comme un oiseau prêt à prendre son essor.

Plus ils allaient, et plus la steppe était belle. Tout le sud de la Russie, jusqu'à la mer Noire, toute l'étendue qui forme de nos jours la Nouvelle Russie, était alors une terre vierge, un désert verdoyant. Jamais encore la charrue n'avait passé sur les vagues infinies de sa végétation sauvage. Seuls la foulaient des chevaux, qui s'y dissimulaient comme dans une

forêt. La nature ne pouvait rien avoir conçu de plus
beau. Toute la surface de la terre formait un océan
vert et doré, éclaboussé de milliers de fleurs de
toutes sortes. Parmi les herbes aux longues tiges
minces pointaient des bleuets aux teintes claires,
foncées, violettes ; les genêts aux fleurs d'or faisaient
saillir leurs cimes pyramidales ; le trèfle blanc, avec
ses fleurs en forme d'ombrelles, en émaillait la surface ; un épi de blé, venu on ne sait d'où, s'enflait
au plus épais de l'herbe. À ses pieds, entre ses tiges
minces, des perdrix furetaient en allongeant le cou.
L'air était rempli de milliers de cris d'oiseaux de
toutes sortes. Dans le ciel, des éperviers planaient,
immobiles, les ailes déployées, les yeux dardés sur
l'herbe haute. Les cris d'une nuée d'oies sauvages
qui passaient dans le lointain se répercutaient à la
surface de quelque étang invisible. À coups d'ailes
mesurés, une mouette s'élevait au-dessus de l'herbe
et se baignait avec délices dans les vagues bleues de
l'air. La voici qui se perd là-haut dans le ciel, où elle
n'est plus qu'un point noir qui apparaît et disparaît.
La voici qui retourne ses ailes et miroite un instant
dans le soleil. Steppes, steppes, bon Dieu que vous
êtes belles !

Nos voyageurs ne s'arrêtaient que quelques instants pour déjeuner ; les dix Cosaques qui formaient
leur escorte mettaient alors pied à terre et déta-
chaient les tonnelets de bois remplis d'eau-de-vie et
les calebasses qui leur servaient de récipients. On ne
mangeait que du pain avec du lard ou des galettes de
froment, on ne buvait qu'un gobelet d'eau-de-vie, et
seulement pour prendre des forces, car Taras
Boulba ne souffrait pas que l'on s'enivrât en cours de

route, et on se remettait en marche jusqu'au soir. Le soir, toute la steppe changeait d'aspect. Toute son étendue bariolée était d'abord saisie par un dernier reflet lumineux du soleil, puis s'assombrissait peu à peu, de sorte que l'on voyait l'ombre courir le long de sa surface, qui prenait une teinte vert foncé ; elle exhalait des vapeurs toujours plus denses, chaque fleur, chaque brin d'herbe distillait de l'ambre, et toute la steppe embaumait. Sur le ciel bleu sombre, un pinceau de géant semblait avoir brossé de larges bandes d'or rosé ; çà et là on voyait se détacher de blancs lambeaux de nuages, légers et transparents, et un petit vent frais, si frais, et caressant comme les vagues de la mer, se balançait doucement au sommet des herbes et venait effleurer les joues. Toute la musique du jour se taisait, et à sa place, une autre musique se faisait entendre. Les mulots tachetés sortaient de leurs terriers, se dressaient sur leurs pattes de derrière et remplissaient la steppe de leur sifflement. Les stridulations des grillons se faisaient plus sonores. Parfois, de quelque étang isolé, le cri d'un cygne montait et résonnait dans l'air comme de l'argent. Nos voyageurs s'arrêtaient pour bivouaquer au milieu de la plaine ; ils faisaient un feu sur lequel ils plaçaient un chaudron où ils faisaient cuire leur bouillie au lard ; il s'en échappait une vapeur qui montait dans le ciel en ligne oblique. Lorsqu'ils avaient soupé, les Cosaques se couchaient, laissant aller dans l'herbe leurs chevaux entravés. Ils s'étendaient sur leurs vestes, droit sous le regard des étoiles. L'univers innombrable des insectes grouillait dans l'herbe et retentissait à leurs oreilles, avec ses crépitements, ses sifflements, ses grattements : tout cela résonnait au loin dans la nuit, se purifiait dans la fraîcheur de l'air et berçait leur ouïe somnolente. Et si l'un d'eux se levait et restait quelques instants debout, toute la steppe, avec ses vers luisants, lui paraissait semée de brillantes étincelles. Parfois le ciel nocturne s'illuminait çà et là d'un rougeoiement lointain : c'étaient des roseaux secs que l'on faisait brûler dans les prés et au bord des rivières ; un vol de cygnes qui, dans l'obscurité, se dirigeait vers le nord, était éclairé soudain par une lueur rose argentée, et c'était alors comme une nuée d'écharpes rouges volant sur le ciel sombre.

Les voyageurs cheminaient sans incident. Ils ne rencontraient pas un arbre : c'était toujours la même steppe, belle, libre, infinie. De temps à autre seulement ils voyaient bleuir à l'horizon les cimes d'une forêt lointaine, celle qui s'étendait sur les bords du Dniepr. Une seule fois, Taras désigna à ses fils un petit point noir dans le lointain, en leur disant : « Regardez, les enfants, là, un Tatar qui galope ! » De loin, une petite tête moustachue fixa droit sur eux le regard de ses yeux bridés, flaira le vent comme un chien de chasse et, comme une biche, disparut aussitôt qu'elle vit que les Cosaques étaient au nombre de treize. « Allez, les enfants, essayez donc de rattraper le Tatar !... Mais vous pouvez toujours essayer, vous ne le rattraperez jamais : il a un cheval plus rapide que mon Diable. » Cependant Boulba prit quelques précautions, de peur qu'une embuscade ne leur eût été dressée. Les cavaliers galopèrent jusqu'à un affluent du Dniepr, appelé la Tatarka ; ils se jetèrent à l'eau avec leurs chevaux et la descendirent quelque temps à la nage,

afin de brouiller leurs traces ; puis ils remontèrent
sur la berge et poursuivirent leur chemin.

Trois jours plus tard, ils approchaient du but de
leur voyage. L'air fraîchit soudain ; ils sentirent la
proximité du Dniepr. Et le voici qui scintille au loin,
raie sombre qui se détache de l'horizon. On sentait
le souffle de ses vagues glacées, on le voyait s'étendre, toujours plus proche, et occuper enfin toute la
moitié de l'horizon. C'était l'endroit où le fleuve,
resserré jusque-là par des rapides, finissait par
rentrer dans ses droits et grondait comme une mer
qui s'étale en liberté ; où les îles jetées en son milieu
le repoussaient encore plus loin hors de ses rives et
où ses vagues se répandaient au large dans la plaine,
ne rencontrant ni falaises ni hauteurs. Les Cosaques
mirent pied à terre, montèrent sur un bac et, après
une traversée de trois heures, se trouvèrent enfin
près du rivage de l'île de Khortitsa, où la *Setch,* qui
déplaçait si souvent ses quartiers, se trouvait alors
établie.

Des gens attroupés sur la rive se querellaient avec
les passeurs. Les Cosaques rajustèrent le harnais de
leurs chevaux. Taras se redressa sur sa selle, serra sa
ceinture d'un cran et passa fièrement la main sur sa
moustache. Ses jeunes fils, eux aussi, s'examinèrent
des pieds à la tête avec une espèce de crainte mêlée
de vague satisfaction, et, tous ensemble, les cavaliers
pénétrèrent dans le faubourg qui se trouvait à une
demi-verste de la *Setch*. Comme ils y entraient, ils
furent assourdis par le fracas de cinquante marteaux
de forgerons, qui retentissaient dans vingt-cinq
forges creusées dans le sol et couvertes de gazon. De
robustes corroyeurs, assis en pleine rue sous leurs

auvents, pétrissaient des peaux de bœufs de leurs bras vigoureux. Des colporteurs installés sous la tente vendaient des pierres à fusil, des briquets et de la poudre. Un Arménien faisait étalage de foulards précieux. Un Tatar tournait à la broche des boulettes de mouton entourées de pâte. Un Juif, allongeant le cou, tirait de l'eau-de-vie à un tonneau. Mais le premier qu'ils trouvèrent devant eux fut un Zaporogue dormant en plein milieu de la route, bras et jambes largement écartés. Taras Boulba ne put s'empêcher de s'arrêter pour l'admirer.

« Tudieu, quelle pose majestueuse ! Non, mais quelle superbe allure ! » dit-il en arrêtant son cheval.

C'était en effet un tableau plein de hardiesse : le Zaporogue s'étalait comme un lion sur la route. Son toupet fièrement rejeté en arrière occupait une bonne demi-aune de terrain. Ses pantalons bouffants faits d'un beau drap pourpre étaient tachés de goudron pour bien marquer le peu de cas qu'il en faisait. L'ayant admiré à loisir, Boulba poursuivit sa route le long d'une rue étroite, encombrée d'artisans qui pratiquaient leur métier en plein air, et de gens de toutes les nations, entassés dans ce faubourg qui ressemblait à une foire et qui habillait et nourrissait la *Setch,* car celle-ci ne savait que mener la vie à grandes guides et tirer des coups de fusil.

Enfin, ils sortirent du faubourg et aperçurent devant eux quelques baraques dispersées, couvertes de gazon ou de feutre, à la manière tatare. Quelques-unes étaient protégées par des canons. Nulle part il n'y avait de palissades, ou de ces basses maisonnettes à auvents soutenus par de courts piliers de bois que l'on voyait dans le faubourg. Un

modeste talus, des fascines, pas la moindre sentinelle, tout cela témoignait d'une étonnante insouciance. Quelques robustes Zaporogues, étendus en
pleine route, la pipe entre les dents, les regardaient
venir d'un air assez indifférent, et ne daignèrent pas
se déplacer d'un pouce. Taras, suivi de ses fils, passa
précautionneusement entre eux en disant : « Salut,
seigneurs ! — Salut à vous ! » répondaient les Zaporogues. Sur toute l'étendue du terrain qui les entourait, les Cosaques étaient dispersés en groupes
pittoresques. À leurs visages basanés, on voyait
qu'ils étaient tous endurcis par les batailles et qu'ils
avaient connu toutes sortes de calamités. C'était
donc là la *Setch* ! C'était là le nid d'où prenaient leur
essor tous ces hommes fiers et durs comme des
lions ! C'était là que prenaient leur source, pour se
répandre à travers l'Ukraine, l'esprit de liberté et le
génie cosaque.

Les voyageurs débouchèrent sur une vaste place
où se réunissait habituellement l'assemblée. Sur une
grande barrique renversée, un Zaporogue, torse nu,
était assis : il tenait sa chemise à la main et en
recousait lentement les trous. Tout un groupe de
musiciens leur barra de nouveau le chemin : au
milieu du cercle, un jeune Zaporogue dansait, le
bonnet posé sur la nuque et les bras au ciel. Il ne
faisait que crier : « Plus vite, jouez plus vite, les
musiciens ! De l'eau-de-vie, Foma, encore de l'eau-
de-vie pour les chrétiens orthodoxes ! » Et Foma,
l'œil poché, versait sans compter d'immenses gobelets d'eau-de-vie à tous ceux qui se présentaient.
Autour du jeune homme, quatre vieux Cosaques
faisaient faire à leurs jambes un ouvrage assez menu,

s'enlevaient comme des tourbillons par des bonds de côté qui les faisaient presque retomber sur la tête des musiciens, puis, soudain, pliant les jambes, dansaient à croupetons, leurs ferrures d'argent frappant sec et ferme le sol dur et bien battu. La terre, aux alentours, grondait sourdement, et l'air résonnait au loin des *hopaks* et des *trepaks*[17] martelés par les bottes aux ferrures sonores. Un homme, cependant, criait et s'élançait dans la danse avec un entrain particulier. Son long toupet se déployait au vent, sa robuste poitrine était toute découverte ; il avait passé les manches d'une pelisse d'hiver bien chaude, et la sueur coulait à pleins seaux de son visage.

« Mais enlève au moins ta pelisse ! lui dit enfin Taras. Tu vois bien que tu étouffes !

— Impossible ! criait le Zaporogue.

— Pourquoi donc ?

— Impossible ; je n'y peux rien, c'est ma nature : tout ce que j'enlève, je le bois. »

Quant à son bonnet, à la ceinture de son caftan, à son foulard brodé, il y avait beau temps que le gaillard ne les avait plus : tout cela était passé où il se doit. La foule augmentait ; de nouveaux danseurs s'étaient joints aux premiers, et l'on ne pouvait s'empêcher de frémir au-dedans de soi-même en voyant tout ce monde emporté par la danse la plus déchaînée, la plus endiablée qui se soit jamais vue, cette danse qui, du nom de ses puissants inventeurs, a été baptisée la « cosaque ».

« Ah, si je n'avais pas mon cheval ! s'exclama Taras. Je m'y mettrais, vrai de vrai, je m'y mettrais moi aussi. »

Cependant, on commençait à voir apparaître dans

la foule de vieux Cosaques aux toupets grisonnants, au maintien plein de dignité, qui avaient commandé plus d'une fois et que toute la *Setch* respectait selon leur mérite. En peu de temps, Taras retrouva quantité de visages connus. Ostap et André n'entendaient plus que des saluts : « Ah, c'est toi, Petcheritsa ! Salut, Kozoloup [18] ! » — « Quel bon vent t'amène, Taras ? » — « Que fais-tu donc ici, Doloto ? » — « Salut, Kirdiaga ! Salut, Gousty ! Si je pensais te trouver ici, Remen ! » Et tous ces braves, venus de tous les coins de ce monde agité que formait la Russie orientale, s'embrassaient tour à tour, et les questions pleuvaient : « Et Kassian, que devient-il ? Et Borodavka ? Et Kolopior ? Et Pidsychok ? » Et pour toute réponse on annonçait à Taras Boulba que Borodavka avait été pendu à Tolopan, que Kolopior avait été écorché vif sous Kizirkmen [19], que la tête de Pidsychok, placée dans une barrique de sel, avait été envoyée jusqu'à Constantinople. Et le vieux Taras baissait la tête et répétait, songeur : « C'étaient de bons Cosaques ! »

III

Il y avait déjà près d'une semaine que Taras Boulba vivait à la *Setch* avec ses deux fils. Ostap et André ne pratiquaient guère le métier des armes. La *Setch*, qui n'aimait pas perdre son temps, répugnait à s'encombrer d'exercices militaires. La jeunesse devait s'instruire et se former par expérience, dans le feu des batailles qui, pour cette raison, ne cessaient presque jamais. Quant aux périodes de trêve, les Cosaques jugeaient fastidieux de les consacrer à l'apprentissage de quelque discipline que ce fût, hormis le tir à la cible et, de temps à autre, la course de chevaux et la chasse au gros gibier à travers les steppes et les prairies ; tout le reste de leur temps était voué aux réjouissances, signe de la vaste envolée de leur liberté intérieure. La *Setch* entière présentait un spectacle peu commun. C'était comme un festin perpétuel, un bal bruyamment ouvert et dont on aurait perdu la fin. Quelques-uns des Cosaques pratiquaient un métier, d'autres tenaient boutique et faisaient du commerce ; mais la plupart ne faisaient que mener joyeuse vie du matin au soir, pourvu seulement qu'ils en eussent en poche les moyens sonnants et que le bien acquis ne fût pas encore passé entre les mains des mercantis et des tenanciers de gargote. La vue de ce festin général avait quelque chose d'ensorcelant. Ce n'était pas un ramassis d'ivrognes noyant leur chagrin dans le vin : c'était tout simplement une folle frénésie de gaieté. L'homme qui venait à la *Setch* oubliait et délaissait tout ce qui lui avait tenu à cœur jusque-là. Il envoyait au diable tout son passé et s'abandonnait avec insouciance à la liberté et à la camaraderie de joyeux lurons de son espèce, qui ne connaissaient de parents, de foyer, de famille que le libre ciel et le festin perpétuel de leur âme. De là cette folle gaieté, que nulle autre source n'aurait pu faire jaillir. Les contes et les sornettes qui se débitaient là, parmi la foule paresseusement vautrée sur le sol, étaient souvent si drôles, et animés d'une verve si puissante,

qu'il fallait les dehors imperturbables du Zaporogue
pour les écouter d'un air impassible, sans se trahir
par le plus léger frémissement de la moustache — trait
fortement accusé qui, de nos jours, distingue de ses
frères le Russe méridional. Gaieté ivre et bruyante,
certes, et pourtant la *Setch* n'avait rien du sombre
bouge où l'homme s'oublie dans une gaieté sinistre
et grimaçante : elle ressemblait plutôt à un cercle
étroit de camarades de classe. La différence, c'était
qu'au lieu de rester cloués sur des pensums et de
subir les plats discours d'un maître d'école, on
partait en campagne à cinq mille cavaliers ; au lieu
du préau où l'on joue à la balle, on avait de vastes
frontières, sûres malgré l'absence de protection, où
le Tatar venait parfois montrer sa tête prompte et
que le Turc, immobile sous son turban vert, fixait de
loin de son regard farouche. La différence, c'était
qu'au lieu d'avoir été rassemblés ici, comme à
l'école, par la contrainte, ils avaient quitté père et
mère et déserté le toit familial de leur propre gré ;
qu'il y avait parmi eux des hommes qui avaient déjà
senti la corde se nouer à leur cou et qui, là où les
attendait la pâle mort, avaient trouvé la vie, et la vie
dans toute sa frénésie ; des hommes qui, en bons
gentilhommes, n'étaient pas capables de garder un
sou en poche ; d'autres pour qui, jusque-là, un écu
représentait la fortune, et qui maintenant, par la
grâce des fermiers juifs, auraient pu retourner leurs
poches sans crainte de rien perdre. On trouvait là
tous les *boursaks* qui avaient fini par se lasser des
verges académiques, et auxquels il n'était pas resté
un iota de tout leur bagage scolaire ; mais on
rencontrait aussi des Cosaques qui auraient pu vous

parler d'Horace, de Cicéron ou de la Rome républicaine. On y trouvait bon nombre de ces officiers qui
n'allaient pas tarder à se distinguer dans les armées
du roi ; mais la *Setch* avait formé aussi quantité de
francs-tireurs aguerris dont la noble conviction était
que, de quelque côté que l'on se battît, l'essentiel
était de se battre, car il ne convenait pas à un homme
bien né de vivre sans se battre. Il n'en manquait pas
non plus qui étaient venus à la *Setch* pour pouvoir
dire qu'ils y avaient été, et qu'ils étaient maintenant
des chevaliers éprouvés. Mais qui ne trouvait-on pas
ici ? Cette étrange république répondait parfaite-
ment aux besoins de l'époque. Les amateurs de vie
guerrière, de coupes d'or, de riches brocarts, de
ducats et de réaux ne couraient jamais le risque d'y
rester sans emploi. Seuls les coureurs de jupons
n'avaient rien à y récolter, car il n'était pas de
femme qui osât se montrer à la *Setch,* ou même dans
ses faubourgs.

Ostap et André furent surpris de voir arriver à la
Setch quantité de nouveaux venus, sans que jamais
personne songeât à leur demander d'où ils venaient,
qui ils étaient et comment ils s'appelaient. On aurait
dit qu'ils revenaient dans leur propre demeure après
une absence de quelques heures seulement. Le
nouveau venu n'avait qu'à se présenter au *kochévoï*[20], qui lui disait ordinairement :

« Salut ! Alors, tu crois au Christ ?

— Oui, je crois, disait l'homme.

— Et à la sainte Trinité ?

— À la sainte Trinité aussi.

— Et tu vas à l'église ?

— Oui, je vais à l'église.

— Fais-moi donc le signe de croix. »

L'homme se signait.

« Bon, ça va, disait le *kochévoï*. Tu peux aller rejoindre le quartier de ton choix. »

Et c'était là toute la cérémonie. Toute la *Setch* faisait ses dévotions dans la même église, qu'elle était prête à défendre jusqu'à la dernière goutte de son sang, bien que, pour ce qui était du jeûne et de la continence, elle ne voulût pas en entendre parler. Seul l'appât d'un gain considérable pouvait donner aux Juifs, aux Arméniens et aux Tatars l'audace de vivre et de pratiquer leur commerce dans les faubourgs de la *Setch* : les Zaporogues, en effet, ne marchandaient jamais, et abandonnaient aux commerçants tout ce que leur main avait tiré de leur poche. Mais au demeurant, le sort de ces cupides mercantis n'était guère enviable. Ils ressemblaient à ceux qui élisent domicile au pied du Vésuve : en effet, sitôt que les Zaporogues venaient à manquer d'argent, il se trouvait toujours des têtes chaudes pour démolir leurs boutiques et se servir gratis. La *Setch* comprenait une soixantaine de *kourégnes* [21] ou quartiers qui ressemblaient fort à des républiques indépendantes, et plus encore à des pensions de collégiens dont l'entretien est assuré. Nul ne se souciait d'acquérir ou de conserver quoi que ce fût : tout était entre les mains du chef de quartier, qu'on appelait pour cette raison *batko,* le père. C'est lui qui détenait l'argent, l'habillement, les vivres, la semoule de froment ou de sarrasin, et même le bois de chauffage. C'est à lui que les Cosaques confiaient leur argent en dépôt. Entre les quartiers, les querelles étaient fréquentes. On ne tardait pas, dans ces cas, à en venir aux mains. La grande place se couvrait alors de Cosaques, qui se bourraient les côtes de coups de poing jusqu'à ce que l'un des quartiers prît le dessus et remportât la victoire ; et c'est alors que commençaient les réjouissances. Telle était donc la *Setch,* si riche en attraits pour les jeunes gens. Ostap et André se jetèrent avec toute la fougue de leur âge dans cette mer démontée, oubliant aussitôt le toit familial, la *boursa,* et tout ce qui avait occupé leur âme jusque-là, pour s'abandonner à cette vie nouvelle. Tout les intéressait : les mœurs turbulentes de la *Setch*, l'extrême simplicité de ses institutions, la sévérité de ses lois, qui leur paraissait parfois excessive dans une république aussi anarchique. Qu'un Cosaque se rendît coupable de vol, qu'il commît quelque menu larcin, et l'on y voyait déjà une insulte à la nation cosaque tout entière : il avait failli à l'honneur, on l'attachait donc au poteau d'infamie, avec, auprès de lui, une massue dont chaque passant était tenu de frapper jusqu'à ce que mort s'ensuivît. Le débiteur malhonnête était enchaîné à un canon et devait attendre que l'un de ses camarades se résolût à le racheter en payant sa dette. Mais rien ne frappa si vivement l'imagination d'André que le terrible châtiment que l'on réservait à l'assassin. Sur place, sous ses yeux, on creusa une fosse, on y fit descendre l'assassin encore vivant, on plaça au-dessus de lui le cercueil qui renfermait le corps de sa victime, puis on les recouvrit de terre l'un et l'autre[22]. Longtemps encore, André resta hanté par l'effrayante cérémonie du châtiment et par l'image de cet homme enterré vif auprès de l'horrible cercueil.

Les deux jeunes Cosaques ne tardèrent pas à se faire une bonne réputation auprès de leurs aînés. Souvent, avec quelques camarades de leur quartier, parfois avec le quartier tout entier et les quartiers voisins, ils partaient dans la steppe pour faire la chasse à d'innombrables oiseaux de toute espèce, aux cerfs, aux chèvres sauvages, ou bien se rendaient au bord des lacs, des rivières et des cours d'eau que l'on tirait au sort entre les différents quartiers, pour y tendre des tramails ou des filets, et ramener d'abondantes prises qui servaient au ravitaillement du quartier. Sans doute n'était-ce point là la science à laquelle se juge un Cosaque, mais Ostap et André s'étaient déjà fait remarquer parmi les jeunes gens de leur âge par leur franche audace et la chance qui ne cessait jamais de leur sourire. Ils tiraient au but avec vivacité et précision, ils traversaient le Dniepr à contre-courant — exploit qui valait au novice d'être solennellement admis dans les cercles cosaques.

Mais le vieux Taras leur préparait une activité d'une autre sorte. Cette existence oisive n'était pas à son goût : ce qu'il voulait, c'était du sérieux. Il ne cessait de songer aux moyens de lancer la *Setch* dans quelque audacieuse entreprise où l'on eût pu déployer ses talents comme il convenait à un chevalier. Un jour, enfin, il alla voir l'*ataman* général et lui dit sans ambages :

« Eh bien, *kochévoï,* il est temps que les Zaporogues aillent s'amuser un peu, non ?

— Où veux-tu qu'ils aillent s'amuser ? répliqua l'*ataman* en retirant sa pipe d'entre ses dents et en se retournant pour cracher.

— Où ? Que veux-tu dire ? Il y a les Turcs, il y a les Tatars.

— Nous ne pouvons faire la guerre ni aux Turcs ni aux Tatars, répondit l'*ataman*, en remettant froidement sa pipe entre ses dents.

— Nous ne pouvons pas ? Comment cela ?

— Comme ça. Nous avons promis la paix au sultan.

— Quoi ? Mais c'est un *boussourman*[23] ! Il faut battre les *boussourmans,* c'est Dieu et l'Écriture sainte qui nous l'ordonnent.

— Nous n'avons pas le droit. Si encore nous n'avions pas juré sur notre foi... Mais comme ça, c'est impossible.

— Comment, impossible ? Comment peux-tu dire que nous n'en avons pas le droit ? Écoute, j'ai deux fils, moi, des jeunes gens tous les deux. Ils n'ont jamais été à la guerre, ni l'un ni l'autre : et tu viens me dire que nous n'en avons pas le droit ! Et tu prétends qu'il n'est pas nécessaire que les Zaporogues partent en guerre !

— Je te dis que c'est impossible.

— Alors ce qu'il faut, selon toi, c'est que l'énergie cosaque se gaspille en pure perte, que l'on crève comme des chiens sans avoir rien fait de bon, et sans aucun profit pour la patrie et la chrétienté tout entière ? Mais alors pourquoi vivons-nous, à quoi diable nous sert-il de vivre ? Explique-moi ça, toi ! Tu es un homme intelligent, si on t'a élu *kochévoï,* c'est bien pour quelque chose, eh bien, explique-moi donc à quoi nous sert notre vie ? »

L'*ataman* général laissa cette question sans

réponse. C'était un Cosaque entêté. Il resta quelques instants silencieux, puis il dit :

« De toute façon, on ne fera pas la guerre.

— Alors pas de guerre ? demanda encore Taras.

— Non.

— Inutile d'y songer ?

— Inutile d'y songer. »

« Attends un peu, cabochard de malheur ! se dit Boulba. Je te ferai voir. » Et il résolut séance tenante de tirer vengeance de l'*ataman*[24].

Il s'aboucha avec quelques compagnons, les convia à une beuverie, et l'on vit bientôt un petit groupe de Cosaques éméchés dévaler sur la grande place où pendaient, accrochées à un poteau, les timbales qui servaient généralement à battre le rappel de l'assemblée. Comme ils ne trouvaient pas les baguettes, dont le timbalier ne se séparait jamais, ils se saisirent chacun d'une bûche et se mirent à cogner sur les timbales. Le vacarme fit d'abord accourir le timbalier, un grand gaillard borgne dont l'œil, pour être unique, n'en paraissait pas moins brouillé de sommeil.

« Qui ose frapper les timbales ? cria-t-il.

— Silence ! Prends tes baguettes et tape, puisqu'on te l'ordonne ! » répondirent les gradés titubants.

Le timbalier n'attendait que cela pour tirer de sa poche les baguettes dont il avait pris soin de se munir, sachant fort bien comment se terminaient les aventures de ce genre. Les timbales grondèrent, et bientôt, comme des bourdons, les Zaporogues en grappes sombres commencèrent à s'assembler sur la place. Ils se disposèrent en cercle autour du timbalier et, après la troisième sonnerie, on vit enfin apparaître les officiers : le *kochévoï* portant la masse, insigne de sa dignité, le juge muni du sceau de l'armée, le scribe avec son encrier et l'*essaoul* avec son bâton de commandement. L'*ataman* et les officiers se découvrirent et saluèrent à la ronde en s'inclinant devant les Cosaques qui les attendaient les poings aux hanches, dans une attitude pleine de fierté.

« Que signifie cette réunion ? Que désirez-vous, seigneurs ? » dit le *kochévoï*.

Aussitôt, les injures et les cris fusèrent, couvrant la voix.

« Dépose la masse ! Dépose la masse sur-le-champ, fils de chien ! Nous ne voulons plus de toi ! » criaient quelques Cosaques dans la foule.

Plusieurs quartiers, dont les hommes n'avaient pas bu, firent mine de résister ; on en vint aux mains. Les cris et le vacarme devinrent généraux.

L'*ataman* voulait encore parler, mais sachant que, dans sa fureur, cette foule indisciplinée pourrait le massacrer, comme il arrivait fréquemment en pareil cas, il s'inclina très bas, déposa sa masse et disparut dans la foule.

« Ordonnez-vous, seigneurs, que nous déposions nous aussi les insignes de notre dignité ? demandèrent le juge, le scribe et l'*essaoul,* prêts à déposer à l'instant l'encrier, le sceau de l'armée et le bâton de commandement.

— Non, restez, vous autres ! cria-t-on dans la foule. Nous ne voulions que le départ de l'*ataman,* parce que c'est une femmelette, et qu'il nous faut un homme pour nous commander !

— Qui allez-vous donc désigner maintenant ? demandèrent les officiers.

— Qu'on élise Koukoubenko ! criait une partie de la foule.

— Pas de Koukoubenko ! vociféraient d'autres Cosaques. Il a le temps, regardez-le, ce blanc-bec, avec ses lèvres encore barbouillées de lait !

— Chilo *ataman* ! criaient les uns. Qu'on donne le commandement à Chilo !

— Dans ton dos, le Chilo [25] ! hurlait la foule avec des jurons. Un Cosaque, ce fils de chien, qu'on a pris la main dans le sac comme un vrai Tatar ? Au diable, et cousu dans un sac, cet ivrogne de Chilo !

— Borodaty, Borodaty *ataman* !

— Pas de Borodaty ! À la mère du diable, Borodaty !

— Criez Kirdiaga ! souffla Taras à ses voisins.

— Kirdiaga, Kirdiaga ! cria-t-on dans la foule. Borodaty ! Borodaty ! Kirdiaga ! Kirdiaga ! Chilo ! Au diable, Chilo ! Kirdiaga ! »

Aussitôt qu'ils entendaient prononcer leur nom, les candidats se retiraient de la foule pour échapper au soupçon d'avoir contribué à leur propre élection.

« Kirdiaga ! Kirdiaga ! criaient des voix qui commençaient à dominer toutes les autres. Borodaty ! »

On se mit à argumenter des poings, et Kirdiaga l'emporta.

« Qu'on aille chercher Kirdiaga ! » cria-t-on.

Une dizaine de Cosaques se détachèrent aussitôt de la foule ; quelques-uns d'entre eux se tenaient à peine sur leurs jambes, tant ils avaient bu. Ils s'en furent droit chez Kirdiaga pour lui annoncer son élection.

Kirdiaga qui, malgré son grand âge, était un Cosaque avisé, avait depuis longtemps rejoint son quartier et paraissait tout ignorer de ce qui se tramait.

« Eh bien, seigneurs, que voulez-vous de moi ?

— Viens, on t'a élu *kochévoï* !

— De grâce, seigneurs, ayez pitié de moi ! dit Kirdiaga. Comment serais-je, moi, digne d'un tel honneur ? Moi, *kochévoï* ! Mais tout ce que j'ai de jugement ne me suffirait pas à m'acquitter d'une telle fonction ! Ne me faites pas croire que l'on n'a trouvé personne, dans toute l'armée, qui fasse mieux l'affaire !

— Allez, viens, puisqu'on te le dit ! » criaient les Zaporogues.

Deux d'entre eux le saisirent par les bras, et il eut beau s'arc-bouter de ses deux jambes, il finit cependant par être traîné sur la place, sous les injures, les coups de poing, les coups de pied et les exhortations de la foule :

« Cesse donc de te débattre, enfant du diable ! Puisqu'on te fait cet honneur, tête de chien, ne le refuse pas ! »

C'est ainsi que Kirdiaga fut amené au milieu des Cosaques.

« Eh bien, seigneurs, demandèrent à la ronde ceux qui l'avaient amené. Consentez-vous à ce que ce Cosaque soit notre *kochévoï ?*

— Tous d'accord ! » s'écria la foule, et la puissance de ce cri fit longuement gronder le sol à la ronde.

L'un des officiers prit la masse et la présenta au
nouvel élu. Kirdiaga, selon la coutume, la refusa
sans hésiter un seul instant. L'officier la lui tendit de
nouveau. Kirdiaga refusa encore, et il fallut la lui
présenter une troisième fois pour qu'il la prît enfin.
Un cri d'approbation parcourut la foule, et la
clameur, une fois encore, fit gronder au loin toute la
plaine. On vit alors s'avancer quatre Cosaques parmi
les plus vieux, ceux dont les moustaches et les
toupets étaient les plus chenus (il n'y avait pas de
véritables vieillards à la *Setch*, car un Zaporogue ne
mourait jamais de sa belle mort), qui ramassèrent
chacun une poignée de boue (le sol était détrempé
par de récentes averses) et en coiffèrent le nouvel
ataman. La boue dégoulina le long de ses moustaches et de ses joues et lui barbouilla tout le visage.
Mais Kirdiaga n'avait pas bronché, et continuait à
remercier les Cosaques de lui avoir fait tant d'honneur.

C'est ainsi que prit fin la tumultueuse élection,
dont on ne sait si tous les Cosaques se réjouirent
autant que Taras Boulba : il s'était vengé de l'ancien
ataman général ; en outre, Kirdiaga était un vieux
camarade : ils avaient combattu ensemble sur terre
et sur mer, partageant les épreuves et les peines de la
vie guerrière. La foule se dispersa bientôt pour
célébrer l'élection, et ce fut une noce comme Ostap
et André n'en avaient encore jamais vu de semblable. Les tavernes furent saccagées ; on se servait sans
payer d'hydromel, d'eau-de-vie et de bière. Les
aubergistes devaient encore se féliciter d'avoir eu la
vie sauve. Toute la nuit se passa en vociférations et
en hymnes à la gloire des hauts faits zaporogues. Et

la lune, longtemps après son lever, assistait encore
au défilé des musiciens qui se répandaient dans les
rues avec leurs *bandouras,* leurs tambourins, leurs
balalaïkas arrondies, ainsi que des chantres que la
Setch entretenait pour accompagner la célébration
des offices et chanter les hauts faits du pays zaporogue. L'ivresse et la fatigue eurent enfin raison de ces
têtes solides. Et l'on vit bientôt, çà et là, un
Cosaque, puis un autre, s'effondrer sur le sol : ici,
un homme tombait dans les bras d'un camarade et,
attendri jusqu'aux larmes, s'affalait avec lui ; là tout
un groupe s'étalait pêle-mêle ; ailleurs un homme
cherchait longuement l'endroit où il pourrait s'étendre à son aise, et finissait par se coucher en plein sur
un billot de bois. Un dernier Cosaque, plus résistant
que les autres, tenait encore des discours décousus ;
enfin, l'ivresse toute-puissante le terrassa lui aussi,
et le dernier Cosaque s'effondra. À présent, toute la
Setch dormait.

IV

Dès le lendemain, Taras Boulba se concertait avec
le nouvel *ataman* général pour lancer les Zaporogues
dans quelque aventure. L'*ataman* était un Cosaque
intelligent et rusé, il connaissait ses hommes en long
et en large, et il commença par dire : « On ne peut
pas violer notre serment, rien à faire. » Puis, après
une pause, il ajouta : « Ça ne fait rien, la chose peut
s'arranger. Nous n'allons pas violer notre serment,

mais nous trouverons bien un autre moyen. Que le peuple se rassemble, seulement ; pas sur mon ordre, mais de sa propre volonté. Je n'ai pas besoin de vous dire comment faire. Quant à nous, les officiers et moi, nous allons aussitôt accourir sur la place, et faire comme si nous n'étions au courant de rien. »

Une heure ne s'était pas écoulée depuis cet entretien, que déjà les timbales sonnaient. Il n'avait guère fallu de temps pour trouver des Cosaque ivres et peu sensés. En un clin d'œil, des milliers de bonnets déferlèrent sur la place. Et déjà, des rumeurs montaient de la foule : « Qui ?... Pourquoi ?... D'où vient que l'on batte le rappel ? » Nul ne répondait. Enfin, de plusieurs côtés à la fois, on entendit crier : « Quel gaspillage d'énergie cosaque : pas de guerre !... Voyez les officiers, ces fainéants, tout engourdis comme des marmottes, avec leurs yeux bouffis de graisse !... Non, c'est clair, il n'y a pas de justice ici-bas ! » Les autres Cosaques se contentèrent d'abord d'écouter, mais ils finirent par répéter eux aussi : « C'est bien vrai, tout de même, qu'il n'y a pas de justice ici-bas ! » Les officiers paraissaient stupéfaits d'entendre ces propos. À la fin, l'*ataman* s'avança et dit :

« Permettez-moi, seigneurs Zaporogues, de tenir un discours.

— Parle !

— Eh bien, nobles seigneurs, le premier point — mais vous êtes peut-être les premiers à le savoir — est que de nombreux Zaporogues en sont venus à s'endetter dans les tripots auprès des Juifs et de leurs propres frères, au point que c'est le diable s'il se trouve encore quelqu'un qui fasse crédit. Et le deuxième point, c'est que nous avons ici beaucoup de jeunes garçons qui ne savent même pas ce que c'est que la guerre, et vous savez vous-mêmes, seigneurs, que la guerre est chose indispensable pour un jeune homme. Quel Zaporogue serait-ce là, celui qui n'aurait jamais rossé les infidèles ? »

« Voilà qui est parler », pensa Boulba.

« N'allez pas songer, seigneurs, que, du reste, je parle ainsi pour troubler la paix : Dieu m'en préserve ! Ce que j'en dis, c'est en passant. Mais d'un autre côté, voyez notre église : c'est une véritable honte : depuis tant d'années que, par la grâce de Dieu, la *Setch* existe, les icônes n'ont pas encore reçu le moindre ornement — et je ne parle même pas de l'extérieur du bâtiment. Si au moins quelqu'un s'était avisé de leur forger une châsse d'argent ! Tout ce qu'elles ont reçu, ce sont les dons que certains Cosaques leur ont laissés par testament. Et encore n'étaient-ce là que de bien maigres donations, car les donateurs avaient bu presque tout leur bien de leur vivant. Eh bien, où je veux en venir, ce n'est pas qu'il faille entrer en guerre avec les infidèles : nous avons promis la paix au sultan, et nous aurions un grand péché sur la conscience, car nous avons prêté serment sur notre foi. »

« Qu'est-ce que c'est que ce galimatias ? » se dit Taras Boulba.

« Oui, eh bien vous voyez, seigneurs, que nous ne pouvons pas entrer en guerre. Notre honneur de chevaliers nous l'interdit. Pourtant, selon ma faible raison, voici ce que je pense : envoyons seulement les jeunes gens avec nos barques, qu'ils ratissent les rivages de la Natolie[26]. Qu'en pensez-vous, seigneurs ?

— Tous, conduis-nous tous ! s'écria-t-on de toutes parts. Nous sommes tous prêts à mourir pour la foi ! »

L'*ataman* prit peur ; il n'entrait nullement dans ses intentions de provoquer une levée en masse du pays zaporogue : il pensait qu'il n'avait pas le droit de violer ainsi le traité de paix.

« Me permettez-vous, seigneurs, de prendre encore une fois la parole ?

— Assez ! criaient les Zaporogues. Tu ne peux rien nous dire de plus sage !

— Puisque c'est ainsi, eh bien qu'il en soit selon votre gré. Je suis l'esclave de votre volonté. Chacun sait, c'est même l'Écriture sainte qui nous l'enseigne, que la voix du peuple est la voix de Dieu. On ne saurait imaginer de décision plus sage que celle du peuple entier. Seulement voilà : vous savez, seigneurs, que le sultan ne laissera pas impuni le plaisir que prendront nos gaillards. Nous, pendant ce temps-là, nous pourrions nous tenir sur nos gardes, et nous aurions des troupes fraîches, et nous ne craindrions personne. Songez qu'en notre absence, les Tatars pourraient bien venir aussi attaquer la *Setch :* ces chiens des Turcs, ils n'ont pas le courage de se montrer en face et de frapper à la porte quand le maître est là, mais sitôt qu'on a le dos tourné, ils peuvent venir vous mordre les talons, et gare à la morsure ! Et, puisque nous en sommes là, il faut bien dire ce qui est : nous n'avons même pas assez de barques en réserve et de poudre broyée pour tout le monde. Cela dit, en ce qui me concerne, je suis d'accord : je suis l'esclave de votre volonté. »

Le rusé *ataman* se tut. Des groupes se formèrent, on se mit à discuter, les *atamans* de quartier commencèrent à se concerter ; les hommes ivres, par bonheur, étaient peu nombreux, aussi décida-t-on de suivre cet avis raisonnable.

Sitôt que la décision fut prise, quelques Cosaques gagnèrent la rive opposée du Dniepr et se dirigèrent vers le lieu qui servait d'entrepôt à l'armée et où, en des caches inaccessibles, sous l'eau et parmi les roseaux, se trouvaient dissimulés le trésor de l'armée et une partie des armes prises à l'ennemi. Les autres coururent aux embarcations, afin de les examiner et de les parer pour la route. En un instant, le rivage fut noir de monde. Quelques charpentiers apparurent, la hache à la main. De vieux Zaporogues hâlés, larges d'épaules, fortement jambés, aux moustaches grisonnantes ou noires, se tenaient dans l'eau jusqu'aux genoux, leurs pantalons retroussés, et mettaient les barques à flot au moyen d'épais cordages. D'autres amenaient des rondins bien secs et du bois de toute espèce. Ici on couvrait de planches la carcasse d'une barque ; là on calfatait et on goudronnait une coque renversée ; plus loin on attachait aux plats-bords des gerbes de roseaux, à la manière cosaque, afin d'éviter que la barque ne fût submergée par une vague ; plus loin encore, tout le long du rivage, on avait allumé des feux et l'on y faisait bouillir dans des marmites de cuivre la résine dont on enduisait les embarcations. Les vieux routiers instruisaient les plus jeunes. Les coups de marteau et les cris des Cosaques à l'ouvrage montaient de toutes parts : le rivage entier remuait et tremblait comme s'il eût été vivant.

À ce moment, un grand bac commença à accoster. De loin, on voyait déjà gesticuler ses occupants. C'étaient des Cosaques vêtus de casaques en lambeaux. Le désordre de leur mise — plusieurs n'avaient que leur chemise et leur brûle-gueule entre les dents — montrait soit qu'ils venaient d'échapper à quelque calamité, soit qu'ils avaient ripaillé au point d'y laisser tout ce qu'ils avaient sur le corps. Puis on vit se détacher du groupe et s'avancer en direction du rivage un Cosaque trapu et large d'épaules, âgé d'une cinquantaine d'années. Il criait et gesticulait plus que les autres, mais les coups de marteaux et les cris des travailleurs couvraient sa voix.

« Que venez-vous nous annoncer ? » demanda l'*ataman* lorsque le bac se fut rangé le long du rivage.

Tous les Cosaques avaient interrompu leur travail, leurs haches et leurs ciseaux levés, et attendaient, les yeux fixés sur les nouveaux venus.

« Du malheur ! cria le Cosaque trapu, avant même d'avoir quitté le bac.

— Quel malheur ?

— Me permettez-vous, seigneurs Zaporogues, de prendre la parole ?

— Parle !

— Ou peut-être voulez-vous réunir l'assemblée ?

— Parle, tout le monde est là. » Tous les Cosaques se serraient à présent autour de lui.

« Est-il possible que vous n'ayez rien appris de ce qui se passe en Ukraine du Hetman[27] ?

— Qu'est-ce donc ? demanda l'un des *atamans* de quartier.

— Comment ? Qu'est-ce donc ? On voit que le Tatar vous a bourré les oreilles d'étoupe, pour que vous n'ayez rien entendu dire.

— Parle donc ! Que s'y passe-t-il ?

— Il s'y passe qu'on n'a jamais rien vu de semblable depuis que nous sommes nés et baptisés.

— Vas-tu nous dire enfin ce qui s'y passe, fils de chien ! s'écria dans la foule un Cosaque qui, visiblement, avait perdu patience.

— Eh bien, par les temps qui courent, nos saintes églises ne sont plus à nous.

— Comment plus à nous ?

— À présent, les Juifs les ont affermées. Il faut leur payer d'avance pour pouvoir célébrer la messe.

— Qu'est-ce que tu nous racontes là ?

— Et si ce triple chien de Juif n'y trace pas une marque de sa main impure, on ne peut même pas consacrer le gâteau de Pâques.

— Il ment, seigneurs mes frères, il ment : comment voulez-vous qu'un Juif impur fasse une marque sur le gâteau de Pâques ?

— Écoutez ! Je vous en apprendrai bien d'autres : à travers toute l'Ukraine, les curés polonais se promènent maintenant en carriole. Passe pour la carriole : le malheur, c'est qu'ils n'y attellent pas des chevaux, mais tout bonnement des chrétiens orthodoxes. Écoutez ! Ce n'est pas tout : voici, dit-on, que les Juives se font des jupes avec les soutanes de nos popes[28]. Voilà ce qui se passe en Ukraine, seigneurs ! Et vous, pendant ce temps-là, vous restez bien tranquilles au pays zaporogue, à mener la belle vie, et le Tatar, apparemment, vous a fait si peur que vous avez encore les yeux fermés et les oreilles bouchées à ce qui se passe dans le monde.

— Pas si vite, pas si vite ! » dit l'*ataman*[29] général qui, jusque-là, écoutait immobile, les yeux rivés au sol, comme le faisaient généralement les Zaporogues qui, lorsque l'affaire était grave, ne s'abandonnaient jamais à leur premier mouvement, mais restaient silencieux tandis que l'indignation montait en eux, accumulant sa formidable puissance. « Pas si vite ! J'ai un mot à dire moi aussi. Et vous, vous — que le diable aille rompre bras et jambes à vos pères — que faisiez-vous vous-mêmes ? Vous n'aviez donc pas de sabres ? Comment avez-vous pu tolérer cette infamie ?

— Allons donc ! Comment avons-nous pu tolérer cette infamie ? J'aurais aimé vous y voir, avec cinquante mille hommes en face de vous pour ne parler que des Polonais, car, il faut bien le dire, il s'est trouvé aussi des chiens parmi les nôtres, qui ont déjà adopté leur foi.

— Et votre *hetman,* et vos officiers, que faisaient-ils ?

— Ce qu'ils ont fait, je ne souhaite à personne d'entre nous d'avoir à le faire !

— Que veux-tu dire ?

— Je veux dire que le *hetman,* à l'heure qu'il est, se trouve à Varsovie, grillé tout vif dans un taureau de cuivre ; quant aux colonels, on promène leurs mains et leurs pieds de par les foires pour les montrer au bon peuple. Voilà ce qu'ils ont fait, les colonels[30] ! »

La foule entière frémit. On sentit d'abord passer

sur tout le rivage un silence pareil à celui qui précède une tempête féroce, puis, soudain, des voix s'élevèrent et le rivage entier parla.

« Comment ! Que des Juifs aient affermé nos églises chrétiennes ? Que les curés polonais attellent à leurs brancards des chrétiens orthodoxes ? Comment ! Que nous tolérions en terre russe que de maudits renégats nous infligent de semblables tourments ? Qu'on traite de la sorte les colonels et le *hetman* ? C'est ce que nous ne permettrons pas, non, jamais ! »

Les exclamations fusaient de toutes parts. La foule gronda et prit conscience de sa force. Ce n'étaient plus les remous d'un peuple léger : on voyait s'agiter des hommes au caractère tenace et posé, lents à s'échauffer, mais qui, une fois échauffés, conservaient longtemps et obstinément la flamme qui les dévorait.

« Qu'on pende toute la juiverie ! cria-t-on dans la foule. Ça leur apprendra à faire des jupes pour leurs Juives avec des soutanes de popes ! Ça leur apprendra à tracer des marques sur le gâteau de Pâques ! Qu'on les noie tous dans le Dniepr, les païens maudits ! »

Ces mots, lancés par quelqu'un dans la foule, passèrent comme un éclair sur toutes les têtes, et la foule se rua vers les faubourgs, décidée à massacrer tous les Juifs.

Les malheureux enfants d'Israël, perdant décidément le peu qu'ils avaient de courage, couraient se cacher dans des barriques d'eau-de-vie vides, dans leurs fours, et même sous les jupons de leurs Juives ; mais les Cosaques les dénichaient partout.

« Sérénissimes seigneurs ! criait un Juif maigre et long comme une trique, dont la pitoyable figure, grimaçante d'effroi, émergeait d'un groupe de ses semblables. Sérénissimes seigneurs ! Laissez-nous dire un mot, un seul mot ! Nous allons vous révéler de ces choses ! Vous n'en croirez pas vos oreilles ! Des choses si importantes que je ne peux pas vous dire comme elles sont importantes !

— Allons, laissez-les dire, intervint Boulba, qui avait toujours à cœur de donner la parole à l'accusé.

— Illustres seigneurs, prononça le Juif. Des seigneurs comme vous, on n'en a jamais vu. Jamais, Dieu m'en soit témoin ! Si doux, si bons, si vaillants, jamais depuis que le monde existe !... » Sa voix se brisait et tremblait sous l'effet de la peur. « Comment voulez-vous que nous ayons de mauvaises pensées à l'égard des Zaporogues ? Ils ne sont pas des nôtres, ceux qui ont des concessions en Ukraine ! Ma parole, ils ne sont pas des nôtres ! Ce ne sont pas des Juifs, ceux-là, ce sont des Dieu sait quoi. Ceux-là, ils méritent seulement qu'on leur crache dessus et qu'on les envoie au diable. Tenez, en voici qui vous le diront comme moi. Est-ce vrai ou non, toi, Chléma, ou toi, Chmoul ?

— Dieu nous soit témoin que c'est vrai, répondirent Chléma et Chmoul, deux Juifs coiffés de calottes déchirées et dont le visage était blanc comme un linge.

— Jamais encore, continua le grand Juif, nous n'avons eu de rapports avec l'ennemi. Et pour les catholiques, nous ne voulons pas en entendre parler : que le diable aille les houspiller en rêve ! Les

Zaporogues sont pour nous comme des frères bien-aimés...

— Comment ? Les Zaporogues vos frères ? s'écria une voix dans la foule. C'est ce que nous allons voir, maudits Juifs ! Dans le Dniepr, seigneurs ! Tous à l'eau, les infidèles ! »

C'était le signal attendu. Les Juifs furent empoignés à bras-le-corps et on commença à les précipiter dans les flots. Des hurlements de détresse s'élevaient de toutes parts, mais les rudes Zaporogues ne faisaient que rire en voyant s'agiter désespérément des jambes juives chaussées de savates et couvertes de bas. Le pauvre orateur, qui avait lui-même attiré la foudre qui s'abattait sur lui, sauta hors du caftan par lequel on l'avait empoigné, et, vêtu seulement d'une camisole étriquée de couleur pie, enlaça les jambes de Boulba et se mit à le supplier d'une voix déchirante :

« Grand seigneur, altesse sérénissime ! J'ai connu votre frère, le défunt Doroch ! Quel guerrier ! L'ornement de la chevalerie ! Je lui ai donné huit cents sequins pour payer sa rançon, lorsqu'il était prisonnier des Turcs.

— Tu as connu mon frère ? demanda Taras.

— Dieu me soit témoin que je l'ai connu ! C'était un magnanime seigneur.

— Et toi, comment t'appelle-t-on ?

— Yankel.

— Bon », fit Taras. Puis, après un instant de réflexion, il se tourna vers les Cosaques et leur dit : « Il sera toujours temps de pendre le Juif, s'il le faut, mais pour aujourd'hui, laissez-le-moi. » Là-dessus, Taras l'emmena vers son charroi, auprès duquel se tenaient ses hommes. « Allez, glisse-toi sous le chariot, couche-toi et ne bouge plus ; quant à vous, mes amis, ne le laissez pas fuir. »

Puis il se dirigea vers la place, car depuis quelques instants déjà, la foule commençait à s'y rassembler. En un clin d'œil, tous les Cosaques avaient déserté le rivage et abandonné le gréage des embarcations, car il n'était plus question d'expédition navale, mais de campagne en terre ferme, et l'on avait besoin de chariots et de chevaux, et non de navires et de *mouettes*[31] cosaques. Tous voulaient partir à présent, jeunes et vieux ; toute l'armée, se rangeant à l'avis des officiers, des *atamans* de quartiers, de l'*ataman* principal, avait résolu de marcher droit sur la Pologne, de faire payer aux Polonais le mal qu'ils avaient fait, l'humiliation qu'ils avaient infligée à la vraie foi et à la gloire cosaque, de piller les villes, de mettre le feu aux villages et aux moissons, et de faire retentir la steppe du bruit de leurs exploits. Sans perdre un instant, on bouclait son ceinturon, on fourbissait ses armes. Le *kochévoï* avait grandi d'une coudée. Ce n'était plus le timide exécutant des caprices d'un peuple libre ; c'était un souverain absolu. C'était un despote qui ne savait que commander. Tous ces chevaliers frondeurs et noceurs s'alignaient devant lui dans un ordre impeccable, baissant respectueusement la tête, osant à peine lever les yeux lorsque l'*ataman* distribuait ses ordres ; il les distribuait sans élever la voix, sans hâte et sans cris, posément, en Cosaque blanchi sous le harnais, auquel il était déjà arrivé maintes fois de mettre à exécution un projet mûrement réfléchi.

« Examinez-vous, examinez-vous de près, leur

disait-il. Vérifiez l'état des chariots et des bacs à
goudron, essayez vos armes. Ne vous encombrez pas
de vêtements : une chemise et deux pantalons par
Cosaque, et puis un pot de sarrasin et de millet pilé
— et que ce soit tout ! Pour ce qui est de la réserve, il
y aura tout le nécessaire dans les chariots. Une paire
de chevaux par Cosaque. Et qu'on prenne aussi deux
cents paires de bœufs, il en faudra pour les passages
à gué et les marécages. Et surtout, seigneurs, de
l'ordre ! Oui, je sais qu'il y en a parmi vous qui
profitent du moindre butin que Dieu nous envoie
pour tailler les nankins et les velours précieux afin de
s'en garnir les bottes. Défaites-vous de cette habi-
tude diabolique, laissez à d'autres les jupons, ne
prenez que les armes, s'il vous en tombe de bonnes
entre les mains, et aussi les ducats et l'argent, parce
que ces choses-là ont de la contenance et peuvent
toujours servir. Et puis encore, seigneurs, que je
vous le dise d'avance : si quelqu'un s'enivre en
expédition, qu'il ne s'attende pas à passer en jugement ; comme un chien, je lui ferai mettre la corde
au cou et je le ferai attacher à un chariot, fût-il le
plus valeureux de toute l'armée. Comme un chien il
sera abattu sur place et laissé sans sépulture, livré en
pâture aux oiseaux, car celui qui s'enivre en expédition n'est pas digne d'une sépulture chrétienne.
Jeunes gens, obéissez aux anciens en toute chose. Si
une balle vous accroche en passant ou qu'un coup de
sabre vous égratigne la tête ou quelque autre partie
du corps, n'y faites pas trop attention. Trempez une
cartouche de poudre dans un gobelet de tord-
boyaux, buvez d'un trait et cela passera, vous
n'aurez même pas de fièvre ; quant aux blessures, si

elles ne sont pas trop grandes, appliquez-y tout simplement de la terre délayée dans le creux de la main avec un peu de salive, cela fera sécher la plaie. Et maintenant à l'ouvrage, à l'ouvrage, mes gaillards, mais posément, sans précipitation ! »

Tel fut le discours de l'*ataman,* et à peine eut-il achevé que tous les Cosaques se mirent à l'ouvrage. Toute la *Setch* était dégrisée, et l'on aurait cherché en vain un seul ivrogne, à croire qu'il n'y en avait jamais eu parmi les Cosaques... Les uns réparaient les bandages des roues et changeaient les essieux des chariots ; d'autres les chargeaient de sacs de vivres ou d'armes ; d'autres amenaient les chevaux et les bœufs. De toutes parts on entendait résonner des bruits de sabots, des coups de feu, des cliquetis de sabres, des meuglements de bœufs, des grincements d'essieux, des bruits de voix, des cris retentissants, des exhortations. Et bientôt un immense convoi s'étira au loin dans la plaine : s'il avait pris fantaisie à quelqu'un de courir de la tête à la queue du convoi, il aurait eu une longue course à faire. Le prêtre célébra un office dans la petite chapelle de bois, et aspergea tous les Cosaques d'eau bénite ; tous baisèrent la croix. Lorsque le convoi s'ébranla et commença à s'éloigner de la *Setch,* tous les Zaporogues tournèrent la tête.

« Adieu, notre mère ! dirent-ils presque d'une seule voix. Que Dieu te préserve de tout malheur ! »

En traversant le faubourg, Taras Boulba aperçut son Juif Yankel, qui avait déjà dressé une échoppe abritée sous un auvent et vendait des pierres à fusil, des cartouches, de la poudre, toutes sortes d'accessoires militaires nécessaires en campagne, et jusqu'à

des petits pains et des miches. « Voyez-vous ce Juif
de tous les diables ! » se dit Boulba et, dirigeant vers
lui son cheval, il lui dit :

« Que fais-tu là, imbécile ? Veux-tu que l'on
t'abatte comme un moineau ? »

Yankel s'approcha de lui, et, avec un geste des
deux mains qui paraissait indiquer qu'il avait un
secret à lui communiquer, il dit :

« Que le seigneur se taise et n'en dise rien à
personne : parmi les chariots des Cosaques, il y en a
un qui m'appartient, avec toutes sortes de provisions
utiles à l'armée, et en cours de route je fournirai des
vivres de toute espèce à un prix qu'on n'a jamais vu
pratiquer à un Juif. Ma parole que c'est vrai ; oui,
ma parole. »

Taras Boulba ne put que hausser les épaules, tout
en admirant la pétulance juive ; puis il rejoignit le
convoi.

V

Bientôt, tout le sud-ouest de la Pologne fut la
proie de la terreur. « Les Zaporogues ! Les Zaporogues sont là... », répétait partout la rumeur. Tout ce
qui pouvait fuir se sauvait devant eux. Tous abandonnaient leurs foyers et se dispersaient à la ronde,
comme on le faisait généralement en ce siècle
tumultueux et imprévoyant, où les hommes n'élevaient ni forteresses ni châteaux, mais dressaient à la
grâce de Dieu de précaires demeures de chaume, en
se disant : « À quoi bon perdre sa peine et son

argent pour se bâtir une izba, puisque de toute manière elle sera rasée à la première incursion des Tatars ! » C'était un branle-bas général : qui échangeait son bœuf et sa charrue contre un cheval et un fusil pour aller rejoindre un régiment, qui se sauvait, chassant devant lui son bétail et emportant tout ce qu'il pouvait. On rencontrait parfois des habitants qui accueillaient les visiteurs les armes à la main, mais la plupart fuyaient sans les attendre. Chacun savait qu'il était périlleux de se frotter à cette horde turbulente et belliqueuse que l'on désignait du nom d'armée zaporogue et qui, sous l'apparence du désordre et de l'indiscipline, dissimulait un ordre concerté qui se révélait au moment de la bataille. Les cavaliers s'avançaient en tête, veillant à ne pas fatiguer ou échauffer leurs montures, les fantassins suivaient patiemment les chariots, et l'ensemble du convoi ne se déplaçait que de nuit, réservant la journée au repos et choisissant à cet effet les endroits déserts et inhabités, ainsi que les forêts, encore nombreuses à cette époque. On dépêchait en avant-garde des estafettes et des éclaireurs chargés de reconnaître les lieux et de recueillir des renseignements. Et bien souvent, on voyait les Cosaques surgir là où on les attendait le moins, et il ne restait plus alors qu'à dire adieu à la vie. Des villages entiers étaient dévorés par le feu ; le bétail et les chevaux que l'armée ne pouvait emmener étaient abattus sur place. On aurait dit les Zaporogues à un festin plutôt qu'en expédition. De nos jours, les cheveux se dresseraient d'horreur devant les traces qu'ils laissaient partout de leur passage, témoignages atroces d'une cruauté propre à ce siècle à demi sauvage. Nourrissons massacrés, femmes aux seins coupés, prisonniers que l'on relâchait après leur avoir écorché les jambes jusqu'au genou, — bref, les Zaporogues rendaient au centuple les dettes qu'ils avaient contractées. Le supérieur d'un monastère, les voyant approcher, leur envoya deux moines chargés de leur dire qu'ils se conduisaient mal, qu'ils avaient conclu un accord avec le gouvernement, qu'ils manquaient à leurs devoirs envers le roi, et portaient donc atteinte au droit des gens.

« Dis à l'évêque de ma part, ainsi que de la part de tous les Zaporogues, répondit l'*ataman,* qu'il ne se fasse pas de souci. Les Cosaques ne font qu'allumer leurs pipes et n'en sont encore qu'à leurs premières bouffées. »

Et bientôt, la grandiose abbaye était dévorée par les flammes, et les colossales fenêtres gothiques lançaient de sinistres regards à travers les langues de feu. Des foules de moines, de Juifs, de femmes en fuite allaient accroître la population des villes où l'on pouvait compter sur une garnison et une enceinte fortifiée. Les renforts tardifs, formés de petites compagnies, que les autorités dépêchaient çà et là contre les Cosaques, ne parvenaient pas à les trouver, ou bien tremblaient de peur, tournaient bride à la première rencontre, et fuyaient au galop de leurs fringants coursiers. Il arrivait parfois que plusieurs généraux des armées royales, qui n'avaient connu jusque-là que des triomphes, décidaient d'unir leurs forces et de faire front contre les Zaporogues. C'était l'occasion dont rêvaient, pour éprouver leur force, nos deux jeunes Cosaques que rebutaient le pillage, l'esprit de lucre et les combats inégaux contre un adversaire impuissant, et qui brûlaient de se faire valoir devant les anciens, en se mesurant en combat singulier à quelque Polonais hardi et vantard, caracolant sur son fringant coursier et laissant flotter au vent les manches rejetées en arrière de son ample dolman. C'était là pour eux un joyeux apprentissage. Ils avaient déjà fait une ample provision de harnais, de sabres et de fusils précieux. Un mois avait suffi à mûrir et à métamorphoser ces blancs-becs à peine sortis du nid, et à en faire des hommes. Les traits de leurs visages, naguère encore empreints de douceur juvénile, avaient maintenant quelque chose d'énergique et d'imposant. Et le vieux Taras constatait avec joie que ses fils étaient parmi les meilleurs soldats. Ostap semblait être né pour cette vie guerrière et pour le savoir difficile des combats. Jamais encore il ne s'était laissé prendre au dépourvu ni troubler par quoi que ce fût : avec un sang-froid presque miraculeux pour un jeune homme de vingt-deux ans, il était capable d'évaluer le risque et de jauger la situation en un clin d'œil, et de trouver aussitôt la parade, mais une parade qui lui permît ensuite de surmonter plus sûrement l'obstacle. Ses gestes trahissaient une assurance éprouvée, et révélaient déjà les penchants d'un futur chef. Son corps donnait une impression de vigueur, et ses vertus chevaleresques avaient acquis une puissance et une ampleur qui le faisaient pareil à un lion.

« Oh, mais on en fera un bon capitaine ! disait le vieux Taras. Ma parole, on en fera un bon capitaine, et qui laissera son père loin derrière lui, je vous le dis ! »

André, lui, était plongé jusqu'au cou dans la musique enchanteresse des balles et des sabres. Réfléchir, calculer, évaluer d'avance les forces en présence, tout cela lui était étranger. Ivresse et folle volupté, voilà ce qu'il voyait dans le combat : l'image d'un festin le poursuivait en ces instants où le cerveau s'enflamme, où tout s'agite et se brouille devant les yeux, où les têtes volent, les chevaux s'effondrent à grand bruit, tandis que l'on s'élance comme un homme ivre parmi le sifflement des balles et le scintillement des épées, et que l'on frappe à la ronde sans prendre garde aux coups que l'on reçoit. Lui aussi, plus d'une fois, avait fait l'admiration de son père lorsque, obéissant à une fougueuse impulsion, il entreprenait ce qu'un homme raisonnable et de sang-froid n'aurait jamais risqué, et que sa folle ardeur faisait à elle seule des miracles qui laissaient les vétérans ébahis. Le vieux Taras l'admirait et disait :

« Lui aussi, que Dieu le garde du Malin, c'est un bon guerrier ! Ce n'est pas Ostap, bien sûr, mais c'est aussi un bon, un très bon soldat ! »

L'armée avait résolu de marcher droit sur la ville de Doubno où, selon la rumeur publique, il y avait un trésor bien garni et de riches bourgeois en grand nombre. En un jour et demi, l'étape fut franchie, et les Zaporogues apparurent devant la cité. Les habitants avaient décidé de se défendre jusqu'à l'épuisement de leurs forces et de leurs ressources, et de mourir sur les places et dans les rues, au seuil de leurs demeures, plutôt que d'y laisser pénétrer l'ennemi. Un grand rempart de terre entourait la cité ; là où il s'abaissait, on voyait apparaître un mur de pierre ou une maison servant de batterie, ou parfois une palissade de chêne. La garnison était forte et consciente de la gravité de sa tâche. Pleins d'ardeur, les Zaporogues s'élançaient déjà à l'assaut de la ville, lorsqu'ils furent accueillis par un feu nourri de mitraille. Le petit peuple et les bourgeois qui, apparemment, ne voulaient pas rester inactifs, étaient venus s'attrouper sur les remparts. La détermination qui se lisait dans leurs yeux était celle du désespoir ; les femmes non plus ne voulaient pas rester à l'écart de la bataille, et l'on vit bientôt pleuvoir sur la tête des assaillants des pierres, des barriques, des pots, de la poix bouillante, et enfin du sable qui les aveuglait. Les Zaporogues n'aimaient pas avoir affaire à des places fortes, et tenir un siège n'était pas leur fort. L'*ataman* fit sonner la retraite, et dit :

« Tant pis, seigneurs mes frères, nous allons battre en retraite. Mais que je sois un Tatar impie, et non un bon chrétien, si nous laissons âme qui vive sortir de la ville ! Qu'ils crèvent tous de faim, les chiens ! »

L'armée se retira pour se disposer à l'entour de la ville et, par désœuvrement, se mit à ravager les environs, mettant le feu aux villages et aux meules de blé qui n'étaient pas encore rentrées, et lâchant ses chevaux sur des champs où la faucille n'était pas encore passée et où, justement, se balançaient de gras épis, fruits d'une récolte exceptionnelle, venue, cette année-là, récompenser avec largesse les efforts des laboureurs. Les citadins voyaient avec effroi leurs moyens de subsistance anéantis. Et cependant, les Zaporogues entouraient la ville de leurs chariots disposés sur deux rangs, s'installaient par *kourégnes,* comme à la *Setch,* fumaient leurs pipes, échangeaient les armes prises à l'ennemi, jouaient à saute-mouton ou aux dés, et contemplaient la ville avec un sang-froid désespérant. La nuit, on allumait des bûchers. Dans chaque *kourégne,* les cuisiniers faisaient cuire de la bouillie de sarrasin dans d'immenses chaudrons. Des sentinelles veillaient auprès des foyers qui restaient allumés toute la nuit. Mais cette inaction, jointe à une sobriété sans nulle contrepartie, commença bientôt à peser aux Cosaques. L'*ataman* alla jusqu'à faire doubler la ration d'eau-de-vie, comme on le faisait parfois lorsqu'il n'y avait pas de dur combat à mener ou de marches à entreprendre. Les jeunes gens, et les fils de Taras en particulier, n'aimaient guère ce genre de vie. André, manifestement, s'ennuyait.

« Tête folle, lui disait Taras. Patience, Cosaque, tu seras *ataman !* Il ne suffit pas, pour être un bon soldat, de ne pas perdre courage dans un dur combat : il faut encore garder son entrain dans l'inaction, être capable de tout supporter et de tenir bon contre vents et marées ! »

Mais comment accorder un ardent jeune homme avec un vieillard ? Leurs natures sont différentes, et c'est avec d'autres yeux qu'ils regardent le même objet.

Cependant, le régiment de Taras était arrivé, sous la conduite de Tovkatch ; celui-ci était accompagné de deux *essaouls,* d'un scribe et d'autres gradés ; il y avait là, en tout, plus de quatre mille Cosaques. Parmi eux, il ne manquait pas de volontaires à cheval, qui avaient pris les armes de leur propre chef, sans attendre d'être appelés, aussitôt qu'ils avaient su de quoi il retournait. Les *essaouls* avaient apporté aux fils de Taras la bénédiction de leur vieille mère, accompagnée, pour chacun d'eux, d'une petite icône en bois de cyprès, provenant du monastère de Méjigorié, à Kiev. Les deux frères passèrent à leur cou les saintes images, et le souvenir de leur vieille mère les plongea dans une rêverie involontaire. Que leur présage, que leur annonce cette bénédiction ? Doit-elle leur apporter la victoire sur l'ennemi, et un joyeux retour au pays natal avec leur charge de butin et leur cortège de gloire, et l'éternelle consécration des chants composés pour eux par les joueurs de *bandoura,* ou bien... Mais obscur est l'avenir, qui se dresse devant nous pareil à la brume de l'automne lorsqu'elle se lève au-dessus des marais. Éperdument les oiseaux la sillonnent, s'élèvent et redescendent, battant des ailes, sans se reconnaître entre eux, et la colombe ignore le vautour, le vautour ne voit pas la colombe, et aucun d'eux ne sait s'il ne frôle sa mort...

Ostap était retourné à ses occupations, et il y avait longtemps déjà qu'il avait rejoint son *kourègne.* André, lui, ne sachant lui-même pourquoi, se sentait le cœur oppressé. Déjà les Cosaques avaient achevé leur souper, et le soir éteignait ses feux ; l'air s'abandonnait à l'étreinte de la merveilleuse nuit de juillet ; mais André tardait à rejoindre son quartier, ne songeait pas à se coucher, et ne parvenait pas à détacher son regard du tableau qui se déployait devant lui. Au ciel, répandant une lumière fine et aiguë, scintillaient d'innombrables étoiles. Dans la plaine, à perte de vue, étaient dispersés des chariots

chargés de vivres pris à l'ennemi ; on distinguait les
seaux de goudron qui pendaient à leurs essieux.
Partout, auprès des chariots, entre leurs roues ou un
peu à l'écart, on voyait des Zaporogues vautrés dans
l'herbe. Tous dormaient en de pittoresques atti-
tudes : les uns avaient pris pour oreiller leur sac ou
leur bonnet, d'autres, tout simplement, les côtes
d'un camarade. Chacun avait auprès de lui son
sabre, son mousquet, sa courte pipe munie de
breloques, d'un cure-pipe en fer et d'un briquet,
objets dont ils ne se séparaient jamais. Des bœufs
pesamment étendus, les pattes repliées sous leur
ventre, formaient de grandes masses blanchâtres
qui, de loin, paraissaient des pierres grises dispersées sur les replis du terrain. De toutes parts, on
entendait s'élever au-dessus de l'herbe les sourds
ronflements de l'armée endormie, auxquels venaient
répondre de loin les hennissements sonores des
étalons, gênés par leurs entraves. Cependant, il se
mêlait quelque chose de grandiose et de menaçant à
la beauté de la nuit de juillet. C'étaient les dernières
lueurs des incendies qui achevaient de consumer les
villages voisins. Ici la flamme se détachait sur le ciel
avec une majesté sereine ; là au contraire, rencontrant un aliment nouveau qui la faisait jaillir soudain
en trombe de feu, elle sifflait et s'élevait vers le ciel,
jusqu'aux étoiles, et se déchirait en lambeaux qui
allaient mourir au plus profond de la voûte céleste.
Là les murailles d'un monastère, noircies par le feu,
se dressaient, menaçantes, tel un austère chartreux,
et les lueurs de l'incendie venaient souligner leur
sinistre grandeur. Plus loin, brûlait le jardin du
monastère. On croyait entendre le crépitement des

arbres tandis que les enveloppait la fumée et,
lorsque jaillissait la flamme, elle éclairait soudain
d'une lueur phosphorescente, violette et pourpre,
les fruits mûrs d'un prunier, ou muait en or rutilant
les poires jaunes que l'on apercevait çà et là ; et l'on
remarquait alors, pendu au mur d'un bâtiment ou à
la branche d'un arbre, le corps noirci d'un malheureux Juif ou d'un pauvre moine, que les flammes
dévoraient en même temps que l'édifice. Au loin,
des oiseaux tourbillonnaient au-dessus des flammes,
semblables à une multitude de petites croix sombres
sur un champ de feu. La ville assiégée paraissait
dormir. Les flèches des églises, les toits, les palissades et les murs rougeoyaient de temps à autre à la
lueur des incendies lointains. André marchait entre
les rangées de Cosaques endormis. Les brasiers, que
veillaient des sentinelles, étaient sur le point de
s'éteindre, et les sentinelles elles-mêmes s'étaient
assoupies, repues de bouillie de sarrasin et de
galettes de froment à la mesure de leurs appétits de
Cosaques. André fut quelque peu surpris de tant
d'insouciance : « Heureusement, se dit-il, que l'ennemi n'est pas en force dans les parages, et que nous
n'avons rien à craindre. » Il finit par s'approcher
d'un chariot, y grimpa et se coucha sur le dos, les
bras croisés sous la nuque ; mais le sommeil ne
venait pas, et il resta longtemps à contempler le ciel.
Il le voyait dans toute son étendue ; l'air était pur et
transparent. L'épaisse nuée d'étoiles qui compose la
Voie lactée barrait le ciel, comme inondée de clarté.
Par instants, André avait l'impression de perdre
conscience, et un léger voile de somnolence passait
devant ses yeux, dérobant le ciel à sa vue ; puis il se

dissipait, laissant de nouveau apparaître le firmament.

Tout à coup, l'espace d'un instant, il crut voir passer devant lui l'étrange apparence d'un visage humain. Pensant que ce n'était là qu'une illusion provoquée par le sommeil, et qui allait aussitôt se dissiper, il ouvrit de grands yeux et vit que c'était bel et bien un visage, émacié, tout desséché, qui se penchait sur lui et le regardait droit dans les yeux. De longs cheveux, noirs comme du charbon, embroussaillés, hirsutes, s'échappaient d'un voile sombre qui couvrait la tête de l'apparition. L'étrange éclat du regard, le hâle terreux du visage, ses traits fortement accusés, tout cela, en effet, pouvait laisser supposer qu'il s'agissait d'un fantôme. André allongea machinalement le bras pour saisir son mousquet et prononça d'une voix saccadée :

« Qui es-tu ? Si tu es un esprit malin, disparais de ma vue ; si tu es un être vivant, tu as mal choisi le moment de plaisanter : je ne m'y reprendrai pas à deux fois pour t'abattre ! »

Pour toute réponse, le fantôme mit un doigt sur ses lèvres, et parut implorer le silence. André laissa retomber son bras et se mit à l'examiner de plus près. À ses longs cheveux, à son cou, à sa gorge hâlée et demi nue il devina une femme. Mais ce n'était pas une femme du pays. Son visage était sombre, miné par quelque maladie ; ses pommettes étaient larges et saillantes, ses joues creuses ; la fente étroite de ses yeux bridés formait une courbe qui remontait vers les tempes. Et plus il examinait ces traits, plus ils lui semblaient familiers. N'y tenant plus, il finit par lui demander :

« Dis-moi, qui es-tu ? Il me semble que je te connais ou que je t'ai déjà rencontrée quelque part.

— Oui, à Kiev, il y a deux ans de cela.

— Il y a deux ans... à Kiev... », répéta André, en s'efforçant de passer en revue les souvenirs qu'il gardait de sa vie de séminariste. De nouveau, il la regarda fixement, et soudain un cri jaillit de sa poitrine :

« La Tatare ! La servante de la demoiselle, de la fille du gouverneur !

— Chut ! fit la Tatare, qui tremblait de tous ses membres, en joignant les mains dans un geste de supplication et en se retournant pour voir si le cri d'André n'avait réveillé personne.

— Dis-moi, dis-moi, comment es-tu ici, pourquoi ? disait André, haletant, dans un chuchotement qui se brisait à chaque instant sous l'effet de l'émotion. Où est la demoiselle ? Est-elle encore en vie ?

— Elle est ici, dans la ville.

— Dans la ville ? » Il retint à grand-peine un nouveau cri et sentit que tout son sang refluait vers son cœur. « Que fait-elle donc ici ?

— Elle est avec le vieux seigneur, son père. Voici déjà plus d'un an et demi qu'il est gouverneur de Doubno [32].

— Est-ce qu'elle est mariée ? Mais parle donc, que tu es étrange ! Que devient-elle ?

— Il y a deux jours qu'elle n'a rien mangé.

— Que dis-tu là ?

— Il y a longtemps que personne, dans la ville,

n'a plus une bouchée de pain à manger. On ne se nourrit plus que de terre. »

André resta pétrifié.

« Du haut des remparts, la demoiselle t'a aperçu au milieu des Zaporogues. Elle m'a dit : « Va dire au chevalier de venir me voir s'il se souvient encore de moi ; et s'il m'a oubliée, qu'il te donne un morceau de pain pour ma vieille mère, car je ne veux pas la voir mourir sous mes yeux. Si elle doit mourir, que du moins je la précède. Implore-le, étreins ses genoux, jette-toi à ses pieds. Il a aussi une vieille mère, qu'en son nom il te donne du pain ! » »

À ces mots, les sentiments les plus divers s'éveillèrent en foule dans le cœur d'André et enflammèrent sa jeune poitrine.

« Mais comment as-tu fait pour venir jusqu'ici ? Par où es-tu passée ?

— Par un passage souterrain.

— Il y a donc un passage souterrain ?

— Oui.

— Où donc ?

— Tu ne me trahiras pas, chevalier ?

— Je te le jure par la Sainte Croix.

— Dans les joncs, au fond du ravin, de l'autre côté du ruisseau.

— Et on arrive par là dans la ville ?

— Droit au monastère.

— Allons, allons-y tout de suite !

— Mais au nom du Christ et de la Sainte Vierge, un morceau de pain !

— Bien, je vais en chercher. Attends-moi ici, près du chariot, ou plutôt monte et couche-toi dedans :

personne ne te verra, ils dorment tous. Je reviens tout de suite. »

Et il se dirigea vers le chariot où se trouvaient entreposées les provisions de son quartier. Son cœur battait. Tout le passé, tout ce qui dormait en lui, repoussé au fond de sa mémoire par les bivouacs actuels et par les dures épreuves de la vie guerrière, tout cela était soudain remonté à la surface, submergeant à son tour tout le présent. L'image de la fière Polonaise, comme jaillie des profondeurs marines, surgit de nouveau devant lui. Dans un éclair, il revit ses beaux bras, ses yeux, ses lèvres rieuses, son abondante chevelure châtain foncé aux molles ondulations répandues sur sa poitrine, ses membres fermes, fondus dans l'accord harmonieux d'un corps virginal. Non, ces souvenirs ne s'étaient jamais éteints, ils n'avaient jamais disparu de son cœur : ils n'avaient fait que s'écarter pour céder la place un instant à d'autres puissantes impulsions ; mais souvent, bien souvent, ils troublaient le profond sommeil du jeune Cosaque. Souvent, réveillé en sursaut au milieu de la nuit, il ne parvenait pas à retrouver le sommeil, et restait étendu sur sa couche, sans comprendre la raison de son insomnie.

Il allait, et, à la seule pensée qu'il la reverrait, son cœur battait plus fort, toujours plus fort, et ses vigoureux genoux se mettaient à trembler. Lorsqu'il arriva près des chariots, il avait oublié ce qu'il venait y chercher : il porta la main à son front, et resta longtemps dans cette attitude, s'efforçant de se rappeler ce qu'il avait à faire. Enfin il tressaillit, et l'effroi s'empara de lui : l'idée qu'elle mourait de faim venait de lui traverser l'esprit. Il courut vers le chariot, empoigna quelques grandes miches de pain noir qu'il plaça sous son bras, mais il se demanda soudain si cette nourriture, qui convenait à la nature robuste et peu exigeante des Zaporogues, ne serait pas trop grossière pour la jeune Polonaise et peu faite pour sa délicate constitution. Il se souvint alors que la veille le chef de quartier avait reproché aux cuisiniers d'avoir utilisé, pour préparer la bouillie, toute la provision de farine de sarrasin, qui aurait dû suffire pour trois repas au moins. Assuré qu'il trouverait encore un bon reste de bouillie dans les marmites, il prit la gamelle de son père et se dirigea vers le cuisinier de son quartier, qui dormait auprès de deux marmites de dix seaux chacune, sous lesquelles les cendres étaient encore chaudes. Mais en s'approchant des marmites, il vit avec stupeur qu'elles étaient vides. Il fallait un appétit surhumain pour manger tout cela, d'autant plus que leur quartier était parmi ceux qui comptaient le moins d'hommes. Il alla voir les marmites des autres quartiers : toutes étaient vides. Un proverbe cosaque lui revint à l'esprit : « Les Zaporogues sont comme les enfants : s'il y a peu de nourriture, ils la mangent ; s'il y en a trop, ils n'en laissent pas davantage. » Que faire ? Il y avait cependant quelque part, dans le chariot du régiment de son père, croyait-il, un sac de farine blanche que l'on avait trouvé en pillant la boulangerie d'un monastère. Il se dirigea vers le chariot de son père, mais le sac n'y était plus. Ostap, qui ronflait bruyamment près du chariot, l'avait mis sous sa tête en guise d'oreiller. André saisit le sac, et le tira brusquement à lui ; la tête d'Ostap heurta violemment le sol et le Cosaque,

sans ouvrir les yeux, se redressa sur son séant et se mit à hurler : « Arrêtez, arrêtez le Polonais du diable ! Et son cheval, ne laissez pas fuir son cheval !
— Tais-toi ou je te tue ! » s'écria André, terrifié, en brandissant le sac de farine. Mais la menace était inutile : Ostap s'était tu ; il était retombé sur le sol et s'était remis à ronfler si bruyamment que l'herbe, autour de lui, frémissait à son souffle. André regarda furtivement à la ronde pour voir si Ostap, en rêvant à voix haute, n'avait réveillé personne. Et de fait, une tête à toupet s'était dressée dans le quartier voisin ; mais elle ne fit qu'écarquiller les yeux, et retomba presque aussitôt. André attendit encore quelques instants avant de repartir avec son fardeau. La femme tatare était couchée, retenant sa respiration.

« Allons, debout ! Ne crains rien, tout le monde dort. Peux-tu prendre au moins l'une de ces miches, si je ne parviens pas à tout emporter ? »

À ces mots, il chargea le sac de farine sur son dos, saisit encore un sac de millet qu'il avait aperçu en passant près d'un chariot, prit même dans ses mains les miches qu'il avait voulu confier à la Tatare et, ployant légèrement sous son fardeau, il s'avança d'un pas hardi entre les rangées des Zaporogues endormis.

« André ! » cria le vieux Boulba au moment où son fils passait auprès de lui.

André sentit son cœur se glacer. Il s'arrêta et, tout tremblant, répondit à voix basse :

« Quoi donc ?
— Il y a une femme avec toi ! Ma parole, tu verras

comme je vais te frotter les côtes dès que je serai
levé. Les femmes te perdront. »

Là-dessus, Boulba se redressa sur son coude et se
mit à examiner attentivement la femme tatare,
dissimulée sous son voile.

André, plus mort que vif, n'osait pas regarder son
père en face. Lorsque enfin, il leva les yeux, il vit
que le vieux Boulba s'était déjà rendormi, la tête
posée sur sa paume.

André se signa. La peur qui lui serrait le cœur
disparut plus vite qu'elle n'était venue. Lorsqu'il se
retourna vers sa compagne, il la vit dressée devant
lui, pareille à une sombre statue de granit, tout
emmitouflée dans son voile ; et le reflet d'un incendie lointain, venant soudain la frapper, n'éclaira que
ses yeux, troubles comme ceux d'une morte. Il la tira
par la manche, et tous deux continuèrent leur
chemin, en se retournant à chaque instant. Ils se
trouvèrent enfin sur un terrain en pente, qui aboutis-
sait à une dépression, presque un ravin, au fond
duquel serpentait paresseusement un cours d'eau
envahi par la laîche et dont le lit était semé de mottes
de terre. Au fond de ce ravin, ils échappaient aux
regards des Zaporogues dont le campement occupait
le champ qu'ils venaient de quitter : du moins,
lorsque André se retourna, la pente lui apparut-elle
comme une paroi escarpée se dressant à hauteur
d'homme. À son sommet se balançaient quelques
tiges d'herbe champêtre, au-dessus desquelles brillait la lune, pareille au croissant d'une faucille d'or
rouge vif posée en diagonale sur le ciel. Une brise
légère s'éleva de la steppe, trahissant l'approche du
jour. Nulle part, cependant, on n'entendait chanter

les coqs : il n'en restait pas un seul, ni dans la ville ni
dans les environs que les Cosaques avaient saccagés.
Un rondin leur permit de franchir le ruisseau dont la
berge paraissait, de ce côté-là, plus élevée que celle
d'où ils venaient, et formait devant eux une véritable
falaise. Il semblait que la ville avait là une enceinte
naturelle suffisamment forte et sûre : du moins le
rempart était-il en cet endroit moins élevé qu'ailleurs, et ne paraissait-il pas gardé. En revanche, à
quelques pas de là, se dressait l'épaisse muraille d'un
monastère. La rive escarpée était toute revêtue de
ronces, et l'espace qui la séparait du ruisseau était
couvert de joncs qui atteignaient presque la hauteur
d'un homme. Au sommet de la paroi, on apercevait
une palissade délabrée, vestige d'un ancien potager.
Des bardanes aux larges feuilles croissaient à ses
pieds, tandis que de l'autre côté on voyait apparaître
des arroches, des chardons sauvages, et, au-dessus
d'eux, des tournesols. Lorsqu'elle parvint au pied de
la paroi, la femme tatare ôta ses escarpins et
continua sa route pieds nus, en relevant avec précautions les pans de sa robe, car le terrain était mouvant
et inondé. Se frayant un passage entre les joncs, ils
s'arrêtèrent devant un amoncellement de branches
sèches et de fascines. Ils les écartèrent et découvrirent une sorte de voûte de terre qui formait une
ouverture à peine plus grande que celle d'un four à
pain. Baissant la tête, la femme y pénétra la
première ; André la suivit, en se courbant autant
qu'il le pouvait, afin de passer avec ses sacs à travers
l'orifice, et ils se trouvèrent bientôt dans l'obscurité
la plus complète.

VI

Chargé de ses sacs de farine et précédé de la femme tatare, André avançait à grand-peine le long du souterrain étroit et obscur.

« Nous allons bientôt y voir plus clair, dit la femme, nous approchons de l'endroit où j'ai laissé mon flambeau. »

En effet, les sombres parois de terre commençaient peu à peu à s'éclairer. Ils atteignirent une sorte de palier exigu qui paraissait former une chapelle ; du moins y voyait-on, placée le long du mur, une petite table étroite en forme d'autel, surmontée d'une image passée, à demi estompée, de la Vierge catholique. Une petite veilleuse d'argent, suspendue devant le tableau, l'éclairait d'une faible lueur. La servante tatare se baissa pour ramasser un chandelier à long support élancé, auquel des mouchettes, une aiguille pour remonter la mèche et un éteignoir étaient suspendus par des chaînettes. Elle l'alluma à la veilleuse. La lumière augmenta ; nos deux compagnons, marchant côte à côte, tantôt éclairés d'une vive lueur, tantôt couverts d'une ombre noire comme le charbon, évoquaient un tableau de Gerardo della Notte [33]. Le beau visage frais d'André, éclatant de santé et de jeunesse, formait un contraste marqué avec la figure hâve et émaciée de sa compagne. Le couloir s'élargit un peu, et André put se redresser de toute sa taille. Il se mit à examiner avec curiosité ces murs de terre, qui lui

rappelaient les grottes de Kiev. Ici, aussi, les parois
étaient creusées çà et là de cavités qui renfermaient
des tombeaux ; parfois même on butait sur des
ossements humains ramollis ou tombés en poussière
sous l'effet de l'humidité. On voyait que ce souterrain, comme celui de Kiev, avait servi de refuge à de
saints hommes qui fuyaient les tempêtes du siècle,
ses misères et ses séductions. L'humidité, par
endroits, était très forte : il leur arrivait parfois de
marcher dans l'eau. André devait souvent s'arrêter
pour laisser souffler sa compagne, sans cesse vaincue
par l'épuisement. Le petit morceau de pain qu'elle
avait avalé à la hâte ne faisait que brûler son estomac
affaibli par un long jeûne, et souvent elle restait
clouée sur place pendant de longues minutes.

Enfin, ils aperçurent devant eux une petite porte
de fer. « Dieu merci, nous voici arrivés », dit la
Tatare d'une voix mourante, et elle leva la main
pour frapper à la porte, mais la force lui manqua.
André lui vint en aide et heurta vigoureusement le
battant ; on entendit un grondement prolongé, qui
indiquait que la porte donnait sur une cavité profonde, et qui soudain changeait de ton, comme s'il
avait rencontré une voûte élevée. Au bout de
quelques instants, ils entendirent un cliquetis de
clefs et le bruit d'un pas qui paraissait descendre un
escalier. Enfin, la porte s'ouvrit sur un escalier
étroit, et ils virent devant eux un moine portant un
trousseau de clefs et une bougie. André s'arrêta
d'instinct en voyant un de ces moines catholiques
auxquels les Cosaques vouaient tant de haine et de
mépris, et qu'ils traitaient de façon plus inhumaine
encore que les Juifs. Le moine eut aussi un mouve-

ment de recul en voyant un Cosaque zaporogue, mais la Tatare lui dit un mot à voix basse, et il parut rassuré. Il leur éclaira le chemin, ferma la porte derrière eux, leur fit gravir l'escalier, et ils débouchèrent enfin sous les voûtes hautes et sombres de l'église abbatiale. À genoux devant l'un des autels, sur lequel étaient disposés de grands chandeliers où brûlaient des cierges, un prêtre priait à voix basse. À ses côtés, deux jeunes enfants de chœur en chasuble violette recouverte de surplis de dentelle blanche se tenaient également à genoux, un encensoir à la main. Le prêtre implorait le ciel d'accomplir un miracle : il demandait à Dieu de sauver la ville, de raffermir le courage défaillant de ses défenseurs, de leur accorder la patience, de repousser le tentateur qui leur inspirait de lâches et peureuses récriminations contre les malheurs d'ici-bas. Quelques femmes, pareilles à des spectres, se tenaient à genoux, s'appuyant et laissant aller tout à fait leurs têtes épuisées sur les dossiers des chaises et des bancs qui se trouvaient devant elles ; quelques hommes, tristement agenouillés eux aussi, s'appuyaient aux colonnes et aux pilastres sur lesquels reposaient les voûtes latérales de l'église. Le vitrail qui surmontait l'autel fut soudain frappé par les rayons roses du petit jour et projeta sur le sol des taches de lumière bleue, jaune, multicolore, qui éclairèrent la nef obscure. Tout l'autel, dans son renfoncement lointain, s'auréola de clarté ; la fumée de l'encens s'immobilisa dans l'air, formant un nuage lumineux aux couleurs de l'arc-en-ciel. Du recoin obscur où il se trouvait, André contemplait avec stupéfaction ce miracle accompli par la lumière.

Au même instant, le grondement majestueux de l'orgue emplit soudain toute l'église. Sa basse toujours plus profonde s'amplifiait, devenait un lourd roulement de tonnerre, puis se muait soudain en une musique céleste qui faisait planer jusque sous les voûtes de l'église ses sonorités chantantes, pareilles à de fluettes voix de jeunes filles, redevenait un sourd grondement, puis un roulement de tonnerre, et retombait enfin dans le silence. Et longtemps encore, on entendit des éclats de tonnerre errer et se briser sous les voûtes, tandis qu'André, bouche bée, restait muet d'admiration devant cette musique grandiose [34].

À ce moment, il sentit qu'on le tirait par le pan de sa veste.

« Il est temps », lui disait la Tatare.

Ils traversèrent l'église sans être remarqués de personne et, une fois sortis, se trouvèrent sur la place que dominait la façade. L'aube, depuis longtemps déjà, teintait le ciel de rose, et tout annonçait le lever du soleil. La place, de forme carrée, était entièrement déserte ; des étals de bois se dressaient encore en son milieu, indiquant qu'il ne s'était guère passé plus d'une semaine depuis le dernier marché aux victuailles. À cette époque, on ne pavait pas encore les rues, et le sol n'était qu'une masse de boue desséchée. La place était entourée de maisonnettes de pierre ou d'argile à un seul étage, dont les murs laissaient apparaître des solives et des piliers de bois disposés sur toute la hauteur et réunis par des poutres obliques, ce qui était alors la manière habituelle de bâtir des maisons, comme on peut le voir encore de nos jours dans certaines parties de la

Lituanie et de la Pologne. Les toits qui les surmontaient étaient d'une hauteur démesurée, avec quantité de lucarnes et de soupiraux. Sur l'un des côtés de
la place, touchant presque l'église, s'élevait un
bâtiment plus haut que les autres et entièrement
différent, qui était sans doute l'Hôtel de Ville ou
quelque autre édifice public. Ses deux étages étaient
surmontés d'un belvédère à deux arcades où se
tenait un guetteur ; un large cadran d'horloge était
encastré dans sa toiture. Tout paraissait mort aux
alentours, mais André eut soudain l'impression
d'entendre un faible gémissement. En y regardant
de plus près, il remarqua, à l'autre bout de la place,
un groupe de deux ou trois hommes étendus sur le
sol, et qui remuaient à peine. Tandis qu'il les fixait
avec attention, s'efforçant de deviner s'ils étaient
morts ou seulement endormis, il buta contre un
objet étendu à ses pieds. C'était le corps d'une
femme, juive apparemment. Il semblait qu'elle fût
encore jeune, et cependant ses traits émaciés et
défigurés n'en laissaient rien paraître. Elle portait un
fichu de soie rouge et un serré-tête garni de deux
rangées de perles ou de verroterie, d'où s'échappaient quelques longues mèches bouclées qui se
répandaient sur son cou décharné, aux veines tendues. Auprès d'elle gisait un nourrisson dont la main
se crispait sur son sein amaigri : l'enfant paraissait
l'avoir tordu entre ses doigts dans un mouvement de
rage instinctive, faute d'y avoir trouvé du lait. Il
avait cessé de pleurer et de crier, et seul son petit
ventre, qui s'abaissait et se soulevait faiblement,
laissait encore supposer qu'il n'était pas mort, ou du
moins qu'il était seulement sur le point d'expirer. Ils

s'engagèrent dans une rue, et furent soudain arrêtés par un fou furieux qui, apercevant le précieux fardeau d'André, se jeta sur lui comme un tigre, se cramponna à ses vêtements en criant : « Du pain ! » Mais ses forces étaient loin d'égaler sa fureur ; André le repoussa : il s'étala de tout son long. Pris de compassion, le Cosaque lui lança une miche de pain : l'homme se jeta dessus comme un chien enragé, la rongea, la déchiqueta entre ses dents, et rendit l'âme sur-le-champ, en pleine rue, dans d'atroces convulsions, son long jeûne l'ayant mis hors d'état d'absorber toute nourriture. Presque à chaque pas, leurs regards étaient frappés par l'atroce vision des victimes de la famine. On eût dit que beaucoup d'entre elles, incapables de supporter leurs souffrances entre quatre murs, étaient descendues dans la rue, comme si elles espéraient y trouver quelque manne tombant du ciel pour leur restituer leurs forces. Au seuil d'une maison, une vieille se tenait assise, et l'on ne pouvait dire si elle était endormie, morte, ou seulement sans connaissance : toujours est-il qu'elle ne voyait ni n'entendait plus rien, et restait assise sans bouger, la tête penchée sur la poitrine. Du toit d'une autre maison on voyait pendre au bout d'une corde un corps raidi et desséché. C'était un malheureux qui, n'ayant pu supporter jusqu'au bout les tourments de l'agonie, avait volontairement mis fin à ses jours pour abréger ses derniers instants.

À la vue de ces témoignages saisissants de la famine, André ne put s'empêcher de demander à la Tatare :

« Se peut-il vraiment qu'ils n'aient rien trouvé

pour subsister ? Quand on est aux abois, alors, bon gré mal gré, il faut bien se nourrir de ce qui, jusque-là, vous inspirait du dégoût ; il est permis dans ce cas de se nourrir de la chair des bêtes interdites par la loi ; on peut alors manger n'importe quoi.

— On a tout mangé, dit la Tatare, toutes les bêtes. Dans toute la ville, il n'y a plus un seul cheval, un seul chien, ni même une seule souris. Nous n'avons jamais eu de réserves : tout nous venait des villages voisins.

— Mais comment se peut-il alors que, menacés d'une mort si cruelle, vous songiez encore à défendre la ville ?

— C'est que le gouverneur aurait peut-être capitulé, mais hier matin, le colonel qui est au Boudjak [35] a lâché vers nous un faucon portant un message pour nous demander de ne pas nous rendre : il va venir à la rescousse avec son régiment, et n'attend plus qu'un autre colonel, qui doit se joindre à lui. À présent, nous les attendons d'un moment à l'autre... Mais voici la maison. »

Déjà, André avait aperçu de loin une maison différente des autres, et construite, semblait-il, par un architecte italien. Bâtie en belle brique fine, elle avait deux étages. Des corniches de granit, hautes et saillantes, surmontaient les fenêtres de l'étage inférieur ; quant à l'étage supérieur, il était constitué de petites arcades, formant galerie, entre lesquelles on apercevait des grillages ornés d'écussons. À l'extérieur, un large escalier de brique peinte débouchait sur la place. Au bas de l'escalier, deux sentinelles étaient assises dans une pose décorative et avec une symétrie parfaite : elles tenaient d'une main une hallebarde dressée à leur côté et soutenaient de l'autre leur tête inclinée, ce qui les faisait ressembler à des statues plutôt qu'à des êtres vivants. Elles ne dormaient pas, elles ne somnolaient pas, mais elles paraissaient totalement insensibles : elles ne se soucièrent même pas de savoir qui gravissait l'escalier. Parvenus à l'étage supérieur, André et la Tatare trouvèrent un soldat richement vêtu et armé de pied en cap, qui tenait un bréviaire à la main. Il levait déjà sur eux un regard exténué, mais la Tatare n'eut qu'un mot à lui dire pour qu'il l'abaissât de nouveau sur les pages ouvertes de son livre. Ils entrèrent dans une première pièce, assez vaste, qui servait de salle de réception ou simplement d'antichambre. Elle était pleine de gens assis près des murs dans les postures les plus diverses, soldats, laquais, piqueurs, échansons, bref, toute la valetaille requise pour témoigner du haut rang d'un seigneur polonais, à la fois chef militaire et gentilhomme possédant ses propres domaines. L'odeur de suie d'une chandelle éteinte se répandait dans la pièce. Deux autres chandelles, encore allumées, bien que le jour pénétrât déjà depuis quelque temps à travers une grande fenêtre grillagée, étaient placées au milieu de la pièce, dans d'immenses chandeliers qui atteignaient presque la taille d'un homme. André se dirigeait déjà vers une large porte de chêne, ornée d'un écusson et sculptée de divers motifs, quand la Tatare le tira par la manche en lui désignant une petite porte ménagée dans la paroi latérale. Ils traversèrent un couloir et pénétrèrent dans une seconde chambre qu'André se prit à examiner avec attention. La lumière qui filtrait à travers la fente des volets s'était posée sur quelques objets : un rideau cramoisi, une corniche dorée, un fragment de peinture murale. La Tatare lui fit signe d'attendre et ouvrit une porte qui donnait sur une autre chambre, d'où jaillit un flot de lumière. Il entendit un chuchotement, puis le murmure d'une voix qui le fit tressaillir. Par l'entrebâillement de la porte, il vit passer rapidement la silhouette élancée d'une femme ; il aperçut une longue tresse de cheveux opulents qui tombaient sur un bras levé. La Tatare revint et lui dit d'entrer. Il entra sans savoir ce qu'il faisait, et n'entendit pas la porte se refermer derrière lui. Deux chandelles brûlaient dans la pièce ; une veilleuse se consumait devant une image sainte au pied de laquelle était placée, selon l'usage des catholiques, une haute tablette munie d'une marche où l'on s'agenouillait durant la prière. Mais ce n'était pas là ce que cherchait le regard d'André. Il se tourna et vit une femme qui semblait figée et pétrifiée en plein élan. Toute sa silhouette semblait s'être brusquement immobilisée au moment où elle allait s'élancer vers lui. Et il resta lui aussi comme frappé de stupeur à sa vue. Ce n'était pas ainsi qu'il imaginait la revoir, ce n'était pas elle, ce n'était plus celle qu'il avait connue ; celle-ci ne ressemblait en rien à celle-là ; mais elle était deux fois plus belle et plus merveilleuse que par le passé. Il y avait jadis en elle quelque chose d'incomplet, d'inachevé ; c'était maintenant l'œuvre d'art à laquelle l'artiste a mis sa dernière touche. Celle-là était une jeune fille ravissante et volage ; celle-ci était une femme, dans tout l'épanouissement de sa beauté. Dans les yeux qu'elle levait vers lui on pouvait lire toute la plénitude du

sentiment, et non plus son ébauche, sa promesse.
Les larmes n'y avaient pas encore séché, et les
revêtaient d'une buée scintillante, qui allait droit au
cœur. Sa gorge, son cou, ses épaules avaient atteint
les merveilleux contours assignés au plein épanouissement de la beauté ; sa chevelure, qui, jadis, se
dispersait en boucles légères autour de son visage,
formait maintenant une rivière épaisse et opulente,
dont une partie était relevée, tandis que l'autre se
répandait le long de son bras et couvrait sa poitrine
de longs cheveux fins, merveilleusement ondulés.
Tous les traits de son visage paraissaient métamorphosés. C'est en vain qu'André s'efforçait d'y
retrouver ne fût-ce que l'un de ceux qui surnageaient
dans sa mémoire ; il n'en retrouvait pas un seul ! Si
grande que fût sa pâleur, elle n'avait pas terni sa
merveilleuse beauté : bien au contraire, elle paraissait lui avoir donné quelque chose d'impétueux et
d'irrésistiblement triomphant. Et André éprouva en
son cœur un sentiment d'adoration craintive, et il
resta immobile devant elle. Quant à la Polonaise,
elle semblait également saisie par la vue du Cosaque, qui lui apparaissait dans toute la beauté et la
force de sa mâle jeunesse, et dont l'immobilité
même semblait déjà révéler l'aisance et la liberté de
ses mouvements ; son regard brillait d'assurance
sereine, l'audace se marquait dans la courbe de ses
sourcils de velours, sur ses joues hâlées resplendissait l'éclat d'une flamme intacte, et sa moustache de
jais luisait pareille à de la soie.

« Non, je ne saurais te témoigner assez ma
gratitude, magnanime chevalier, dit-elle d'une voix
vibrante aux sonorités argentines. Dieu seul pourra

te récompenser ; ce n'est pas à moi, faible femme... »

Elle baissa les yeux, que vint couvrir le bel arc neigeux de ses paupières, bordées de cils longs comme des flèches. Tout son merveilleux visage se pencha, et une légère rougeur en nuança l'éclat. André ne sut que répondre. Il aurait voulu dire tout ce qui se pressait dans son cœur, le dire de façon aussi brûlante qu'il le ressentait, mais il ne le pouvait pas. Il eut la sensation que quelque chose se mettait en travers de ses lèvres ; la voix manquait aux mots qu'il voulait dire ; il sentit qu'avec l'éducation qu'il avait reçue au collège et dans sa vie errante de soldat, il n'était pas de taille à répondre à de telles paroles, et il se prit à maudire son sang cosaque.

Sur ces entrefaites, la Tatare revint dans la pièce. Dans l'intervalle, elle s'était hâtée de couper en tranches le pain apporté par le chevalier, et elle l'apportait sur un plateau d'argent qu'elle posa devant sa maîtresse. La jeune fille regarda la Tatare, puis le pain, puis elle leva les yeux sur André ; et que de choses n'y avait-il pas dans ces yeux ! Ce regard attendri, qui disait son épuisement, et l'impuissance où elle était d'exprimer les sentiments qui l'étreignaient, André y était bien plus sensible qu'à tous les discours. Son cœur en fut soudain comme allégé ; on eût dit que tout se dénouait en lui. Les impulsions et les sentiments qu'une main pesante avait paru jusque-là tenir en bride, se sentirent soudain délivrés, abandonnés à eux-mêmes, et allaient déjà s'épancher en un flot impétueux de paroles, lorsque, au même instant, la belle, se tournant vers la Tatare, lui demanda avec inquiétude :

« Et ma mère ? Lui en as-tu porté ?

— Elle dort.

— Et mon père ?

— Je lui en ai porté. Il a dit qu'il viendrait en personne remercier le chevalier. »

Elle prit le pain et le porta à sa bouche. Avec un plaisir indicible André la regardait briser le pain de ses doigts étincelants, puis le manger ; mais il revit soudain l'homme que la faim avait rendu furieux et qui avait expiré sous ses yeux en avalant un morceau de pain. Il pâlit et, saisissant la main de la jeune fille, s'écria :

« Assez ! Cesse de manger à présent ! Il y a si longtemps que tu n'as rien pris que le pain te serait maintenant un poison. »

Elle laissa aussitôt retomber sa main, reposa le morceau de pain sur le plat et, pareille à un enfant docile, resta suspendue au regard d'André. Et si quelqu'un pouvait exprimer par la parole... mais ni le burin, ni le pinceau, ni la parole au sublime pouvoir ne sauraient exprimer ce qui se voit parfois dans le regard d'une jeune fille, ni le sentiment de ferveur attendrie qui s'empare de celui qui plonge ses yeux dans ce regard.

« Reine ! s'écria André en proie à des sentiment qui faisaient déborder son cœur, et son âme, et tout son être. Que te faut-il ? Que désires-tu ? Ordonne ! Impose-moi la plus impossible des tâches, et je courrai l'exécuter ! Dis-moi de faire ce que pas un seul homme au monde n'aurait la force d'accomplir, et je le ferai, je périrai pour le faire ! Oui, je périrai ! Et périr pour toi, je te le jure par la sainte Croix, me serait si doux... mais les mots me manquent pour le

dire. J'ai trois fermes, la moitié des troupeaux de
mon père est à moi, tout ce que ma mère lui a
apporté, même ce qu'elle lui cache, tout cela c'est à
moi ! Aucun de nos Cosaques, à présent, n'a d'armes
semblables aux miennes : pour la seule poignée de
mon épée, on m'offre le plus beau troupeau de
chevaux et trois mille brebis. Et tout cela, je veux
bien y renoncer, l'abandonner, m'en séparer, le
brûler, le précipiter au fond des eaux pour un seul
mot de toi, ou seulement pour un signe de tes fins
sourcils noirs ! Mais je sais que peut-être je dis là des
sottises, que je parle à tort et à travers, que tout cela
est hors de propos, et que je ne suis pas de taille, moi
qui ai passé ma vie au collège et au pays zaporogue,
à parler comme on a coutume de le faire là où vivent
les rois, les princes et toute la fleur de la noble
chevalerie. Je vois bien que Dieu t'a créée différente
de nous autres, et que tu laisses loin derrière toi les
autres femmes et filles de boïars. Nous ne sommes
pas dignes d'être tes esclaves ; seuls des anges
célestes pourraient te servir. »

Tout entière à ce qu'elle entendait, la jeune fille
écoutait sans mot dire, et avec une stupéfaction
croissante, ce discours à cœur ouvert où, comme en
un miroir, se reflétait une âme jeune et pleine
d'énergie. Et chacun de ces mots si simples, pro-
noncé d'une voix qui paraissait venir du fond du
cœur, était revêtu de force. Et le beau visage de la
jeune fille se tendait tout entier vers lui, tandis que,
dans un geste impatient, elle rejetait en arrière ses
cheveux et, les lèvres entrouvertes, l'écoutait sans se
lasser. Puis elle voulut parler, mais soudain elle
s'arrêta et se souvint que le chevalier obéissait à une

autre destinée, que son père, son frère et toute sa
patrie se dressaient derrière lui en féroces vengeurs,
que terribles étaient les Zaporogues qui assiégeaient
la ville, et qu'une mort atroce la guettait, elle et tous
les siens... Et ses yeux, tout d'un coup, s'emplirent
de larmes ; elle saisit vivement son mouchoir brodé
de soie, en couvrit son visage, et, en un instant, le
mouchoir fut trempé de ses pleurs ; et, assise, elle
resta longtemps immobile, son beau visage rejeté en
arrière, mordant sa belle lèvre de ses dents de neige,
comme si elle avait ressenti à l'improviste la morsure
d'un serpent venimeux ; et elle gardait le visage
couvert de son mouchoir, pour dissimuler au jeune
homme la tristesse qui la dévorait.

« Un seul mot ! » dit André, et il s'empara de sa
main satinée. À ce contact, mille étincelles de feu
coururent dans ses veines, tandis qu'il pressait cette
main qui reposait, inerte, dans la sienne.

Mais elle se taisait, gardait son visage couvert et
restait immobile.

« Pourquoi donc es-tu si triste ? Dis-le-moi ! »

Elle jeta loin d'elle son mouchoir, écarta les longs
cheveux qui retombaient sur ses yeux, et voici
qu'elle s'épanchait tout entière dans un murmure
plaintif, à peine perceptible, semblable à celui du
vent qui se lève au milieu d'une belle soirée et
parcourt soudain les touffes épaisses des roseaux du
rivage : on entend frémir, retentir et se répandre
tout à coup des sons ténus et langoureux, que le
voyageur arrêté au bord du chemin écoute, pénétré
d'une obscure tristesse, sans prendre garde ni au soir
qui s'éteint, ni aux joyeuses chansons qui lui par-
viennent des champs où les paysans reviennent sans

hâte de leurs travaux, ni au tintamarre lointain d'une charrette qui passe.

« Ne suis-je pas digne d'une éternelle commisération ? N'est-elle pas à plaindre, la mère qui m'a donné le jour ? N'est-il pas amer, le lot qui m'est échu ? Et toi, destin cruel, n'es-tu pas mon féroce bourreau ? Tous les hommes, tu les as jetés à mes pieds : les plus nobles parmi les gentilshommes, les plus riches parmi les grands seigneurs, les comtes et les barons étrangers, et toute la fleur de notre chevalerie. Tous ont daigné m'aimer, et chacun d'eux eût payé cher le bonheur d'être aimé de moi. Je n'avais qu'à lever le doigt, et n'importe lequel d'entre eux, le plus beau, le mieux fait, le mieux né, était mon époux. Mais à aucun d'entre eux tu n'as asservi mon cœur, ô mon cruel destin : dédaignant les plus valeureux paladins de notre pays, tu as ensorcelé mon cœur pour l'asservir à un étranger, à un ennemi. Que t'ai-je fait, ô Vierge immaculée, quels péchés, quels crimes affreux m'ont valu de ta part ces foudres inexorables ? Mes jours coulaient dans une luxueuse abondance ; les mets les plus fins et les plus coûteux, les vins les plus doux étaient ma nourriture. Et pour quel profit ? À quelle fin ? Était-ce pour périr au bout du compte d'une mort si atroce que le plus misérable mendiant du royaume se la voit épargnée ? Et ce n'est pas assez que je sois vouée à un sort si effroyable ; ce n'est pas assez qu'avant d'expirer je doive voir mourir en d'intolérables tourments mon père et ma mère, pour lesquels je serais prête à donner vingt fois ma vie ; ce n'est pas assez que tout cela : il fallait encore qu'avant de mourir, il me fût donné d'entendre et de voir un amour que jamais je n'avais connu. Il fallait que cet homme, par ses paroles, déchirât mon cœur en lambeaux, afin que plus amer encore fût mon amer destin, afin que ma jeune vie m'inspirât plus de regrets encore, et la mort encore plus d'effroi, afin qu'en mourant, je murmure encore davantage contre vous, ô toi, mon féroce destin, et toi — pardonne-moi ce péché — ô Sainte Marie, mère de Dieu ! »

Et lorsqu'elle se tut enfin, quel désespoir, quel immense désespoir se peignait sur son visage ; une détresse poignante parlait dans chacun de ses traits, et tout, depuis son front tristement incliné et ses yeux baissés, jusqu'aux larmes arrêtées ou séchées sur ses joues en feu, tout semblait dire : « Il n'y a pas de bonheur sur ce visage. »

« Non, cela ne s'est jamais vu, cela est impossible, cela n'arrivera pas, disait André : que la plus belle et la meilleure d'entre les femmes connaisse une si amère destinée, elle qui est née pour voir se prosterner devant elle, comme devant un objet sacré, tout ce que la terre a porté de meilleur ! Non, tu ne mourras pas ! Tu n'es pas faite pour mourir ! Je te le jure par ma naissance et par tout ce qui m'est cher ici-bas, tu ne mourras pas ! Et si pourtant cela devait arriver et que rien, ni la force, ni la prière, ni le courage, ne puisse plus conjurer l'amère destinée, alors nous mourrons ensemble, et moi le premier : je mourrai à tes pieds, devant tes beaux genoux, et ce n'est qu'une fois mort que l'on pourra me séparer de toi.

— Ne t'aveugle pas, chevalier, et ne cherche pas à m'aveugler, disait-elle en secouant doucement sa tête gracieuse. Je sais, je ne sais que trop, pour mon malheur, que tu ne peux m'aimer ; et je sais aussi quel est ton devoir, et ta mission : ton père, tes compagnons, ta patrie t'appellent, et nous, nous sommes tes ennemis.

— Et qu'ai-je à faire de mon père, de mes compagnons, de ma patrie, dit André en secouant brusquement la tête et en redressant sa taille élancée, pareille à un jeune peuplier au-dessus de la rivière. Eh bien, puisqu'il en est ainsi, écoute-moi : je n'ai personne ! Personne, personne ! » répéta-t-il avec l'intonation et le geste qui, chez l'intrépide et tenace Zaporogue, signifient que l'on est résolu à accomplir une action sans précédent, et dont nul autre ne serait capable. « Qui a dit que l'Ukraine était ma patrie ? Qui m'en a fait une patrie ? La patrie, c'est ce que recherche notre âme, ce qu'elle a de plus cher au monde. Ma patrie, c'est toi ! Voilà ma patrie ! Et cette patrie, je la porterai désormais dans mon cœur, je la porterai jusqu'à la fin de mes jours, et nous verrons s'il se trouvera un Cosaque pour l'arracher de là ! Et il n'est rien au monde que je ne vendrais, que je ne donnerais, que je ne sacrifierais pour cette patrie-là ! »

Elle resta un instant pétrifiée comme une belle statue, en le regardant droit dans les yeux ; puis elle éclata en sanglots et, avec cette merveilleuse impétuosité féminine qui n'appartient qu'aux âmes généreuses et désintéressées, faites pour les sublimes élans du cœur, elle se jeta à son cou, et, sanglotante, l'enlaça de ses beaux bras de neige. À ce moment, on entendit retentir dans la rue des clameurs confuses, auxquelles se mêlaient le son du cor et le bruit des cymbales. Mais André n'entendait rien. Il n'était sensible qu'à la tiédeur odorante du souffle qu'exhalaient des lèvres divines, aux flots de larmes qui venaient se répandre sur son visage, et au parfum des cheveux dénoués qui l'enveloppaient de leur soie sombre et scintillante.

À ce moment, la femme tatare accourut dans la pièce en poussant un cri de joie :

« Sauvés, nous sommes sauvés ! criait-elle, exultante. Les nôtres sont entrés dans la ville, ils ont apporté du pain, du millet, de la farine, et ils amènent des Zaporogues ligotés. »

Mais ni l'un ni l'autre ne se souciait de savoir qui étaient ces « nôtres » entrés dans la ville, ce qu'ils apportaient et quels Zaporogues ils avaient ligotés. Le cœur débordant de sensations inconnues ici-bas, André baisait ces lèvres odorantes qui se pressaient contre sa joue ; et ces lèvres odorantes n'étaient pas de reste : voici qu'elles répondaient à ses baisers. Et, confondus dans ce baiser partagé, ils ressentirent ce qu'il n'est donné à l'homme d'éprouver qu'une fois dans sa vie.

Et c'en est fait du Cosaque ! Il est perdu pour la chevalerie cosaque tout entière ! Jamais plus il ne reverra le pays zaporogue, ni les fermes paternelles, ni l'église de Dieu ! Et l'Ukraine, elle aussi, a perdu à jamais le plus brave des fils résolus à la défendre. Et il ne restera au vieux Taras qu'à arracher à son toupet une touffe de cheveux gris, en maudissant le jour et l'heure où, pour sa honte, il a engendré un tel fils.

VII

Le tumulte régnait dans le camp des Zaporogues. Au début, nul ne put dire comment les troupes ennemies avaient fait pour passer. Puis on découvrit que tout le *kourégne* de Pereïaslav [36], qui avait pris position devant les portes latérales de la ville, s'était endormi ivre mort. Rien d'étonnant, dès lors, que la moitié de ses hommes eût été massacrée, tandis que l'autre moitié était capturée et ligotée avant d'avoir compris de quoi il retournait. Réveillés par le bruit, les hommes des quartiers voisins étaient accourus à la hâte, le temps d'empoigner leurs armes ; mais déjà les troupes royales franchissaient les portes de la cité, tandis que les derniers rangs tenaient en respect, par des décharges de mousqueterie, les Zaporogues mal réveillés et à peine dégrisés qui les poursuivaient en désordre. L'*ataman* ordonna un rassemblement général, et lorsque tous les Cosaques, rangés en cercle autour de lui, se furent découverts et eurent observé le silence, il leur dit :

« Voilà donc, seigneurs mes frères, ce qui est arrivé cette nuit. Voilà où nous aura menés la boisson ! Voilà comment l'ennemi s'est joué de nous ! C'est à croire que vous n'en ferez jamais d'autres : qu'on vous permette de doubler la ration, et vous voilà prêts à vous enivrer au point que l'ennemi des armées du Christ pourrait non seulement vous déculotter, mais même vous éternuer en pleine figure sans que vous vous en aperceviez. »

Les Cosaques, conscients de leur faute, l'écoutaient tête basse. Seul Koukoubenko, le *kourennoï* du quartier de Neznamaïkov, osa élever la voix :

« Un instant, père, dit-il. Il n'est pas d'usage, je le sais, de répliquer à l'*ataman* lorsqu'il parle en présence de l'armée réunie ; mais les choses ne se sont pas passées ainsi, et cela, il faut le dire. Les reproches que tu fais à l'armée orthodoxe ne sont pas entièrement justifiés. Les Cosaques seraient coupables et mériteraient la mort s'ils avaient bu en campagne, à la guerre, en accomplissant une tâche difficile et ardue. Mais nous étions là les bras croisés, à faire le pied de grue devant la ville. Nous n'avions pas à observer de jeûne ou d'abstinence imposés par notre religion. Alors comment ne pas boire s'il n'y a rien à faire ? Où est le péché ? Non, nous avons mieux à faire : nous allons leur apprendre à attaquer des innocents. Jusqu'ici, nous ne les avons pas trop mal arrangés ; mais à présent, nous allons si bien les arranger, qu'ils vont y laisser leur peau ! »

Les Cosaques trouvèrent à leur goût les paroles du chef du quartier. Ils commençaient déjà à relever le front, et plus d'un hocha la tête en signe d'approbation, ajoutant :

« Bien dit, Koukoubenko ! »

Et Taras Boulba, qui se tenait près de l'*ataman*, lui demanda :

« Eh bien, *hochévoï*, je crois bien que Koukoubenko a raison. Qu'en dis-tu ?

— Ce que j'en dis ? Je dis : heureux le père qui a engendré un tel fils. Prononcer des paroles de réprimande, après tout, cela n'a rien de bien sorcier : il faut beaucoup plus de sagesse pour trouver des paroles qui, loin d'insulter au malheur d'autrui, lui apportent du réconfort et lui rendent courage, comme l'éperon rend courage au coursier qui s'est rafraîchi à l'abreuvoir. Je voulais moi-même vous tenir ensuite des propos réconfortants, mais Koukoubenko m'a devancé.

— L'*ataman* aussi a bien parlé, entendit-on alors dans les rangs des Zaporogues. Ce sont là de bonnes paroles », répétèrent de nombreuses voix. Il n'est pas jusqu'aux plus chenus qui, pareils à de vieux pigeons gris, ne hochèrent la tête et ne répétèrent doucement, avec un frémissement de leurs vieilles moustaches grises : « Bonnes paroles que celles-là ! »

« Écoutez donc, seigneurs, continua l'*ataman*. Emporter d'assaut des forteresses, escalader des murs et saper des remparts comme le font les ingénieurs étrangers, les Allemands, tout cela est indigne de nous et n'est pas une besogne de Cosaques. Or, à en juger d'après les faits, les ennemis qui ont pénétré dans la ville n'y ont guère apporté de vivres : leurs chariots n'étaient pas bien nombreux. Et là-bas, les gens sont affamés, ils n'en auront donc pas pour longtemps, et puis il leur faudra aussi du fourrage pour leurs chevaux, et là, je ne sais pas... à moins qu'un de leurs saints ne leur en verse du ciel sur leurs fourches... mais tout cela est entre les mains de Dieu ; quant à leurs curés, ce ne sont que de beaux parleurs. Quoi qu'il en soit, il faudra bien qu'ils fassent une sortie. Qu'on se partage donc en trois camps pour occuper les voies d'accès aux trois portes. Cinq quartiers devant la porte principale, trois devant chacune des deux autres. Les quartiers

de Diadkiv et de Korsoun en embuscade. Le colonel
Taras avec son régiment en embuscade. Les quartiers de Tytarev et de Tymochev en réserve, à la
droite du train. Les quartiers de Chtcherbinov et de
Steblikiv à la gauche. Et que les forts en gueule
sortent des rangs pour houspiller l'ennemi. Le
Polonais est écervelé par nature, il ne supporte pas
les injures. Peut-être pourrons-nous les faire sortir
aujourd'hui même. Que les *atamans* de quartier
fassent bien l'inspection de leurs troupes ; s'ils manquent d'hommes, qu'ils complètent leurs effectifs
avec ce qui reste du quartier de Pereïaslav. Refaites
encore l'inspection. Qu'on donne à chacun un gobelet d'eau-de-vie pour se dessoûler et une miche de
pain. Il est vrai qu'après le repas d'hier soir, tout le
monde doit être repu, car, à quoi bon le cacher, on
s'est si bien rempli la panse que j'ai peine à croire
que personne n'ait éclaté cette nuit. Et une dernière
consigne : si quelqu'un, cabaretier ou Juif, s'avise de
vendre un seul pot de tord-boyaux à un Cosaque, je
lui clouerai, à ce chien, une oreille de cochon au
milieu du front et je le ferai pendre la tête en bas ! Et
maintenant, à l'ouvrage, mes frères, à l'ouvrage ! »

L'*ataman* avait donné ses instructions. Tous les
Cosaques lui firent une profonde révérence, puis,
sans remettre leurs bonnets, s'éloignèrent en direction des chariots et de leurs quartiers, et ne se
recoiffèrent que lorsqu'ils se furent suffisamment
éloignés. Les préparatifs commencèrent : les Cosaques essayaient le tranchant des sabres et des épées,
remplissaient leurs poudrières aux barils de poudre,
déplaçaient les chariots pour les mettre en position,
choisissaient des chevaux.

Tandis qu'il retournait à son régiment, Taras se demandait avec perplexité ce qu'était devenu André. Avait-il été capturé avec les autres tandis qu'il dormait ? Mais non, André n'était pas homme à se laisser prendre. Cependant, il n'était pas non plus parmi ceux que l'on avait massacrés. Absorbé par ses réflexions, Taras marchait devant son régiment sans s'apercevoir que, depuis quelques instants déjà, quelqu'un l'appelait par son nom.

« Qui désire me parler ? » dit-il enfin en revenant à lui.

Le Juif Yankel était devant lui.

« Seigneur colonel ! Seigneur colonel ! disait-il d'une voix précipitée et haletante, comme si la nouvelle qu'il apportait était d'importance. J'ai été dans la ville, seigneur colonel ! »

Taras le regarda avec étonnement : comment, en si peu de temps, avait-il pu déjà se rendre dans la ville ?

« Qui diable t'a mené là-bas ?

— Je vais vous le dire tout de suite, fit Yankel. Ce matin, à l'aube, dès que j'ai entendu du bruit et que les Cosaques ont commencé à tirer, j'ai empoigné mon caftan et, sans même prendre le temps de l'enfiler, j'ai couru aux nouvelles. J'ai enfilé les manches tout en courant, tellement j'avais hâte de savoir d'où venait tout ce bruit et pourquoi les Cosaques s'étaient mis à tirer de si bon matin. Je suis donc arrivé aux portes de la ville juste au moment où les derniers Polonais y pénétraient. Et que vois-je ? En tête du détachement, marche le seigneur enseigne Galiandowicz. C'est un homme que je connais bien : ça fait bientôt trois ans qu'il me doit cent ducats. Je lui emboîte le pas comme pour lui réclamer mon dû, et j'entre dans la ville avec les Polonais.

— Comment ? Non seulement tu entres dans la ville, mais tu as encore le front de réclamer ton dû ? fit Boulba. Et il ne t'a pas fait pendre sur-le-champ, comme un chien ?

— Si, ma parole, il a voulu me faire pendre, répondit le Juif. Ses gens m'avaient déjà empoigné et passé la corde au cou, mais j'ai demandé grâce au seigneur, en lui disant que j'attendrais aussi longtemps qu'il le voudrait, et en lui promettant de lui prêter encore de l'argent s'il voulait bien m'aider à faire payer leurs dettes aux autres chevaliers ; car, pour tout vous dire, le seigneur enseigne n'a pas un sou vaillant. Il a deux fermes, des manoirs, quatre châteaux, et des terres dans la steppe jusqu'à Chklov [37], mais pour les ducats, il en a autant qu'un Cosaque, autant dire rien. À l'heure qu'il est, si les Juifs de Breslau ne l'avaient pas équipé, il n'avait pas de quoi partir en guerre. C'est pour cela qu'il n'a même pas été à la Diète...

— Qu'est-ce que tu as fait dans la ville ? Tu as vu les nôtres ?

— Comment donc ! Les nôtres ? La ville en est pleine : il y a Itska, Rakhoum, Samouïlo, Kraïvalokh, il y a le fermier d'impôts juif...

— Puissent-ils crever, les chiens ! s'écria Taras, furieux. Que veux-tu que j'en fasse, de ta juiverie ? C'est de nos Zaporogues que je te parle.

— Nos Zaporogues, je ne les ai pas vus. Je n'ai vu que le seigneur André.

— Tu as vu André ? s'écria Boulba. Eh bien

parle, qu'attends-tu ? Où l'as-tu vu ? Dans un cachot, dans un cul de basse-fosse ? Déshonoré ? Ligoté ?

— Qui oserait donc ligoter le seigneur André ? Lui qui est maintenant un si imposant chevalier... Dieu me pardonne, je ne l'aurais pas reconnu : de l'or sur ses épaulettes, de l'or sur ses brassards, de l'or sur son baudrier, de l'or sur sa toque et sur son ceinturon, partout de l'or, rien que de l'or ! Comme le soleil qui paraît au printemps, lorsque tous les oiseaux gazouillent et chantent dans le jardin et que l'herbe sent bon, voilà comment il est lui aussi, tout resplendissant d'or. Et son cheval : le gouverneur lui a donné ce qu'il avait de mieux, un cheval qui à lui seul vaut deux cents ducats. »

Boulba resta comme pétrifié.

« Pourquoi a-t-il revêtu des habits étrangers ?

— Mais ils sont plus beaux, c'est pour cela qu'il les a revêtus. Il caracole, et les autres caracolent ; il leur enseigne ce qu'il sait, et les autres, à leur tour, lui enseignent ce qu'ils savent. Comme le plus riche des seigneurs polonais !

— Qui donc a pu le forcer ?

— Mais je n'ai pas dit qu'ils l'avaient forcé ! Le seigneur ne sait-il donc pas que c'est de son plein gré qu'il est passé de leur côté ?

— Qui est passé de leur côté ?

— Mais le seigneur André !

— Où est-il passé ?

— Il est passé de leur côté ; à présent, il est tout à fait des leurs.

— Tu mens, oreille de cochon !

— Comment voulez-vous que je mente ? Vous me

croyez assez bête pour mentir ? Moi, mentir à mes
propres dépens ? Comme si je pouvais ignorer qu'un
Juif risque d'être pendu comme un chien s'il ose
mentir à un seigneur ?

— Alors, selon toi, il aurait vendu sa patrie et sa
foi ?

— Mais je n'ai rien dit de semblable : j'ai dit
seulement qu'il était passé de leur côté.

— Tu mens, diable de Juif ! Il n'est rien arrivé de
semblable en terre chrétienne ! Tu radotes, espèce
de chien !

— Que l'herbe envahisse le seuil de ma maison si
je radote ! Que chacun puisse cracher sur la tombe
de mon père, de ma mère, de mon beau-père et du
père de mon père et du père de ma mère, si je
radote. Si le seigneur le désire, je lui dirai même
pourquoi André est passé de leur côté.

— Pourquoi ?

— Le gouverneur a une fille. Une beauté. Seigneur mon Dieu, quelle beauté ! »

Ici le Juif s'appliqua à exprimer la beauté par
toute sa mimique : il écarta les bras, plissa les
paupières et tordit la bouche, comme s'il goûtait à
quelque friandise.

« Et après ?

— C'est pour elle qu'il a tout fait. C'est pour elle
qu'il a changé de camp. Quand un homme est
amoureux, il ne vaut guère mieux qu'une semelle
trempée : tordez-la, elle plie. »

Boulba réfléchit profondément. Il songea au pouvoir que possédait parfois une faible femme, et
combien de fortes natures les femmes avaient déjà
menées à leur perte, et que le caractère d'André se

prêtait facilement à leurs séductions. Et il resta longtemps comme cloué sur place.

« Écoute, seigneur, je vais tout te raconter, disait le Juif. Aussitôt que j'ai entendu du bruit et que j'ai vu les soldats pénétrer dans la ville, j'ai attrapé à tout hasard un cordon de perles, car il y a là-bas des élégantes et des nobles dames, et puisqu'il y a des élégantes et des nobles dames, me suis-je dit, n'auraient-elles rien à manger, qu'elles ne manqueraient tout de même pas de m'acheter des perles. Et dès que les serviteurs de l'enseigne m'ont relâché, j'ai couru vers l'hôtel du gouverneur pour y vendre mes perles, et je me suis bien renseigné auprès d'une servante tatare : « La noce, m'a-t-elle dit, se fera aussitôt que l'on aura chassé les Zaporogues. Le seigneur André a promis de les chasser. »

— Et tu ne l'as pas abattu sur place, le fils de chien ? s'écria Boulba.

— L'abattre ? Pourquoi ? Il a changé de camp de son plein gré. Où est le mal ? S'il est passé de leur côté, c'est qu'il s'y trouve mieux.

— Et tu l'as vu lui-même, en chair et en os ?

— En chair et en os, Dieu m'en soit témoin ! Un beau guerrier ! Aucun d'eux n'a tant d'allure. Dieu le garde, il m'a tout de suite reconnu ; et quand je me suis approché de lui, il m'a dit aussitôt...

— Eh bien, qu'est-ce qu'il t'a dit ?

— Il m'a dit... D'abord il m'a fait un signe du doigt, et après seulement il m'a dit : « Yankel ! » Et moi : « Seigneur André ! » lui ai-je dit. « Yankel ! Dis à mon père, dis à mes frères, dis aux Cosaques, dis aux Zaporogues, dis à tout le monde que je ne veux plus connaître ni père, ni frère, ni camarade, et que je vais leur faire la guerre à tous. Oui, à tous ! »

— Tu mens, Judas du diable ! s'écria Taras hors de lui. Tu mens, chien ! C'est bien toi qui as crucifié Notre-Seigneur, maudit ! Je vais te tuer, Satan ! Décampe, ou tu es mort ! » Et à ces mots, Taras dégaina son sabre.

Le Juif épouvanté prit ses jambes à son cou et s'enfuit aussi vite que le lui permettaient ses mollets maigres et secs. Longtemps, il courut sans se retourner à travers le campement cosaque, puis dans la vaste plaine, bien que Taras ne songeât pas à le poursuivre, ayant fait réflexion qu'il n'était pas raisonnable de passer sa colère sur le premier venu.

À présent, il lui revenait à l'esprit que, la nuit précédente, il avait vu André traverser le campement en compagnie d'une femme ; et il cheminait tête basse, tout en se refusant encore à croire qu'il eût pu se produire semblable ignominie et que son propre fils eût trahi sa foi et vendu son âme.

Il repartit enfin à la tête de son régiment vers le poste qui lui avait été assigné, et disparut bientôt derrière le bois, seul obstacle qu'eussent encore épargné les incendies allumés par les Cosaques. Pendant ce temps, les Zaporogues, fantassins et cavaliers, prenaient position sur les trois routes qui menaient aux portes de la ville. On voyait déferler l'un après l'autre les quartiers d'Ouman, de Popovit-chev, de Kaniev, de Steblikiv, de Neznamaïkov, de Gourgouz, de Tytarev, de Tymochev. Seul manquait le quartier de Pereïaslav : ses hommes s'étaient payé une bonne rasade, et voici qu'ils avaient touché le fond. Les uns s'étaient réveillés pieds et poings liés entre les mains de l'ennemi, d'autres ne s'étaient même pas réveillés pour passer de vie à trépas, et l'*ataman* Khlib en personne s'était retrouvé sans veste ni pantalon dans le camp polonais.

Ces mouvements de troupes n'avaient pas échappé aux défenseurs de la ville. Toute la garnison accourut sur les remparts, déployant sous les yeux des Cosaques un tableau plein d'animation : les chevaliers polonais, tous plus beaux les uns que les autres, étaient rassemblés devant eux. Des casques d'airain, ornés de panaches blancs comme des cygnes, resplendissaient comme autant de soleils. Ailleurs, c'étaient des toques légères, roses ou bleu ciel, dont la coiffe pliée retombait sur l'oreille ; des caftans à manches flottantes, brodés d'or ou simplement rehaussés de galons ; des sabres et des fusils garnis d'ornements précieux, que les seigneurs polonais n'hésitaient pas à payer cher, et des parures de toutes sortes. Au premier rang, coiffé d'un bonnet rouge brodé d'or, se tenait, plein de morgue, le colonel du Boudjak. C'était un homme lourdement bâti que le colonel, qui surpassait tous les autres par la taille et l'embonpoint, au point qu'il paraissait à l'étroit dans son ample caftan de belle étoffe. De l'autre côté, près de la porte latérale, se tenait l'autre colonel, un homme petit et décharné, mais dont les yeux perçants, abrités sous d'épais sourcils, lançaient un regard plein de vivacité, et qui se tournait sans cesse à droite et à gauche pour distribuer des ordres, les accompagnant d'un geste nerveux de sa main vive et sèche : on voyait que malgré un corps chétif, il s'y entendait fort bien à manœuvrer ses troupes. Non loin de là se tenait l'enseigne, un homme long comme une gaule, au visage orné d'épaisses moustaches et généreusement coloré : c'était un gentilhomme qui savait apprécier un hydromel bien corsé ou un plantureux festin. Derrière lui, on apercevait une multitude de gentils-hommes de rangs divers, armés les uns à leurs frais, d'autres aux frais de la Couronne, d'autres encore grâce à l'or juif, obtenu en hypothéquant tout ce qu'ils avaient pu ramasser dans les châteaux de leurs ancêtres. On voyait aussi bon nombre de ces para-sites dont les sénateurs aimaient à se faire escorter lorsqu'ils se rendaient à un banquet, qui volaient les coupes d'or sur les tables et dans les buffets, et qui, le lendemain du jour où ils avaient été à l'honneur, montaient sur un siège de cocher pour conduire le carrosse de quelque seigneur. Il y avait là toutes sortes de gens : d'aucuns n'avaient même pas de quoi se payer à boire, mais pour s'équiper au combat, tous avaient trouvé le nécessaire.

Les Cosaques se tenaient en silence au pied de la muraille. Aucun d'eux ne portait d'or sur ses vête-ments, et si l'on en voyait briller çà et là, c'était seulement sur les poignées de sabres et les crosses de mousquets. Car les Cosaques n'aimaient pas à revêtir de riches parures pour la bataille : ils n'avaient que des cottes de mailles et des casaques toutes simples, et l'on apercevait de loin la bigarrure rouge et noire de leurs bonnets de mouton à fond écarlate.

Deux cavaliers sortirent de leurs rangs : l'un tout jeune encore, l'autre un peu plus âgé, langues acérées l'un et l'autre, et qui en valaient d'autres à la besogne : c'étaient Okhrim Nach et Mykyta Golokopytenko. Un troisième homme les suivait : c'était Démid Popovitch, un Cosaque trapu, qui traînait depuis longtemps à la *Setch,* que l'on avait vu au siège d'Andrinople et que les malheurs, au cours de sa vie, n'avaient pas épargné : il s'était trouvé pris dans un incendie et était venu se réfugier à la *Setch,* la tête brûlée par la poix et toute noircie, la moustache grillée. Mais il s'était remplumé à la *Setch,* il avait de nouveau un long toupet passé derrière l'oreille et une épaisse moustache de jais. Et il avait la dent dure, Démid Popovitch.

« Ohé, ils valent cher, les dolmans de l'armée, mais j'aimerais bien savoir si ses forces en valent autant ?

— Je vous en ferai voir, criait le gros colonel du haut du rempart. Attendez que je vous ficelle tous ! Allons, valets, rendez vos fusils et vos chevaux. Vous avez vu comment j'ai ficelé les vôtres ? Amenez les Zaporogues sur les remparts, qu'ils les voient ! »

On amena sur le rempart les Zaporogues solidement ficelés. En tête, marchait l'*ataman* de quartier Khlib, sans veste ni pantalon, tel qu'il s'était laissé prendre dans son ivresse. Et l'*ataman* baissait la tête, honteux d'exposer sa nudité aux yeux de ses propres soldats, et de s'être laissé prendre comme un chien pendant qu'il dormait. Une nuit avait suffi à faire blanchir sa robuste tête.

« Ne t'en fais pas, Khlib ! On va te tirer de là ! lui criaient les Cosaques rassemblés au pied de la muraille.

— Ne t'en fais pas, vieux frère ! cria l'*ataman* de quartier Borodaty. Ce n'est pas ta faute si l'on t'a pris tout nu. Un malheur peut arriver à tout le monde. C'est eux qui devraient rougir de t'avoir exposé à la risée de tous, sans couvrir ta nudité comme il conviendrait.

— On voit que vous ne manquez pas de courage face à l'adversaire endormi, disait Golokopytenko en regardant ceux qui se tenaient sur les remparts.

— Attendez un peu, qu'on vous tonde le toupet ! criaient ceux-ci.

— Je voudrais bien voir ça », dit Popovitch en se retournant sur son cheval. Puis, regardant les siens, il dit : « Mais qui sait ? Les Polonais ont peut-être raison. Si c'est celui-là, le ventru, qui les mène à l'attaque, ils seront tous bien défendus.

— Et pourquoi donc, à ton avis, seront-ils bien défendus ? demandèrent les Cosaques, qui devinaient que Popovitch s'apprêtait à lancer une saillie.

— Pourquoi ? Mais toute l'armée pourra se cacher derrière lui, et va donc après ça les atteindre de ta lance derrière sa bedaine. »

Un éclat de rire secoua les Cosaques. Et longtemps après, plus d'un hochait encore la tête en répétant : « Ah, ce Popovitch ! Celui-là, lorsqu'il vous décoche un trait, alors... » Mais on ne sut pas ce que c'était que cet « alors ».

« Vite, en arrière, éloignez-vous de la muraille ! » s'écria l'*ataman* principal. Car les Polonais, semblait-il, n'avaient pas goûté la plaisanterie, et le colonel agitait le bras.

Les Cosaques eurent à peine le temps de s'écarter : une décharge de mitraille partit au même instant du rempart. On vit les Polonais s'affairer, et le vieux gouverneur en personne apparut sur son cheval. La porte de la ville s'ouvrit, livrant passage à l'armée. En tête, des hussards à dolmans brodés chevauchaient en bon ordre. Ils étaient suivis par des soldats en cotte de mailles, puis par des cuirassiers armés de lances, puis par des hommes casqués d'airain, et enfin par les plus valeureux gentils-hommes, qui restaient hors des rangs, vêtus chacun à sa façon. Car ces fiers gentilshommes ne voulaient pas se mêler à la troupe, et ceux qui n'exerçaient pas de commandement chevauchaient séparément, entourés de leurs domestiques. Puis c'étaient de nouveau des hommes en rang, suivis de l'enseigne ; encore des rangs, et le gros colonel ; enfin, fermant la marche, le petit colonel sortit lui aussi de la place.

« Qu'on les empêche, qu'on les empêche de s'aligner et de se disposer en ordre de bataille ! criait l'*ataman* principal. Pressez-les, tous les quartiers à la fois ! Laissez les autres portes ! Le quartier de Tytarev sur un flanc ! Le quartier de Diadkiv sur l'autre ! Appuyez sur les arrières, Koukoubenko et Palyvoda ! Brouillez, brouillez leurs rangs, séparez-les les uns des autres ! »

Et les Cosaques de les assaillir de tous les côtés à la fois, les prenant au dépourvu, brouillant leurs rangs et se perdant eux-mêmes dans la mêlée. Il n'y eut même pas de fusillade : on en vint aussitôt aux coups de sabre et de lance. La mêlée fut générale, et chacun trouva l'occasion de montrer ce qu'il savait faire. Démid Popovitch pourfendit trois hommes d'armes et désarçonna deux des plus nobles gentils-hommes en disant : « Voilà de beaux chevaux ! Des chevaux comme j'en cherchais depuis longtemps ! » Et il chassa les chevaux au loin dans la plaine, en criant à des Cosaques qui se trouvaient là de les attraper. Puis il se plongea de nouveau dans la mêlée, s'en prit derechef aux gentilshommes désarçonnés, tua l'un d'eux, passa au cou de l'autre une corde qu'il attacha à sa selle, et le traîna à travers le champ de bataille, après l'avoir dépouillé d'un sabre à poignée ouvragée et d'une escarcelle pleine de ducats que le Polonais portait attachée à sa ceinture. Kobita, un bon Cosaque, et jeune encore, était aux prises, lui aussi, avec l'un des plus valeureux Polonais, et le combat se prolongeait. Déjà, ils en étaient au corps à corps. Le Cosaque triomphait, il enfonçait dans la poitrine de son adversaire terrassé un poignard turc à lame effilée, mais il ne sut se garder lui-même. Au même instant, une balle ardente le frappa à la tempe. Celui qui l'avait abattu était l'un des mieux nés parmi les seigneurs polonais, un beau chevalier de vieille souche princière. Tel un peuplier élancé, il volait à travers le champ de bataille sur son cheval isabelle. Sa bravoure de grand seigneur et de preux s'était déjà montrée avec éclat : il avait pourfendu deux Zaporogues ; ayant renversé Fiodor Korj, un bon Cosaque, en même temps que son cheval, il avait achevé le cheval d'une balle dans la tête et transpercé de sa lance le Cosaque réfugié derrière le corps de l'animal ; son sabre avait fait voler les têtes et les mains, et il venait d'abattre, d'une balle dans la tempe, le Cosaque Kobita.

« En voilà un que j'aimerais bien affronter ! » s'écria Koukoubenko, l'*ataman* du quartier de Neznamaïkov. Il s'élança à bride abattue vers le Polonais, qui avait le dos tourné, et poussa un cri de bête féroce qui fit tressaillir tous ceux qui combat-

taient dans les parages. Le Polonais voulut tourner
bride pour lui faire face ; mais il ne put se faire obéir
de son cheval : effrayé par le cri terrifiant du
Cosaque, celui-ci fit un écart, et Koukoubenko
atteignit le cavalier d'une balle de fusil. La balle
ardente frappa le Polonais entre les omoplates, et lui
fit vider les étriers. Il ne voulait pas encore s'avouer
vaincu, il s'efforçait encore de porter un coup à
l'adversaire, mais son bras affaibli retomba avec son
sabre. Alors Koukoubenko, empoignant à deux
mains sa lourde épée la plongea droit entre les lèvres
pâlies du chevalier. L'épée arracha deux dents d'une
blancheur de sucre, fendit la langue, brisa la vertè-
bre du cou et se ficha profondément dans le sol. Et
c'est ainsi que le Polonais resta cloué à jamais à la
terre humide et froide. Le sang jaillit à gros bouil-
lons, vermeil comme la baie de l'obier penché sur la
rivière, un sang noble et altier qui rougit son dolman
jaune brodé d'or. Mais déjà Koukoubenko avait
abandonné le corps du Polonais pour se jeter, avec
ceux de son quartier, dans une autre mêlée.

« Comment peut-on laisser traîner un si précieux
attirail ! dit Borodaty, l'*ataman* du quartier d'Ouman, en s'écartant de ses hommes pour s'approcher
du lieu où gisait la victime de Koukoubenko. Moi
qui ai déjà tué de ma main sept gentilshommes, je
n'en ai pas trouvé un seul qui fût si bien équipé ! »

Et Borodaty se laissa prendre à l'appât du butin ; il
se pencha pour dépouiller le cadavre de sa riche
armure, et déjà il avait dégainé un poignard turc
serti de pierres précieuses, détaché de la ceinture
une escarcelle remplie de ducats, et s'était emparé
d'un sac que le Polonais portait attaché à la poitrine

et qui contenait du linge fin, de l'argenterie coûteuse
et une boucle de cheveux féminins, souvenir pré-
cieusement conservé. Pendant qu'il avait le dos
tourné, l'enseigne au nez rouge, qu'il avait déjà
désarçonné, lui laissant en souvenir une bonne
estafilade, revint à la charge ; mais Borodaty n'entendait rien. Le Polonais leva son sabre et frappa de
toutes ses forces le cou incliné du Cosaque. La
cupidité l'avait perdu : sa tête puissante roula au
loin, et son corps décapité s'effondra, inondant le sol
de son sang. Et l'âme farouche du Cosaque monta
vers les cieux, renfrognée, furieuse, et toute surprise
en même temps d'avoir été séparée si tôt d'un corps
si vigoureux. Mais l'enseigne n'avait pas encore
empoigné par le toupet, pour l'attacher à sa selle, la
tête de l'*ataman,* et déjà l'implacable vengeur était
là.

Comme un épervier voguant dans le ciel, après
avoir longtemps tournoyé à grands coups d'ailes, se
fige soudain, déployé de toute son envergure, puis
fond comme un dard sur le mâle de la caille qui
s'égosille au bord de la route, ainsi le fils de Taras,
Ostap, fondit soudain sur l'enseigne et, du premier
jet, lui passa la corde au cou. La face rubiconde de
l'enseigne s'empourpra de plus belle lorsque la
boucle rugueuse lui serra la gorge ; il put encore
saisir son pistolet, mais sa main, contractée par un
mouvement convulsif, ne parvint pas à diriger le
coup, et la balle alla se perdre dans le champ.
Avisant la cordelette de soie que l'enseigne portait à
sa selle pour lier les prisonniers, Ostap la détacha
sur-le-champ et le Polonais eut bientôt les bras et les
jambes liés avec sa propre cordelette. Ostap en fixa

l'extrémité à sa selle et commença à traîner son prisonnier à travers le champ de bataille, en invitant à voix forte tous ceux du quartier d'Ouman à venir rendre les honneurs suprêmes à leur *ataman*.

Ceux-ci, dès qu'ils surent que leur *ataman* Borodaty avait cessé de vivre, abandonnèrent le combat et coururent prendre soin de son corps ; et, séance tenante, ils se mirent à délibérer pour désigner un nouvel *ataman*. Ils déclarèrent enfin :

« Et puis, à quoi bon palabrer ? Nous ne trouverons pas de meilleur *ataman* qu'Ostap Boulbenko [38]. À vrai dire, c'est le plus jeune d'entre nous, mais il a autant de jugement qu'un vieil homme. »

Ostap se découvrit et remercia tous ses compagnons de l'honneur qu'on lui faisait, sans chercher à se dérober en invoquant son jeune âge ou le manque de maturité de son jugement : il savait qu'on était à la guerre, et que ce n'était pas le moment. Puis, sans perdre un instant, il entraîna ses hommes dans la mêlée, et ne tarda pas à leur montrer qu'ils avaient été bien inspirés de le choisir pour *ataman*. Les Polonais sentirent que l'affaire commençait à mal tourner ; ils reculèrent et coururent se regrouper à l'autre bout du champ. En même temps, le petit colonel faisait un signe à quatre compagnies de troupes fraîches qui, jusque-là, étaient restées en dehors du combat, devant les portes de la ville : celles-ci déchargèrent une volée de mitraille sur les Cosaques. Mais il n'y eut que peu de victimes : les balles allèrent frapper les bœufs des Cosaques, qui contemplaient la bataille avec des yeux agrandis par la stupeur. Terrifiés, les bœufs firent volte-face et se ruèrent en beuglant sur le campement des Cosaques, brisant les chariots et piétinant les hommes. Mais à cet instant, Taras, sortant de son embuscade avec son régiment, s'élança en criant au-devant des bœufs de façon à leur barrer la route. Effrayé par ses cris, tout le troupeau des bêtes affolées se retourna une fois encore et, se ruant sur les régiments polonais, culbuta la cavalerie, écrasant et dispersant tout ce qu'il trouvait sur son passage.

« Grâces vous soient rendues, ô bœufs, s'écrièrent les Zaporogues. Jusqu'ici vous vous contentiez de nous servir dans la marche, et voici que vous nous servez aussi sous le feu. » Et ils chargèrent l'adversaire avec une ardeur nouvelle.

Ils massacrèrent alors quantité d'ennemis. De nombreux Cosaques montrèrent ce qu'ils valaient : Metelytsia, Chilo, l'un et l'autre Pysarenko, Vovtouzenko, et bien d'autres encore. Les Polonais virent que l'affaire tournait mal : ils déployèrent leur bannière et crièrent à la garnison de leur ouvrir les portes de la ville. La porte bardée de fer s'ouvrit en grinçant, et accueillit, comme des moutons qui se pressent pour entrer dans la bergerie, les cavaliers harassés et couverts de poussière. De nombreux Zaporogues voulurent se lancer à leur poursuite, mais Ostap retint ceux du quartier d'Ouman en leur disant : « N'approchez pas, seigneurs mes frères, n'approchez pas des remparts ! Il vaut mieux s'en tenir à l'écart. » Et il avait dit vrai, car, du haut des remparts, les assiégés firent soudain pleuvoir sur eux tout ce qui leur tombait sous la main, et plus d'un eut à en pâtir. Sur ces entrefaites, survint l'*ataman* principal qui félicita Ostap en lui disant : « Voilà certes un nouvel *ataman,* mais à le voir mener ses troupes, on le prendrait pour un ancien ! » Le vieux Boulba se retourna pour voir qui était ce nouvel *ataman,* et il vit que l'homme qui chevauchait à la tête de ceux d'Ouman, le bonnet sur l'oreille et la masse à la main, n'était autre qu'Ostap. « Voyez-vous cela ! » dit-il en le regardant ; et le vieil homme se réjouit, et se mit à remercier les Cosaques du quartier d'Ouman de l'honneur qu'ils avaient fait à son fils.

Les Cosaques se retirèrent de nouveau, s'apprêtant à rejoindre leur campement, et les Polonais reparurent sur les remparts de la ville, mais vêtus maintenant de tuniques déchirées. Des taches de sang s'étaient figées sur bien des caftans précieux, et la poussière couvrait les beaux casques d'airain.

« Eh bien, vous nous avez ficelés ? leur criaient les Zaporogues.

— Je vais vous faire voir ! » criait toujours le gros colonel, en leur montrant une corde.

Épuisés, couverts de poussière, les guerriers polonais n'en continuaient pas moins à proférer des menaces, et, dans les deux camps, les plus querelleurs échangeaient encore des quolibets.

Enfin, tout le monde se dispersa. Les uns, épuisés par la bataille, s'étaient étendus pour se reposer ; d'autres appliquaient de la terre sur leurs blessures et déchiraient pour s'en faire des pansements les mouchoirs et les vêtements précieux arrachés à la dépouille d'un ennemi. D'autres enfin, parmi les plus dispos, commencèrent à relever les cadavres et à leur rendre les derniers honneurs. Les épées et les lances servaient à creuser des tombes ; les bonnets, les pans des vêtements à déblayer la terre ; on déposa pieusement les corps des Cosaques et on les recouvrit de terre fraîchement remuée afin que les corbeaux et les aigles rapaces ne pussent leur arracher les yeux à coups de bec. Quant aux cadavres des Polonais, on les ramassa pêle-mêle pour les attacher par dizaines à la queue de chevaux sauvages qu'on lâcha à travers la plaine et qu'on poursuivit longtemps en leur cravachant les flancs. Les chevaux affolés galopaient à travers les sillons et les monticules, les fossés et les ruisseaux, et les corps de Polonais, couverts de sang et de poussière, heurtaient violemment le sol.

Puis tous les quartiers s'assemblèrent en cercles pour dîner, et l'on parla longtemps des actions d'éclat et des faits d'armes que chacun avait accompli et dont le récit allait retentir à tout jamais aux oreilles des nouveaux venus et de la postérité. On veilla tard dans la nuit. Et le dernier à se coucher fut le vieux Taras qui ne cessait de se demander comment il pouvait bien se faire qu'il n'avait pas aperçu André parmi les combattants ennemis. Le Judas avait-il rougi de marcher contre les siens, ou le Juif l'avait-il trompé, et André était-il tout simplement prisonnier ? Mais alors il se souvint qu'André avait un cœur plus accessible que de raison aux discours des femmes ; le chagrin l'envahit, et il jura fermement en son cœur de se venger de la Polonaise qui avait ensorcelé son fils. Et certes, il aurait tenu parole : dédaignant sa beauté, il l'aurait empoignée par sa chevelure épaisse et opulente, il l'aurait traînée derrière lui à travers tout le champ, au milieu de tous les Cosaques. On aurait vu se briser contre le sol, ensanglantés et couverts de poussière, ses épaules et ses seins merveilleux, à l'éclat pareil à celui des neiges éternelles qui couvrent les sommets montagneux : il aurait mis en pièces ce beau corps généreux. Mais Taras ne savait pas quels lendemains Dieu nous apprête ; peu à peu, le sommeil commença à le gagner, et il s'endormit enfin.

Les Cosaques, cependant, continuaient à parler entre eux, et, toute la nuit durant, des sentinelles sobres, les yeux grands ouverts, veillèrent auprès des feux en scrutant attentivement les ténèbres environnantes.

VIII

Le soleil n'avait pas atteint le milieu de sa course lorsque tous les Zaporogues commencèrent à se former en petits groupes. On venait d'apprendre qu'en l'absence des Cosaques, les Tatars avaient pillé toute la *Setch,* déterré le trésor que l'on gardait enfoui en un lieu secret, massacré ou capturé tous ceux qui étaient restés, puis s'en étaient retournés vers Pérékop, emmenant avec eux le bétail et les chevaux. Un seul parmi les Cosaques, Maxime Golodoukha, avait réussi à échapper aux Tatars en cours de route : il avait poignardé un *murza,* détaché le sac de sequins que celui-ci portait à la ceinture et, enfourchant un cheval tatar, vêtu d'habits tatars, il avait fui pendant près de deux jours et deux nuits devant les cavaliers lancés à ses trousses ; ayant crevé un cheval, il en avait enfourché un autre, qu'il avait crevé également, et c'est sur son troisième cheval qu'il était enfin parvenu près de Doubno où, comme il l'avait appris en chemin, se trouvait le camp des Zaporogues. Il annonça aux Cosaques la triste nouvelle, mais ne put en dire davantage : on ne sut ni comment le malheur s'était produit, si les Zaporogues demeurés à la *Setch* avaient bu un coup de trop, à la cosaque, et s'étaient laissé prendre ivres morts, ni de quelle façon les Tatars avaient découvert la cachette où reposait le trésor de l'armée. Mort de fatigue, le corps tout boursouflé, le visage brûlé et tanné par le vent, le Cosaque s'effondra sur-le-champ et sombra dans un profond sommeil.

En pareil cas, il était d'usage chez les Zaporogues de se lancer sans perdre un instant à la poursuite des pillards, en essayant de les rattraper en chemin, car les captifs risquaient de se retrouver sur les marchés d'Asie Mineure, de Smyrne ou de Crète, — et Dieu sait en quels lieux encore auraient pu se montrer les toupets zaporogues. Voilà pourquoi les Zaporogues s'étaient rassemblés. Tous, du premier jusqu'au dernier, gardaient leur bonnet sur la tête, car ils n'étaient pas venus pour écouter en subordonnés les ordres de leur *ataman,* mais bien pour tenir conseil entre égaux.

« Écoutons d'abord l'avis des anciens, cria-t-on dans la foule.

— L'avis du *kochévoï* d'abord ! » disaient d'autres voix.

Et l'*ataman* se découvrit, car il ne parlait pas en chef, mais en compagnon d'armes ; il remercia tous les Cosaques de l'honneur qu'ils lui faisaient, et dit :

« Il ne manque pas parmi nous de Cosaques plus

anciens et de meilleur conseil, mais puisque c'est à moi que l'on a fait cet honneur, voici mon avis : nous devons, camarades, et sans perdre un instant, nous lancer à la poursuite des Tatars. Car vous les connaissez, les Tatars, ce ne sont pas eux qui vont nous attendre avec ce qu'ils nous ont pris ; ils vont le disperser en moins de deux, et bien malin qui en retrouvera les traces. Mon avis, c'est donc qu'il faut se mettre en route. Nous avons déjà festoyé à loisir par ici. Les Polonais savent à qui ils ont affaire ; notre sainte foi, nous l'avons vengée comme nous le pouvions ; et quant au butin, il n'y a pas grand-chose à tirer d'une ville affamée. Il faut donc se mettre en route, voilà mon avis.

— En route ! » entendit-on crier parmi les quartiers zaporogues.

Mais Taras Boulba n'avait pas goûté ces propos, et fronçait de plus belle ses sourcils grisonnants, semblables à des buissons tapissant la crête d'une montagne, et dont le givre septentrional aurait revêtu les cimes de ses mille aspérités.

« Non, ton avis ne vaut rien, *kochévoï*, répliquat-il. Tu parles de travers. Tu as sans doute oublié que nous laissons des prisonniers entre les mains des Polonais ? Tu veux sans doute que nous trahissions la première, la plus sacrée de nos lois, celle de la camaraderie ? Que nous abandonnions nos compagnons aux Polonais, pour qu'ils les écorchent vifs, ou qu'ils écartèlent leurs corps de Cosaques et en promènent les lambeaux par les villes et les villages, comme ils l'ont déjà fait avec le *hetman* et les plus valeureux chevaliers russes de l'Ukraine ? N'ont-ils pas assez bafoué tout ce que nous révérons ? Qui sommes-nous donc, je vous le demande à tous ? Quel Cosaque est-ce là, celui qui peut abandonner un camarade dans l'épreuve, le laisser périr comme un chien en terre étrangère ? Puisque nous en sommes là, et que chacun fait si peu de cas de l'honneur cosaque qu'il est prêt à se laisser cracher à la moustache et tenir des propos insultants, eh bien moi, personne ne pourra rien me reprocher. Je resterai tout seul ! »

Tous les Zaporogues furent ébranlés par ces propos.

« Et toi, vaillant capitaine, n'aurais-tu pas oublié que nous avons aussi des camarades entre les mains des Tatars, que si nous tardons à les délivrer, ils seront vendus corps et âmes à des païens et voués à une servitude éternelle, plus cruelle que la plus atroce des morts ? Aurais-tu donc oublié que les Tatars se sont rendus maîtres de tout notre trésor, acheté à prix de sang chrétien ? »

Les Cosaques réfléchissaient et ne savaient que dire. Ni les uns ni les autres ne voulaient s'exposer à l'infamie. C'est alors que l'on vit sortir des rangs Kassian Bovdioug, le doyen de l'armée zaporogue. Tous les Cosaques l'avaient en grande estime ; par deux fois déjà on l'avait élu *ataman* général, il avait aussi fait ses preuves de bon Cosaque dans les combats, mais il avait vieilli et, depuis longtemps ne participait plus à aucune expédition ; il n'aimait pas non plus à donner de conseils ; ce qu'il aimait par-dessus tout, ce vieux traîneur de sabre, c'était de s'allonger sur le flanc auprès d'un groupe de Cosaques pour prêter l'oreille au récit de toutes sortes d'aventures vécues et d'expéditions armées. Sans jamais se mêler aux palabres, il se contentait d'écouter tout en tassant du pouce la cendre amassée dans un brûle-gueule qu'il gardait constamment entre les dents, et, lorsque tout le monde s'était tu, il restait longtemps couché au même endroit, les yeux à demi fermés ; et l'on ne savait plus alors s'il dormait ou s'il continuait d'écouter. Maintes fois, il était resté chez lui lorsque l'armée partait en campagne, mais cette fois-ci, il n'avait pu y tenir, le vieux. Avec un grand geste à la cosaque, il avait dit :

« Arrive que pourra ! Je pars moi aussi : qui sait, je pourrai peut-être me rendre utile à la nation cosaque ! »

Tout le monde se tut lorsqu'il vint se placer devant l'assemblée, car depuis longtemps on ne l'avait pas vu desserrer les lèvres. Chacun voulait savoir ce que dirait Bovdioug.

« Mon tour est venu de prendre la parole, seigneurs mes frères, commença-t-il. Écoutez, mes enfants, ce que vous dira un vieillard. L'*ataman* a sagement parlé ; et, comme chef de l'armée cosaque, tenu de la ménager et de veiller sur son trésor, il ne pouvait rien dire de plus sage. Voilà ! Que ce soit là le premier point de mon discours. Et maintenant, écoutez le second. Voici le second point de mon discours : il y a aussi beaucoup de vérité dans les paroles de Taras le capitaine — que Dieu lui prête vie et envoie à l'Ukraine de nombreux capitaines de sa trempe. L'honneur du Cosaque, et son plus haut devoir, est d'observer la loi de la camaraderie. Depuis tant d'années que je vis, je n'ai jamais entendu dire, seigneurs mes frères, je n'ai jamais entendu dire qu'un Cosaque eût trahi ou abandonné

un camarade. Les uns et les autres sont nos camarades : peu importe lesquels sont les plus nombreux ;
tous, ils sont nos camarades, tous ils nous sont chers.
Alors, voici ce que je dirai : que ceux qui sont
attachés à nos compagnons prisonniers des Tatars se
lancent à la poursuite des Tatars ; quant à ceux qui
sont attachés aux prisonniers des Polonais et qui ne
veulent pas abandonner la bonne cause, qu'ils restent. L'*ataman,* comme il est de son devoir, ira
poursuivre les Tatars avec la moitié de l'armée ;
l'autre moitié se choisira un *ataman* délégué. Et
comme *ataman* délégué, si vous voulez bien vous fier
à mes cheveux blancs, nous ne pouvons élire que
Taras Boulba. Nul parmi nous ne l'égale en vail-
lance. »

Ayant parlé de la sorte, Bovdioug se tut ; et tous
les Cosaques se réjouirent d'avoir été ainsi tirés
d'embarras par le vieux. Ils jetèrent en l'air leurs
bonnets, en s'écriant :

« Merci, père ! Tu te taisais, tu te taisais toujours,
et voilà enfin que tu as parlé. Tu avais raison de dire,
au moment de partir en campagne, que tu pourrais
te rendre utile à la nation cosaque : voilà qui est fait.

— Alors vous approuvez sa proposition ?
demanda l'*ataman.*

— Tout le monde l'approuve ! s'écrièrent les
Cosaques.

— Alors la discussion est close ? demanda
l'*ataman.*

— La discussion est close ! s'écrièrent les Cosaques.

— Eh bien maintenant, mes enfants, écoutez mes
ordres », dit l'*ataman.* Il s'avança de quelques pas et

se couvrit, et tous les Zaporogues, du premier au
dernier, ôtèrent leurs bonnets et restèrent tête nue,
les yeux baissés comme ils le faisaient toujours
lorsqu'un supérieur allait parler.

« Maintenant, partagez-vous, seigneurs mes
frères. À droite ceux qui veulent partir, à gauche
ceux qui restent ! Chaque *kourennoï* avec la majorité
de son quartier ; la minorité se joint à un autre
quartier. »

Et les uns de passer à la droite de l'*ataman*
général, les autres à sa gauche. Les *atamans* de
quartier suivaient la majorité de leur quartier : la
minorité se joignait à d'autres quartiers ; et l'armée
se trouva bientôt divisée en deux parties à peu près
égales. À gauche, on trouvait presque tout le
quartier de Neznamaïko, la plus grande partie du
quartier de Popovitchev, tout le quartier d'Ouman,
tout le quartier de Kaniev, la majeure partie des
quartiers de Steblikiv et de Tymochev. Tous les
autres s'étaient portés volontaires pour courir sus
aux Tatars. Il ne manquait pas, de part et d'autre, de
Cosaques robustes et valeureux. Parmi ceux qui
avaient résolu de poursuivre les Tatars, on comptait
Tchérévaty, un vétéran de valeur, ainsi que Pokoty-
polé, Lémich, et Thomas Prokopovitch ; Démid
Popovitch s'était rangé lui aussi dans ce camp, car ce
Cosaque était d'un naturel ardent et ne pouvait
demeurer longtemps au même endroit ; il avait déjà
tâté du Polonais, il voulait maintenant tâter du
Tatar. Il y avait encore les *atamans* de quartier
Nostiougan, Pokrychia, Névylytchki, et bien d'autres
Cosaques intrépides et de grand renom qui avaient
eu le désir d'éprouver leurs sabres et leurs puissantes

épaules dans un corps à corps sanglant avec les Tatars. On ne trouvait pas moins de valeureux Cosaques parmi ceux qui avaient choisi de rester : c'étaient d'abord les *atamans* Démytrovitch, Koukoubenko, Vertykhvist, Balaban et Ostap Boulbenko. Puis des Cosaques renommés et vigoureux en grand nombre : Vovtouzenko, Tchérévytchenko, Stépane Gouska, Okhrim Gouska, Mikola Gousty, Zadorojni, Métélytsia, Ivan Zakroutygouba, Mosée Chilo, Degtiarenko, Sydorenko, Pysarenko, puis l'autre Pysarenko, et encore un Pysarenko, et bien d'autres bons Cosaques. Tous de vieux routiers qui avaient battu du pays à pied et à cheval : on les avait vus sur les côtes de l'Anatolie, dans les salines et les steppes de la Crimée, le long de tous les affluents du Dniepr, grands et petits, sur ses anses et dans ses îles ; ils avaient été en terre moldave, en terre valaque, au pays turc ; ils avaient sillonné toute la mer Noire sur leurs barques cosaques à deux gouvernails ; ils avaient assailli avec cinquante barques voguant de front les plus riches vaisseaux de haut bord, ils avaient coulé bon nombre de galères turques et brûlé de la poudre à profusion. Plus d'une fois ils avaient lacéré des étoffes de soie et des velours précieux pour en envelopper leurs jambes. Plus d'une fois ils avaient bourré de sequins bien sonnants les escarcelles pendues à leurs ceintures. Quant aux richesses qu'ils avaient dilapidées en beuveries et en festins, et qui, à d'autres, auraient suffi pour une vie entière, qui pourra jamais les dénombrer ? Tout cela, ils l'avaient dépensé à la cosaque, régalant l'univers entier et payant des musiciens pour que tout le monde s'en donnât à

cœur joie. Il n'en était guère qui n'eussent encore
quelques trésors, coupes, puisoirs d'argent ou brace-
lets, enfouis sous les roseaux dans les îles du Dniepr,
afin que les Tatars ne pussent les trouver si, par
malheur, ils parvenaient à attaquer la *Setch* à
l'improviste. Mais les Tatars auraient été bien en
peine de les découvrir, car les propriétaires eux-
mêmes commençaient à oublier en quel lieu ils les
avaient dissimulés. Oui, tels étaient les Cosaques qui
avaient pris le parti de rester et de faire payer aux
Polonais l'outrage qu'ils avaient infligé à leurs camarades et à la foi chrétienne ! Le vieux Cosaque
Bovdioug tint lui aussi à rester auprès d'eux :

« Je ne suis plus d'âge à poursuivre les Tatars, dit-
il, et la place ne manque pas ici pour y mourir en bon
Cosaque. Il y a déjà longtemps que j'implore le
Seigneur de m'accorder, lorsqu'il me faudra quitter
ce monde, que ce soit en combattant pour la sainte
cause de la chrétienté. Et voici que mon vœu s'est
exaucé. Nulle part ailleurs il n'y aura de mort plus
glorieuse pour un vieux Cosaque. »

Lorsque les deux camps eurent achevé de se
séparer et se furent disposés par quartiers de part et
d'autre de l'*ataman* général, celui-ci passa entre les
deux rangées en disant :

« Alors, seigneurs mes frères, êtes-vous satisfaits
les uns des autres ?

— Tout le monde est satisfait, père ! répondirent
les Cosaques.

— Eh bien embrassez-vous et faites vos adieux,
car Dieu sait qu'il vous sera donné de vous revoir.
Écoutez votre *ataman* et remplissez les tâches que

vous savez : car vous savez ce que commande
l'honneur cosaque. »

Et tous les Cosaques — et ils étaient nombreux —
s'embrassèrent entre eux. Les deux *atamans* donnè-
rent l'exemple : passant la main sur leurs moustaches grises, ils s'embrassèrent sur les deux joues et
se serrèrent la main avec force. Tous deux étaient
sur le point de demander : « En bien, seigneur mon
frère, allons-nous nous revoir un jour ? » Mais ils
n'en firent rien, se turent, et les deux têtes grises
demeurèrent songeuses. Cependant, tous les Cosaques se faisaient leurs adieux, sachant bien que les
uns et les autres auraient fort à faire ; mais ils
décidèrent de ne pas se séparer aussitôt, et d'attendre jusqu'à la nuit noire, afin de ne pas laisser voir à
l'ennemi que leur nombre avait diminué. Puis ils
rejoignirent leurs quartiers pour dîner.

Après le dîner, tous ceux qui devaient se mettre
en route s'étendirent pour prendre du repos, et
dormirent longtemps d'un profond sommeil, comme
s'ils pressentaient que c'était peut-être la dernière
fois qu'ils pouvaient le goûter en toute liberté. Ils
dormirent jusqu'à la tombée de la nuit ; mais dès que
le soleil se fut couché et que l'ombre eut envahi le
camp, ils commencèrent à graisser leurs chariots.
Leurs préparatifs achevés, ils firent avancer le
convoi, puis, ôtant leurs bonnets, échangèrent un
dernier salut avec leurs camarades avant de le suivre
d'un pas silencieux. En bon ordre, sans un cri, sans
un sifflement à l'adresse des chevaux, la cavalerie
s'ébranla dans un léger bruit de sabots à la suite des
fantassins, et bientôt toute l'armée avait disparu
dans les ténèbres. Seuls retentissaient encore le bruit

sourd des sabots et parfois le grincement d'une roue encore grippée ou mal graissée en raison de l'obscurité.

Ceux qui restaient s'attardèrent longtemps à agiter les bras en direction de leurs camarades, bien que l'on eût cessé de les voir. Et lorsqu'ils eurent enfin quitté les lieux et rejoint leurs postes, lorsqu'ils virent à la clarté des étoiles que la moitié des chariots n'était plus là, que tant de leurs camarades manquaient à l'appel, la tristesse envahit leur cœur, et tous, malgré eux, courbèrent vers le sol leurs têtes insouciantes, en proie à de tristes pensées.

Taras voyait le trouble se répandre dans les rangs des Cosaques et le découragement, si malséant aux braves, planer sur les têtes silencieuses de ses hommes. Mais il ne disait rien : il ne voulait pas brusquer les choses, et leur laissait le temps de se faire à l'abattement provoqué par le départ de leurs camarades ; et cependant, il se préparait en silence à les réveiller tous ensemble, d'un seul coup et tout soudain, par une de ces clameurs stridentes que savent pousser les Cosaques, afin qu'à nouveau, et avec plus de force que jamais, chacun reprît cœur comme seul en est capable un homme de race slave, cette race généreuse et puissante auprès de laquelle toutes les autres ne sont que de maigres rivières à côté de la mer. Quand la tempête fait rage, elle n'est plus que tonnerre et rugissement, gonflant et soulevant des lames que les faibles rivières ne sauraient soulever ; mais quand le vent tombe et que le calme revient, alors, plus limpide que toutes les rivières, elle étale son miroir infini, éternelle caresse pour les yeux.

Et Taras ordonna à ses serviteurs de décharger l'un de ses chariots, qui se trouvait un peu à l'écart des autres. C'était le plus grand et le plus solide du convoi ; un double bandage serrait fermement ses roues massives, il était lourdement chargé, recouvert de bâches et d'épaisses peaux de bœuf, embrelé par des cordes tendues et enduites de résine. Tout son chargement consistait en bidons et barriques de bon vin, que Taras avait longtemps laissé vieillir dans ses caves. Il les avait emportées à tout hasard, pour quelque occasion solennelle ; lorsque l'instant serait gravé et qu'on serait à la veille d'un fait d'armes digne de passer à la postérité, il fallait que tous les Cosaques, du premier jusqu'au dernier, fussent à même de goûter à ce vin réservé, afin qu'en cet instant mémorable, on éprouvât un sentiment qui ne le fût pas moins. Lorsqu'ils entendirent l'ordre de leur capitaine, les serviteurs se précipitèrent vers les chariots, et commencèrent à trancher les grosses cordes, à enlever les bâches et les lourdes peaux et à décharger les bidons et les barriques.

« Que chacun prenne ce qui lui tombera sous la main, dit Boulba. Tous, tant que vous êtes, prenez tout ce que vous trouverez : les puisoirs, les écuelles avec lesquelles on abreuve les chevaux, les gants, les bonnets, et au besoin, tendez tout simplement les deux mains. »

Et les Cosaques, tous autant qu'ils étaient, d'empoigner qui un puisoir, qui une écuelle lui servant à abreuver son cheval, qui un gant, qui un bonnet, et qui de présenter tout simplement les deux mains. À tous, les serviteurs de Taras, passant entre les rangs, versaient à boire de leurs bidons et de leurs barriques. Mais Taras leur avait donné l'ordre d'attendre son signal, afin que tout le monde bût en même temps. On voyait qu'il voulait parler. Il savait en effet que si puissant que fût l'effet d'un bon vin vieux et si propre à remonter les courages, le vin serait deux fois plus fort et le courage deux fois plus grand si l'on y joignait quelques paroles appropriées.

« Si je vous offre à boire, seigneurs mes frères, dit Boulba, ce n'est pas parce que vous m'avez fait votre *ataman*, si grand que soit cet honneur ; et ce n'est pas non plus en l'honneur du départ de nos camarades ; non, tout cela serait bon en d'autres temps ; maintenant, ce n'est pas le moment. La tâche qui nous attend nous coûtera beaucoup de sueur et toute notre prouesse de Cosaques. Buvons donc, mes camarades, buvons tous ensemble, et d'abord à notre sainte foi orthodoxe : que vienne enfin le temps où, répandue à travers le monde, la sainte foi régnera sans partage, et où tous les mécréants, du premier jusqu'au dernier, se seront faits chrétiens ! Et, par la même occasion, buvons aussi à la *Setch* : puisse-t-elle se maintenir de longues années pour la ruine de toute la race mécréante, puisse-t-elle produire chaque année de jeunes guerriers plus vaillants et plus beaux les uns que les autres ! Et, puisque nous y sommes, buvons encore à notre propre gloire, afin que nos petits-enfants et leurs enfants puissent dire qu'il y a eu dans le temps des hommes qui n'ont pas souillé les liens de la camaraderie en abandonnant les leurs. Ainsi donc, à notre foi, frères, à notre foi !

— À notre foi ! grondèrent les basses profondes des premiers rangs.

— À notre foi! reprirent en chœur les rangées plus lointaines et tous autant qu'ils étaient, du plus vieux au plus jeune, burent à la foi orthodoxe.

— À la *Setch!* dit Taras en levant la main au-dessus de sa tête.

— À la *Setch!* tonnèrent les premiers rangs. À la *Setch!* » dirent les vieux d'une voix affaiblie, avec un tressaillement de leur moustache grise; et, vibrant comme de jeunes faucons, les plus jeunes répétèrent : « À la *Setch!* »

Et la plaine à perte de vue entendit les Cosaques célébrer leur *Setch*.

« Et maintenant une dernière gorgée, camarades, à la gloire et à tous les chrétiens du monde! »

Et tous les Cosaques à travers la plaine burent la dernière gorgée à la gloire et à tous les chrétiens du monde. Et longtemps encore on entendit se répéter à travers les rangs, d'un quartier à l'autre :

« À tous les chrétiens du monde! »

Et déjà les coupes étaient vides, mais les Cosaques gardaient encore la main levée. Il y avait maintenant de la joie dans leurs yeux que le vin faisait briller, et pourtant ils étaient pensifs. Ce n'étaient plus les rapines et les prises de guerre qu'ils avaient en tête; ils ne se demandaient plus s'ils auraient la chance d'amasser les écus, les belles armes, les caftans brodés et les chevaux circassiens; mais ils restaient pensifs, pareils à des aigles perchés au sommet d'une haute montagne aux flancs abrupts, d'où l'on découvre au loin la mer qui se déploie à l'infini, parsemée de galères, de vaisseaux et d'embarcations de toutes sortes, semblables à de menus oiseaux; la mer bordée d'un fin liséré de côtes, à peine visibles, avec

leurs villes, pareilles à des insectes, et leurs forêts
qui paraissent ployer comme de menues herbes. Tels
des aigles, ils promenaient leurs regards sur la plaine
environnante et sur leur destin qui se perdait au loin
dans les ténèbres. Elle sera jonchée, toute cette
plaine, avec ses friches et ses chemins, oui, jonchée
de leurs carcasses blanchies, généreusement arrosée
de leur sang cosaque, semée des débris de leurs
chariots, de leurs sabres et de leurs lances. À perte
de vue on verra reposer leurs têtes aux toupets
tordus et durcis de sang figé, et aux longues moustaches tombantes. Oui, les aigles se rassembleront
au-dessus d'eux pour planter leurs becs dans leurs
orbites et en arracher leurs yeux de Cosaques. Mais
qu'il est bon de dormir de son dernier sommeil sous
un asile si vaste et si généreusement déployé ! De
tous leurs exploits magnanimes pas un seul ne périra
jamais, et la gloire cosaque n'ira pas se perdre
comme un grain de poudre sur le canon d'un fusil. Il
se trouvera, oui, il se trouvera un joueur de *bandoura* à longue barbe grise, et peut-être un vieillard
inspiré, encore plein de mâle vigueur malgré ses
cheveux blancs, pour les évoquer de sa voix profonde et puissante. Et leur gloire s'élèvera pour
courir à travers le monde, et les générations auront
leurs exploits sur les lèvres. Car vaste est la portée
du verbe tout-puissant, qui est pareil au bronze
vibrant d'un bourdon où le maître fondeur a coulé
du pur argent d'une main généreuse, afin que son
carillon se répande au loin à travers les villes et les
campagnes, les chaumières et les palais, appelant
tous les hommes, sans distinction, à la sainte prière.

IX

Dans la ville, nul ne sut que la moitié des
Zaporogues avait levé le camp pour se lancer à la
poursuite des Tatars. Les guetteurs de la maîtresse
tour avaient seulement remarqué qu'une file de
chariots s'éloignait et disparaissait derrière la forêt ;
mais ils se dirent que les Cosaques s'apprêtaient sans
doute à dresser une embuscade, et l'ingénieur français [39] le pensait aussi. Cependant, l'*ataman* n'avait
pas parlé à la légère : la cité commençait à manquer
de vivres. Avec l'imprévoyance coutumière de ces
siècles passés, les troupes n'avaient pas évalué leurs
besoins. Une sortie fut tentée ; mais les Cosaques
massacrèrent sur-le-champ la moitié des courageux
soldats qui l'avaient entreprise, tandis que l'autre
moitié, talonnée par les assiégeants, regagnait préci-
pitamment la cité, où elle rentra les mains vides. Des
Juifs, cependant, avait profité de la sortie pour
éventer le secret : ils étaient parvenus à savoir où
étaient partis les Zaporogues, et ce qu'ils allaient y
chercher, et quels étaient leurs chefs, et à quels
quartiers ils appartenaient, et quel était leur nombre, et combien il en était resté, et avec quelles
intentions ; bref, quelques instants après leur retour,
les assiégés savaient tout. Les capitaines polonais
reprirent courage et se préparèrent à livrer bataille.
Mais Taras, déjà, avait remarqué le va-et-vient et le
tumulte qui régnaient dans la ville, et s'empressait
de prendre les mesures nécessaires, de déployer ses

troupes, de distribuer les ordres et les instructions :
il disposa les quartiers en trois camps entourés de
chariots, de façon à former de véritables places
fortes — c'était là une forme de combat où les
Zaporogues étaient invincibles ; à deux quartiers il
donna l'ordre de se mettre en embuscade ; sur une
partie du champ il fit planter des pieux taillés en
pointe, des armes brisées et des débris de lance, afin
d'y repousser à l'occasion la cavalerie de l'ennemi.
Et lorsque tout fut fait selon les règles, il harangua
les Cosaques, non pour remonter leur moral et
retremper leur courage, car il savait qu'il ne pourrait
rien ajouter à leur détermination, mais parce qu'il
brûlait lui-même d'exprimer tout ce qui lui tenait à
cœur.

« Je voudrais vous dire, seigneurs, ce que c'est
que notre camaraderie. Les récits de vos pères et de
vos grand-pères vous ont appris en quelle estime on
tenait partout notre pays : il s'était fait connaître des
Grecs, il percevait un tribut de Byzance, il avait des
villes florissantes, et des églises, et des princes, des
princes de souche russe, des princes bien à lui, et
non de ces mécréants de catholiques. Tout cela, les
infidèles l'ont pris ; tout a disparu. Nous seuls
sommes restés, orphelins, nous et notre terre, délaissée comme nous, pareille à la veuve qui a perdu le
soutien de son vigoureux époux ! Et c'est alors, mes
camarades, que nous nous sommes tendu la main
pour sceller notre fraternité ! C'est là-dessus que
repose notre camaraderie ! Il n'y a pas de liens plus
sacrés que ceux-là ! Le père aime son enfant, la mère
aime son enfant, l'enfant aime son père et sa mère,
sans doute ! Mais ce n'est pas la même chose, mes

frères : cet amour-là, les bêtes sauvages en sont
capables elles aussi. Mais s'apparenter par le cœur,
et non par le sang, voilà ce dont l'homme seul est
capable. Il s'est vu des camarades en d'autres pays,
mais des camarades comme nous les connaissons en
pays russe, non, nulle part ailleurs on n'en a vu de
semblables. Plusieurs d'entre vous ont fait de longs
séjours en terre étrangère ; et quoi ? on s'aperçoit
que ce sont aussi des hommes qui vivent là-bas, aussi
des créatures de Dieu, et qu'on peut leur parler
comme aux siens ; mais le moment venu d'ouvrir son
cœur, eh bien non, ils ont beau avoir du jugement,
mais ce n'est pas cela ; ils ont beau être des hommes
comme nous, et tout de même quelque chose leur
manque ! Non, mes frères, aimer comme un cœur
russe en est capable, aimer non pas avec son
intelligence ou une autre partie de soi, mais avec
tout ce que Dieu nous a donné, avec tout, mais tout
ce qu'on a... » Et Taras acheva sa phrase par un
grand geste, et secoua sa tête chenue, et sa moustache tressaillit, et il continua : « Non, aimer ainsi,
nul n'en est capable ! Je sais bien que de basses
pratiques commencent à se répandre sur notre sol :
on ne pense qu'à avoir près de soi ses gerbes de blé,
ses meules de foin, ses troupeaux de chevaux, et à
conserver intactes dans ses chais les barriques d'hydromel bien scellées. On adopte Dieu sait quelles
coutumes d'infidèles ; on a honte de sa propre
langue ; on refuse de parler aux siens ; on les vend
comme on vend des bêtes sans âme sur la place d'un
marché. On fait plus de cas de la faveur d'un roi
étranger — et que dis-je d'un roi : de la faveur
abjecte d'un magnat polonais qui vous envoie sa

botte jaune en pleine figure — que de tous les liens de la fraternité. Mais le dernier, le plus vil des faquins, tout barbouillé qu'il soit de suie et de servilité, même celui-là, mes frères, a conservé une parcelle de ses sentiments russes. Et ces sentiments, un jour, se réveilleront, et les bras lui en tomberont, au pauvre diable, et il se prendra la tête entre les mains, maudissant à voix haute sa vie d'abjection, prêt à affronter les pires tourments pour racheter sa bassesse. Eh bien, qu'ils sachent tous ce que signifie, en terre russe, la camaraderie ! Et s'il est dit que nous devions mourir, eh bien, pas un seul d'entre eux ne mourra d'une si belle mort ! Pas un seul, pas un seul ! Comment feraient-ils, avec leur nature de souris ! »

Ainsi parla l'*ataman,* et lorsqu'il eut achevé sa harangue il secouait encore sa crinière que les campagnes cosaques avaient couverte d'argent. Ses paroles, qui atteignaient chacun droit au cœur, avaient profondément remué tous ceux qui l'écoutaient. Dans les rangs, les plus anciens restaient immobiles, leurs têtes grises baissées vers le sol ; une larme se formait silencieusement au bord de leurs vieilles paupières ; lentement, ils l'essuyaient de leur manche. Et puis, tous en même temps, comme s'ils s'étaient donné le mot, ils firent un grand geste et secouèrent leurs têtes aguerries. Visiblement, le vieux Taras avait réveillé en eux une foule de sentiments familiers, le meilleur de ce qui sommeille dans le cœur d'un homme auquel le malheur, les peines, la bravoure et toutes les traverses de la vie ont enseigné la sagesse, ou de celui qui, n'ayant pas connu tout cela, a cependant pressenti bien des choses dans la pureté de sa jeune âme, pour la joie perpétuelle des vieillards qui lui ont donné le jour.

Mais déjà, dans un vacarme de cymbales et de clairons, l'armée ennemie sortait de la ville, et les seigneurs polonais, entourés d'innombrables serviteurs, chevauchaient vers eux, les poings aux hanches. Le gros colonel donnait des ordres. Pointant leurs mousquets, les Polonais s'avançaient en rangs serrés vers les retranchements des Cosaques, et l'on voyait briller leurs yeux et étinceler leurs cuirasses d'airain. Dès que les Cosaques les virent arrivés à portée de tir, ils déchargèrent tous ensemble leurs mousquets de sept palmes de long, et continuèrent à tirer sans interruption. Le feu roulant de leurs armes retentit au loin dans les prés et les champs environnants, se fondant en un grondement continu. Déjà la plaine était couverte d'un voile de fumée, et les Zaporogues tiraient toujours, sans reprendre haleine : ceux des derniers rangs ne faisaient que recharger les mousquets pour les passer à leurs compagnons, à la stupéfaction de l'adversaire qui se demandait comment les Cosaques pouvaient tirer sans recharger leurs armes. À travers l'épaisse fumée qui enveloppait les deux camps, on ne voyait plus les vides qui se creusaient dans les rangs ; mais les Polonais sentaient que les balles volaient dru et que l'affaire promettait d'être chaude ; et lorsqu'ils reculèrent pour échapper à la fumée et y voir clair autour d'eux, ils s'aperçurent que beaucoup des leurs manquaient à l'appel. Les Cosaques, en revanche, n'avaient perdu que deux ou trois hommes sur cent. Et la fusillade continuait, sans la moindre interruption. L'ingénieur étranger lui-même, qui n'avait jamais vu pareille tactique, s'en montra étonné et dit alors devant tout le monde : « Les hardis gaillards, que ces Zaporogues ! Voilà comment on devrait se battre en d'autres pays ! » Et il conseilla de pointer sur-le-champ les canons sur les retranchements des Zaporogues. Un lourd rugissement s'échappa des canons de fonte aux larges gueules ; la terre trembla, avec un grondement qui se propagea au loin, et la fumée qui couvrait la plaine s'épaissit. On sentit l'odeur de la poudre jusque sur les places et dans les rues des villes les plus éloignées. Mais les pointeurs avaient visé trop loin ; l'arc décrit par les boulets chauffés à blanc s'éleva trop haut dans le ciel. Les projectiles, avec un sifflement terrifiant, passèrent par-dessus la tête des Cosaques et s'enfoncèrent profondément dans le sol, déchiquetant et faisant jaillir haut dans le ciel des mottes de terre noire. L'ingénieur français s'arracha les cheveux devant tant de maladresse, et, se mettant lui-même à l'ouvrage, entreprit de pointer les canons, sans se soucier des balles que les Cosaques faisaient toujours pleuvoir sans interruption.

Taras sentit venir de loin le danger que couraient les quartiers de Neznamaïkov et de Steblikiv, et il cria d'une voix tonitruante : « Sortez vite de derrière les chariots, et à cheval tout le monde ! » Mais les Cosaques n'auraient pas eu le temps d'exécuter cette double manœuvre, si Ostap n'était venu à la rescousse : il s'élança droit au cœur de l'ennemi, et fit lâcher leur mèche à six canonniers, sans parvenir toutefois à la faire lâcher aux quatre autres : les Polonais lui firent rebrousser chemin. Sur ces entrefaites, le capitaine étranger saisit lui-même une

mèche pour décharger la plus grosse pièce. Aucun
des Cosaques n'avait jamais vu de canon si gigantes-
que : il ouvrait de façon terrifiante sa gueule
immense où mille morts paraissaient à l'affût. Et
lorsque le coup partit, aussitôt suivi de trois autres
décharges — et quatre fois la terre ébranlée résonna
d'un sourd grondement — ce fut pour répandre
abondamment la désolation. Plus d'une vieille mère
va sangloter sur son fils, frappant de ses mains
osseuses sa poitrine amaigrie. Il y aura plus d'une
veuve, à Gloukhov, à Nemirov, à Tchernigov et en
bien d'autres villes. On verra plus d'une femme
courir jour après jour au marché, s'accrocher, la
pauvrette, à tous les passants, les regarder chacun
droit dans les yeux pour tenter de reconnaître parmi
tous ces hommes un homme cher entre tous. Mais
des soldats de toute sorte passeront en grand nombre à travers la ville, et parmi eux, à tout jamais, il
manquera un homme, cher entre tous les hommes.

Oui, la moitié du quartier de Neznamaïkov avait
été rayée du nombre des vivants ! Comme un champ
dévasté par la grêle qui fauche, en un instant tous les
épis, pareils à des ducats de bon poids, ainsi ils
avaient tous été fauchés et couchés sur le sol.

Alors, vous auriez vu bondir les Cosaques ! Vous
les auriez tous vus se prendre·au corps ! Vous auriez
vu écumer de rage l'*ataman* Koukoubenko, privé de
la meilleure moitié de son quartier ! À l'instant
même, il s'élança au cœur de la mêlée avec ce qui lui
restait de combattants. Dans sa fureur, il tailla en
pièces le premier ennemi qui lui tomba sous la main,
il désarçonna maint cavalier pour le transpercer de
sa lance en même temps que son cheval, il parvint

jusqu'aux canonniers et voici qu'il s'emparait d'un canon. Mais l'*ataman* du quartier d'Ouman l'a précédé, il le voit déjà à l'œuvre, il voit Stépane Gouska occupé à s'emparer du canon principal. Abandonnant la partie aux autres Cosaques, il se dirige avec les siens vers un autre groupe d'ennemis. Là où ceux de Neznamaïkov ont passé, on dirait qu'une rue est percée, là où ils tournent, c'est une ruelle qui s'ouvre ! À vue d'œil, les rangs se creusent, les Polonais s'abattent comme des gerbes ! Tous sont là : Vovtouzenko auprès des chariots, et devant lui Tchérévitchenko, Degtiarenko auprès d'un autre groupe de chariots, et derrière lui l'*ataman* de quartier Vertykhvist. Déjà Degtiarenko avait atteint de sa lance deux gentilshommes polonais, mais il lui en vint un troisième qui ne voulait pas se laisser faire. Prompt à l'esquive et ferme sous les coups, le Polonais était paré d'un harnais somptueux et suivi, à lui seul, d'une cinquantaine de domestiques. D'un bras ferme, il fit fléchir Degtiarenko, lui fit vider l'arçon, et déjà, le sabre levé, il criait :

« Chiens de Cosaques, il ne s'en trouvera pas un seul parmi vous qui oserait m'affronter !

— En voici toujours un ! » dit Mosée Chilo en s'avançant.

C'était un vigoureux Cosaque, qui avait commandé en mer plus d'une fois et qui en avait vu de toutes les couleurs. Les Turcs l'avaient capturé aux abords de Trébizonde, ils avaient envoyé tous ses hommes aux galères, chargeant de chaînes leurs bras et leurs jambes, les privant de millet à longueur de semaine, ne leur faisant boire que de l'eau de mer

à l'âcre saveur. Les malheureux captifs avaient tout
enduré sans fléchir plutôt que d'abjurer leur foi
orthodoxe. Mais l'*ataman* Mosée Chilo avait fléchi :
il avait foulé aux pieds les saints commandements,
ceint sa tête coupable de l'odieux turban, gagné la
confiance du pacha qui avait fait de lui le quartier-
maître principal du navire et le chef de tous les
esclaves. L'abattement s'empara des malheureux
prisonniers, car ils savaient qu'un homme qui trahis-
sait sa foi et passait aux oppresseurs savait rendre
aux siens la vie plus dure et plus amère que
n'importe quel mécréant. Et ce fut là ce qui advint.
Mosée Chilo les chargea de nouveaux fers, les
enchaîna trois par trois, fit serrer leurs cordes
jusqu'aux os et les battit comme plâtre, faisant
pleuvoir les coups sur la nuque des galériens. Puis,
lorsque les Turcs, tout à la joie de s'être fait un
pareil serviteur, se mirent à festoyer et, oubliant
leurs commandements, s'enivrèrent du premier jusqu'au dernier, il apporta ses soixante-quatre clefs à
la chiourme et les distribua aux prisonniers, afin
qu'ils pussent se délivrer, jeter les fers et les chaînes
par-dessus bord et, les troquant contre des sabres,
massacrer tous les Turcs. Les Cosaques, ce jour-là,
s'emparèrent d'un riche butin ; ils revinrent chargés
de gloire au pays natal, et longtemps les joueurs de
bandoura célébrèrent l'exploit de Mosée Chilo[40]. Il
fut même en passe de devenir *ataman* principal, mais
c'était un drôle de Cosaque. Il lui arrivait d'accomplir des exploits dont les plus avisés eussent été bien
en peine, mais d'autres fois, on en était à se
demander quelle lubie avait bien pu le prendre. Tout
ce qu'il possédait passa en beuveries et en réjouis-

sances, il s'endetta auprès de toute la *Setch,* et, pour couronner le tout, il commit un vol comme un vulgaire larron de foire : une nuit, il fit main basse sur les harnachements d'un quartier voisin afin de les mettre en gage chez l'aubergiste. Pour le punir d'un méfait si honteux, on l'attacha à un poteau sur la place du marché en plaçant auprès de lui une massue, afin que chacun pût le frapper de toutes ses forces. Mais, parmi tous les Zaporogues, il ne s'en trouva pas un seul qui, au souvenir de ses mérites passés, eut le cœur de lever la massue sur lui. Tel était le Cosaque Mosée Chilo.

« Vous allez voir s'il y a des gens pour vous rosser, chiens que vous êtes », dit-il en se jetant sur le Polonais.

Et il fallait les voir jouer du sabre ! Leurs épaulières, leurs dossards étaient déjà bosselés par les coups. Le Polonais du diable avait fendu la cotte de mailles de son adversaire, et le fil de sa lame avait touché le corps : le rouge parut sur la cotte de mailles du Cosaque. Mais Chilo n'y prit garde, et levant haut son bras musclé (lourd était ce bras plein de vigueur), il l'assomma soudain d'un coup en pleine tête. Le casque d'airain vola en éclats, le Polonais chancela et mordit la poussière, et Chilo d'écharper et de sabrer en croix l'adversaire étourdi. Holà, Cosaque, au lieu d'achever l'ennemi, regarde plutôt derrière toi ! Mais le Cosaque ne songeait pas à se retourner, et déjà l'un des serviteurs du Polonais lui plantait son poignard dans le cou. Chilo fit alors volte-face, et il allait frapper l'audacieux lorsque celui-ci disparut dans la fumée de la poudre. Les mousquets, maintenant, claquaient de toutes parts.

Chilo chancela et sentit que sa blessure était mortelle. Il tomba, porta la main à sa blessure, et, se tournant vers ses compagnons, il leur dit : « Adieu, seigneurs mes frères, mes camarades ! Que vive donc à jamais la terre russe orthodoxe, et honneur lui soit rendu dans l'éternité ! » Sa vue faiblit, ses paupières se fermèrent, et son âme de Cosaque quitta son corps endurci. Mais déjà Zadorojni et les siens montaient à l'attaque, l'*ataman* Vertykhvist culbutait les rangs ennemis et Balaban chargeait.

« Eh bien, seigneurs ? dit Taras, interpellant les *atamans* de quartier. Y a-t-il encore de la poudre dans les poudrières ? La force cosaque n'a-t-elle pas fléchi ? Les Cosaques tiennent bon ?

— Il y a encore de la poudre dans les poudrières, père. La force cosaque n'a pas fléchi. Les Cosaques tiennent toujours bon. »

Et les Cosaques firent une vigoureuse poussée : la mêlée fut à son comble. Le petit colonel polonais fit sonner le rassemblement et arborer huit étendards bariolés pour rallier les soldats disséminés au loin sur le champ de bataille. Tous les Polonais coururent à leurs étendards, mais ils n'étaient pas encore parvenus à se ranger en bon ordre, que déjà l'*ataman* Koukoubenko, avec ceux de Neznamaïkov, chargeait de nouveau en plein centre et se trouvait nez à nez avec le colonel ventru. Le colonel ne put y tenir et, faisant tourner bride à son cheval, s'enfuit au grand galop ; et Koukoubenko de le pourchasser à travers la plaine, l'empêchant de rejoindre son régiment. Ce que voyant, Stépane Gouska, dont le quartier combattait sur le flanc de l'armée, s'élança au travers de sa route, une corde à la main, la tête

penchée sur la crinière de son cheval ; saisissant
l'instant favorable, il lança sa corde et, du premier
coup, en passa la boucle au cou du Polonais. Le
visage du colonel s'empourpra, il saisit la corde à
deux mains pour tenter de la rompre, mais déjà,
lancée d'une main vigoureuse, la pique mortelle lui
transperçait le ventre. Il ne bougea plus, cloué au sol
à l'endroit même où il se trouvait. Mais voici que ton
tour est arrivé, Gouska ! Le temps de se retourner,
et les Cosaques voyaient Stépane Gouska embroché
par quatre lances à la fois. Le malheureux n'eut que
le temps de dire : « Que périssent donc tous nos
ennemis, et que la terre russe vive dans une éternelle
allégresse ! » Et il expira sur place.

Les Zaporogues regardèrent autour d'eux et
virent que déjà, là-bas, sur le flanc de l'armée, le
Cosaque Métélytsia régalait les Polonais, les assom-
mant à tour de bras ; que déjà, sur l'autre flanc,
l'*ataman* Névylytchki poussait ferme avec les siens ;
aux abords des chariots, Zakroutygouba se démène
et malmène l'ennemi ; plus loin, près du dernier
groupe de chariots, Pysarenko Trois en a mis toute
une bande en déroute. Et déjà, près du deuxième
retranchement, on en est venu au corps à corps, et
l'on se bat sur les chariots mêmes.

« Eh bien, seigneurs, lança l'*ataman* Taras en
passant devant le front de ses troupes. Y a-t-il
encore de la poudre dans les poudrières ? La force
cosaque tient-elle toujours bon ? Les Cosaques
seraient-ils près de fléchir ?

— Oui, père, il y a encore de la poudre dans les
poudrières ; la force cosaque tient toujours bon ; les
Cosaques ne sont pas près de fléchir ! »

Mais voici que Bovdioug est tombé de son chariot. Une balle l'a frappé, pénétrant jusqu'au cœur, mais le vieux, rassemblant ses dernières forces, parvient encore à dire : « Je quitte ce monde sans regrets. Puisse chacun trouver ici-bas pareille fin ! Eh bien donc, gloire éternelle à la terre russe ! »

Et l'âme de Bovdioug s'envola vers les cieux pour aller conter aux vieillards depuis longtemps retirés de ce monde comment on savait se battre en pays russe et, mieux encore, comment on y savait mourir pour la foi sacrée.

Balaban, l'*ataman* de quartier, ne tarda pas non plus à mordre la poussière. Trois blessures mortelles lui étaient échues : une lance, une balle et une lourde épée l'avaient atteint en même temps. Et c'était, parmi les Cosaques, l'un des plus valeureux : il avait mené à bien, en qualité d'*ataman,* nombre d'expéditions navales, mais la plus glorieuse était celle qu'il avait conduite sur les rivages de l'Anatolie. Ses hommes y avaient fait une ample provision de sequins, de draps et de calicots de Turquie et de parures diverses, mais ils avaient joué de malheur sur le chemin du retour : ils étaient tombés, les braves gens, sous les boulets des Turcs. Lorsque le tir du vaisseau les atteignit de plein fouet, la moitié des embarcations tournoya et chavira, et plus d'un Cosaque fut noyé ; mais les roseaux attachés le long des bordages empêchèrent les barques de sombrer. Balaban s'éloigna à force de rames, et se plaça dans la direction du soleil, si bien que, du vaisseau turc, on cessa de les voir. Toute la nuit suivante fut employée à vider, au moyen d'écopes et de bonnets, l'eau qui avait envahi les embarcations, et à en calfater les brèches. Avec l'étoffe de leurs pantalons, les Cosaques se firent des voiles, leurs barques filèrent et échappèrent ainsi au plus rapide des vaisseaux turcs. Et non contents de revenir sains et saufs à la *Setch,* les Cosaques rapportèrent une chasuble brodée de fils d'or pour le supérieur du monastère de Méjigorié, à Kiev, et, pour l'église de l'Intercession du pays zaporogue, une châsse d'icône en argent fin. Et longtemps après, les joueurs de bandoura célébraient encore le succès de leur entreprise. Mais à présent, Balaban baissait la tête, sentant approcher les affres de l'agonie, et disait à voix basse :

« Il me semble, seigneurs mes frères, que je meurs d'une belle mort : sept hommes ont péri par mon épée, neuf autres par ma lance ; mon cheval en a piétiné un assez grand nombre, et je ne saurais plus dire combien mes balles en ont atteint. Que soit donc à jamais florissante la terre russe ! »

Et son âme s'envola.

Cosaques ! Cosaques ! N'abandonnez pas la fleur de votre armée ! Voici Koukoubenko encerclé, voici qu'il ne reste plus que sept hommes du quartier de Neznamaïkov. Ils luttent à présent de leurs dernières forces ; déjà les vêtements de leur *ataman* sont tout couverts de sang. Taras en personne, le voyant en péril, s'est élancé pour lui prêter main-forte. Mais le secours est venu trop tard : une lance, déjà, s'est fichée sous son cœur avant que les ennemis qui l'entourent aient été dispersés. Il s'est affaissé doucement dans les bras des Cosaques accourus pour le soutenir, et son jeune sang a jailli à flots, semblable à un vin précieux que rapportent de la cave, dans un vase de cristal, des serviteurs imprudents ; au moment d'entrer, ils ont fait un faux pas et brisé le précieux flacon ; tout le vin s'est répandu sur le sol et le maître de céans accourt, se prenant la tête entre les mains, lui qui l'avait conservé pour le meilleur moment de sa vie, en prévision du jour où Dieu lui permettrait, au déclin de son âge, de retrouver un compagnon de sa jeunesse, afin d'évoquer avec lui les temps anciens, d'autres temps, où l'on savait autrement se réjouir... Koukoubenko promena autour de lui son regard affaibli, et dit :

« Je rends grâces à Dieu de m'avoir permis de mourir sous vos yeux, camarades ! Dieu veuille donc que nous ayons des successeurs qui nous surpassent en valeur, et que resplendisse à jamais la terre russe, aimée du Christ ! »

Et sa jeune âme le quitta. Les anges la prirent par les bras et la portèrent vers les cieux. Le séjour lui en sera doux : « Assieds-toi à ma droite, Koukoubenko, lui dira le Christ. Tu n'as pas manqué à la camaraderie, tu n'as pas commis d'action infâme, tu n'as pas abandonné un homme dans le malheur, tu as veillé sur mon église et tu l'as protégée. » Chacun fut affligé par la mort de Koukoubenko. Déjà, les rangs des Cosaques commençaient à s'éclaircir fortement : bien des braves, hélas, manquaient déjà à l'appel ; mais les Cosaques restaient fermes et tenaient bon.

« Eh bien, seigneurs, lança Taras aux quartiers restants. Y a-t-il encore de la poudre dans les poudrières ? Les sabres ne sont-ils pas émoussés ? La force cosaque ne s'est-elle pas usée ? Les Cosaques n'ont-ils pas fléchi ?

— Non, père, la poudre ne manque pas ! Les sabres sont encore bons ; la force cosaque ne s'est pas usée ; les Cosaques n'ont pas encore fléchi ! »

Et les Cosaques chargèrent une fois encore, comme s'ils n'avaient subi aucune perte. Trois seulement des *atamans* de quartier restaient à présent en vie. Déjà, l'on voyait partout courir des ruisseaux de sang ; les corps des Cosaques et de leurs ennemis s'amoncelaient de plus en plus haut. Taras leva les yeux au ciel et vit que déjà les vautours s'y formaient en longue file. Allons, il y en a qui sauront profiter de l'aubaine ! Mais voici que Métélytsia est soulevé à la pointe d'une lance. Voici que la tête de Pysarenko Deux roule, battant des paupières. Voici qu'Okhrim Gouska, sabré en quatre, s'écroule et mord la poussière. « Allons ! » dit Taras, et il agita son mouchoir. Ostap comprit le signe et, jaillissant de son embuscade, assaillit vigoureusement la cavalerie ennemie. Les Polonais plièrent sous la violence de l'assaut, et Ostap de les talonner, les repoussant droit vers l'endroit où le sol était hérissé de pieux et de débris de lances. Et les chevaux de trébucher et de tomber, précipitant leurs cavaliers par-dessus leur encolure. Là-dessus, ceux du quartier de Korsoun, qui se tenaient tout à l'arrière, derrière les chariots, voyant l'ennemi à portée de tir, déchargèrent soudain leurs mousquets. Les Polonais se débandèrent et perdirent pied, et les Cosaques reprirent courage. « À nous la victoire ! » entendit-on de tous côtés ; les clairons sonnèrent et la bannière triomphale fut déployée. Taillés en pièces, les Polonais fuyaient de toutes parts et cherchaient un refuge. « Eh, non, ce n'est pas encore tout à fait la victoire », dit alors

Taras, en regardant les portes de la ville. Et il disait vrai.

Les portes s'ouvrirent, et laissèrent passer au grand galop un régiment de hussards, l'ornement de tous les régiments de cavalerie. Tous ses hommes montaient des pur-sang, tous pareillement bais bruns. À leur tête, galopait un chevalier qui les surpassait tous en hardiesse et en beauté. Ses cheveux noirs flottaient au vent, s'échappant de son casque d'airain ; attaché à son bras, se déployait un châle de soie précieuse que la plus belle des femmes avait brodé de sa propre main. Taras fut comme pétrifié lorsqu'il reconnut André. Mais celui-ci, embrasé par le feu et la fièvre de la bataille, jaloux de mériter le présent qu'il portait attaché à son bras, s'élançait comme un jeune lévrier, le plus beau, le plus rapide et le plus jeune de la meute. Un veneur expérimenté l'excite de la voix, et il s'élance, ses jambes relevées traçant dans l'air une ligne droite, tout son corps incliné sur le côté, faisant voler la neige autour de lui et capable de dépasser dix fois, dans l'ardeur de sa course, le lièvre même qu'il poursuit. Le vieux Taras s'était arrêté, et le regardait dégager son chemin devant lui, dispersant, sabrant tout ce qu'il rencontrait, faisant pleuvoir les coups à droite et à gauche. Enfin, n'y pouvant plus tenir, Taras s'écria :

« Comment ? Ceux de ta race ? Les tiens, engeance du diable, ce sont les tiens que tu massacres ? »

Mais André ne distinguait pas ceux qu'il avait devant lui, ne se demandait pas si c'était aux siens ou à d'autres qu'il avait affaire : il ne voyait rien. Des boucles, c'étaient des boucles qu'il voyait devant lui, de longues, longues boucles, et une gorge pareille au cygne de la rivière, et un cou de neige, et des épaules, et tout ce qui est fait pour les baisers les plus fous.

« Holà, mes petits ! Attirez-le-moi seulement vers le bois, attirez-le seulement ! » criait Taras.

Et trente Cosaques, parmi les plus rapides, se proposèrent aussitôt pour l'attirer. Et, redressant leurs hauts bonnets, ils s'élancèrent sur-le-champ pour couper la route aux hussards. Ils fondirent par le flanc sur le groupe de tête, le séparèrent du gros, distribuant çà et là quelques horions, tandis que Golokopytenko frappait du plat de son épée le dos d'André et, tournant bride aussitôt, s'enfuyait aussi vite qu'un Cosaque en est capable. Mais quelle fut alors la fureur d'André ! Quel tumulte parcourut ses veines où bouillonnait son jeune sang ! Enfonçant ses éperons tranchants dans les flancs de sa monture, il s'élança à bride abattue à la poursuite des Cosaques, sans se retourner, sans voir que derrière lui, une vingtaine d'hommes seulement parvenaient à le suivre. Les Cosaques, cependant, galopaient ventre à terre et se dirigeaient droit vers le bois. Emporté par l'élan de son cheval, André était tout près d'atteindre Golokopytenko lorsque soudain une main vigoureuse saisit la bride de son cheval. André se retourna : Taras était devant lui ! Il trembla de tous ses membres et pâlit soudain…

Ainsi l'écolier qui, par mégarde, a coudoyé son camarade et en a reçu pour salaire un coup de règle sur le front : le rouge lui monte au visage, il prend feu, fou de rage, il bondit de son banc et poursuit son camarade effrayé, il est prêt à le mettre en pièces, et voici qu'il se heurte soudain au maître d'école qui franchit le seuil de la classe : en un clin d'œil son accès de fureur s'apaise, sa rage impuissante retombe. De même, en un instant, toute la colère d'André disparut comme si elle n'avait jamais existé. Et il ne voyait plus devant lui que son terrible père.

« Eh bien, qu'allons-nous faire maintenant ? » demanda Taras, en le regardant droit dans les yeux.

Mais André ne savait que répondre et gardait les yeux rivés au sol.

« Alors dis-moi, petit, les Polonais t'ont-ils été d'un grand secours ? »

André restait muet.

« C'est comme ça que l'on trahit ? Que l'on trahit sa foi ? Que l'on trahit les siens ? Eh bien, tu vas voir : descends de ton cheval. »

Docile comme un petit enfant, il descendit de son cheval et se plaça, plus mort que vif, devant Taras.

« Reste là et ne bouge pas d'une semelle ! C'est moi qui t'ai engendré, c'est moi qui vais te tuer ! » dit Taras et, faisant un pas en arrière, il prit le fusil qu'il portait à l'épaule.

André était pâle comme un linge ; ses lèvres remuaient, prononçant un nom ; mais ce n'était pas le nom de sa patrie, ni celui de sa mère, ni celui de ses frères : c'était le nom de la belle Polonaise. Taras tira.

Tel un épi de blé abattu par la serpe, tel un jeune bélier qui a senti pénétrer jusqu'à son cœur la lame mortelle, il courba le front et s'écroula dans l'herbe, sans avoir proféré un seul mot.

Le meurtrier s'arrêta et regarda longuement le cadavre privé de souffle. Mort, il était encore beau : son mâle visage, qui naguère encore respirait la force et possédait aux yeux des femmes une invincible séduction, exprimait toujours une merveilleuse beauté ; ses noirs sourcils, pareils à un velours funéraire, faisaient ressortir la pâleur de ses traits.

« Il avait tout ce qu'il faut pour faire un Cosaque, dit Taras. La taille haute, le sourcil noir, le visage d'un gentilhomme, le bras ferme dans la bataille ! Et le voilà mort, d'une mort sans gloire, comme le plus lâche des chiens !

— Qu'as-tu fait, père ? Est-ce toi qui l'as tué ? » dit Ostap qui survint sur ces entrefaites.

Taras acquiesça d'un signe de tête.

Ostap fixa longuement les yeux de son frère mort. Il fut pris de pitié pour lui, et déclara aussitôt :

« Nous devrions, mon père, lui faire une pieuse sépulture, afin que les ennemis ne puissent outrager sa dépouille, ni les oiseaux rapaces la déchirer en lambeaux.

— On l'enterra bien sans nous ! dit Taras. Ce ne sont pas les pleureuses et les consolatrices qui vont lui manquer ! »

Pendant quelques instants, il se demanda s'il devait jeter son corps en pâture aux loups gris ou épargner en lui le mérite chevaleresque qu'un brave se doit de respecter en quiconque. Lorsque soudain, il vit Golokopytenko accourir au galop :

« Malheur, *ataman,* les Polonais ont repris des forces, ils ont reçu des troupes fraîches en renfort !... »

Golokopytenko n'avait pas achevé, lorsqu'ils virent accourir Vovtouzenko :

« Malheur, *ataman,* encore de nouvelles forces qui arrivent !... »

Vovtouzenko parlait encore lorsque Pysarenko accourut à toutes jambes, sans son cheval :

« Que fais-tu là, père ? Les Cosaques te cherchent. On a déjà tué l'*ataman* de quartier Névylytchki, on a tué Zadorojni, on a tué Tchérévytchenko. Mais les Cosaques tiennent bon, ils ne veulent pas mourir avant de t'avoir regardé en face ; ils veulent être vus de toi avant leur heure dernière.

— À cheval, Ostap ! » dit Taras, et il partit rejoindre ses hommes, se hâtant afin de les trouver encore en vie, afin de les regarder une fois encore et de leur permettre de voir une fois encore leur *ataman*.

Mais ils n'étaient pas sortis du bois, et déjà les forces ennemies les avaient entourés de toutes parts, et partout, entre les arbres, ils voyaient apparaître des cavaliers armés de sabres et de lances.

« Ostap !... Ostap, ne te laisse pas faire !... » criait Taras, tandis que de son côté il dégainait son sabre, l'empoignait vigoureusement et, frappant d'estoc et de taille, faisait bon accueil aux premiers venus.

Quant à Ostap, six hommes à la fois l'avaient déjà assailli ; mal leur en prit : la tête du premier vola au loin, le second culbuta en reculant ; le troisième reçut un coup de lance dans les côtes ; le quatrième, plus hardi, évita une balle en inclinant la tête : la balle ardente frappa son cheval en plein poitrail, le cheval affolé se cabra, et s'effondra en écrasant son cavalier.

« Bien joué, petit ! Bien, Ostap !... criait Taras.
Attends que je te rejoigne !... »

Et, de son côté, il repoussait toujours les assaillants. Il sabre, il se démène, Taras, il assomme à
tour de bras ceux qui l'entourent, et cependant il ne
quitte pas des yeux Ostap qui galope devant lui, et il
voit que, de nouveau, près de huit hommes à la fois
l'ont attaqué.

« Ostap !... Ostap !... Ne te laisse pas faire !... »

Mais déjà Ostap succombe ; déjà un homme lui a
passé sa corde autour du cou, déjà on le ligote, déjà
on s'empare de lui.

« Ah, Ostap, Ostap !... » criait Taras, et, hachant
comme chair à pâté tout ce qui lui tombe sous la
main, il essaye de se frayer un chemin jusqu'à son
fils. « Ah, Ostap, Ostap !... »

Mais au même instant, il se sentit frappé comme
par une lourde pierre. Tout tournoya, tout chavira
devant lui. Comme dans un éclair, il aperçut des
têtes, des lances, de la fumée, des étincelles, des
branches feuillues, venant pêle-mêle le frapper droit
dans les yeux. Et il s'abattit sur le sol, comme un
chêne dont on a scié le pied. Et un brouillard voila
ses yeux.

X

Comme j'ai dormi longtemps ! » dit Taras en
revenant à lui, la tête lourde comme s'il avait été
terrassé par l'ivresse, tout en s'efforçant de distin-

guer les objets qui l'entouraient. Une terrible faiblesse paralysait ses membres. C'est à peine s'il
voyait danser devant ses yeux les murs et les coins
d'une pièce inconnue. Il finit cependant par remarquer que Tovkatch était assis devant lui et paraissait
suspendu à ses lèvres, guettant un souffle de vie.

« Oui, se dit Tovkatch, encore un peu et tu
t'endormais pour toujours. » Mais il se contenta de
menacer du doigt son compagnon en lui faisant signe
de se taire.

« Me diras-tu enfin où je me trouve maintenant ? » demanda de nouveau Taras en s'efforçant
de se rappeler ce qui s'était passé.

« Tais-toi donc, l'apostropha rudement son
compagnon. Que veux-tu savoir de plus ? Tu vois
bien que tu es tout lardé de coups de sabre. Voilà
déjà deux semaines que nous galopons, toi et moi,
sans reprendre haleine, et que la fièvre et le délire te
font débiter des sornettes. C'est la première fois que
tu dors paisiblement. Tais-toi donc si tu ne veux pas
qu'il t'arrive malheur. »

Mais Taras s'efforçait toujours de rassembler ses
esprits et de se rappeler ce qui s'était passé.

« Voyons : les Polonais me tenaient déjà,
m'avaient complètement encerclé, n'est-ce pas ? Je
n'avais aucun moyen de me tirer de là ?

— Te tairas-tu, puisqu'on te le dit, enfant de
Satan ! s'écria Tovkatch avec colère, comme la
nourrice qu'un incorrigible polisson a mis à bout de
patience. À quoi cela t'avance-t-il de savoir
comment tu t'en es sorti ? Tu t'en es sorti, voilà qui
devrait te suffire. Il s'est trouvé des gens qui ne t'ont
pas abandonné, là, et en voilà assez ! Il nous faudra

encore galoper ensemble plus d'une nuit. Imagines-tu que l'on te tient pour un Cosaque comme les autres ? Non, la tête a été estimée à deux mille ducats.

— Et Ostap ? » s'écria brusquement Taras. Il fit un douloureux effort pour se redresser, et se rappela soudain qu'Ostap avait été capturé et ligoté sous ses yeux et qu'il était maintenant entre les mains des Polonais.

Et la détresse s'empara de sa tête chenue. Il déchira, il arracha les pansements qui protégeaient ses blessures, il les jeta loin de lui, il voulut parler — mais il ne fit entendre que des propos incohérents ; la fièvre et le délire l'avaient repris, et voilà que des discours dépourvus de sens s'échappaient de ses lèvres en flots désordonnés. Déjà son fidèle compagnon était debout à son chevet, jurant, se répandant en remontrances et en durs reproches. À la fin, il lui immobilisa bras et jambes, l'emmaillotta comme un nourrisson, refit ses pansements, l'enveloppa d'une peau de bœuf, l'entoura d'éclisses et, le ficelant à sa selle, reprit sa route avec son fardeau.

« Mort ou vif, je te ramènerai à bon port ! Je ne permettrai pas que les Polonais insultent à ton sang cosaque, et déchirent ton corps en lambeaux pour le jeter à l'eau. Et si l'aigle doit fouiller tes orbites et en arracher tes yeux, que du moins ce soit un aigle des steppes, notre aigle à nous, et non celui qui vient des terres polonaises. Mort ou vif, je te ramènerai en Ukraine ! »

Ainsi parlait le fidèle compagnon de Taras. Après avoir galopé sans relâche pendant des jours et des nuits, il finit par le ramener sans connaissance

jusqu'à la *Setch* des Zaporogues. Là, déployant un
zèle infatigable, il se mit à le soigner au moyen de
simples et de compresses ; il trouva une Juive versée
en la matière qui, pendant tout un mois, l'abreuva
de toutes sortes de drogues, et Taras commença
bientôt à se rétablir. Est-ce par l'effet des remèdes
ou parce que la vigueur de son tempérament d'acier
avait d'elle-même pris le dessus, toujours est-il qu'en
moins de six semaines, il était remis sur pied ; ses
plaies s'étaient refermées, et seules des marques de
coups de sabre attestaient la profondeur des blessures qu'avait reçues le vieux Cosaque. On notait
pourtant que son visage avait pris une expression
morose et chagrine. Trois lourdes rides avaient
appesanti son front et ne le quittaient plus jamais. Il
pouvait maintenant contempler à loisir ce qui l'entourait : tout était nouveau à la *Setch,* tous ses vieux
camarades avaient disparu. De tous ceux qui
s'étaient dressés au nom de la bonne cause, de la foi
et de la fraternité, il ne restait pas un seul homme.
Même ceux qui avaient suivi l'*ataman* pour courir
sus aux Tatars, même ceux-là n'étaient plus depuis
longtemps ; tous avaient succombé, tous avaient péri
— les uns en pleine bataille, tombés au champ
d'honneur, d'autres parmi les terres salées de la
Crimée, victimes de la soif et de la faim, d'autres
encore disparus en captivité chez les Turcs, ne
pouvant survivre à l'opprobre. L'ancien *ataman* lui-
même n'était plus de ce monde, ni aucun des anciens
camarades de Taras ; et, au-dessus des corps où
bouillonnait jadis l'énergie cosaque, l'herbe avait
poussé depuis longtemps. Tout ce qu'il en restait à
Taras, c'était le souvenir d'un festin, d'un vaste,

d'un tumultueux festin : la vaisselle était brisée en mille miettes ; il ne restait plus nulle part une seule goutte de vin, les invités et les domestiques avaient fait main basse sur les coupes et les vases précieux, et le maître de maison, l'air sombre, contemplait les dégâts en se disant : « Plût au ciel que ce festin n'eût jamais eu lieu ! » En vain s'efforçait-on de distraire Taras et de l'égayer ; en vain les joueurs de *bandoura* à longue barbe et à cheveux blancs, qu'il voyait passer par groupes de deux ou trois, glorifiaient ses hauts faits de Cosaque. Il voyait tout cela d'un œil farouche et plein d'indifférence ; un désespoir sans bornes se lisait sur ses traits immobiles, et, baissant doucement la tête, il répétait : « Mon fils, mon Ostap ! »

Les Zaporogues, cependant, partaient en expédition navale. Deux cents barques furent mises à flot sur le Dniepr, et bientôt l'Asie Mineure vit ces guerriers à tête rasée et à long toupet porter le fer et la flamme sur ses rivages florissants ; elle vit les turbans de ses populations musulmanes éparpillés, telles ses fleurs innombrables, à travers ses champs ensanglantés et flottant le long de ses rives ; elle vit passer, en nombre incalculable, des pantalons bouffants tachés de goudron et des bras musclés armés de cravaches noires. Les Zaporogues dévastèrent ses vignes et dévorèrent ses raisins ; ils laissèrent dans les mosquées des montagnes de fumier ; ils garnirent leurs bottes et ceignirent leurs tuniques maculées de précieux châles de Perse. Et longtemps après leur départ, on retrouvait encore sur les lieux de leur passage des brûle-gueule de Zaporogues. Ils s'en retournèrent le cœur joyeux. Un vaisseau turc les prit en chasse et, d'une salve de ses dix pièces, dispersa comme un vol d'oiseaux leurs frêles embarcations. Un tiers d'entre eux fut englouti par les eaux, mais les survivants parvinrent à se regrouper et accostèrent aux bouches du Dniepr, chargés de dix barriques bourrées de sequins. Mais tout cela, maintenant, laissait Taras indifférent. Il partait vers les prés et les steppes, sous prétexte d'aller à la chasse, mais ses cartouchières restaient pleines. L'âme en détresse, il s'asseyait au bord de la mer, son fusil posé près de lui. Et il demeurait longtemps immobile, la tête baissée, en répétant : « Ostap, mon Ostap ! » Devant lui les flots de la mer Noire scintillaient à perte de vue ; au loin, dans les roseaux, on entendait crier une mouette ; et la moustache blanche de Taras se couvrait d'un reflet d'argent, tandis qu'une à une, les larmes coulaient de ses yeux.

Enfin, il n'y tint plus. « Quoi qu'il advienne, je saurai ce qu'il est devenu, s'il est encore en vie ou déjà dans la tombe, ou si, peut-être, il n'y a même plus de tombe qui abrite sa dépouille. Je le saurai, quoi qu'il puisse m'en coûter ! » Et, une semaine plus tard, il entrait dans la ville d'Ouman, à cheval et en armes, avec sa lance, son sabre, sa gourde pendue à la selle, sa marmite de campagne remplie de sarrasin, ses cartouches de poudre, des entraves pour son cheval et tout le reste de son équipement. Il se dirigea sans hésiter vers une maisonnette malpropre, aux murs couverts de crasse, et dont on distinguait à peine les petites fenêtres, tant elles étaient enfumées ; la cheminée en était bouchée par des chiffons, et le toit criblé de trous était couvert de

moineaux. Un monceau de détritus s'élevait en plein
devant la porte. À la fenêtre, on vit apparaître la
tête d'une Juive coiffée d'un bonnet orné de perles
noircies.

« Ton mari est là ? demanda Taras en mettant
pied à terre et en attachant la bride de son cheval à
un crochet de fer fixé près de la porte.

— Oui, il est là, dit la Juive, et elle sortit aussitôt
de sa maison avec un picotin de froment pour le
cheval et une chope de bière pour le cavalier.

— Où est-il donc, ton Juif ?

— Dans l'autre pièce, il fait ses prières, dit la
Juive en s'inclinant devant Boulba et en lui souhaitant bonne santé tandis qu'il portait la chope à ses
lèvres.

— Reste ici, donne à boire et à manger à mon
cheval pendant que je vais lui parler seul à seul. J'ai
quelque chose à lui dire. »

Le Juif était ce Yankel que nous connaissons déjà.
Il était maintenant aubergiste et fermier dans cette
ville ; déjà, ayant mis peu à peu le grappin sur tous
les gentilshommes des environs, grands et petits, il
avait soutiré presque tout l'argent du pays, et y
faisait vivement sentir sa présence de Juif. À trois
lieues à la ronde, il ne restait plus une seule izba en
bon état, tout s'effondrait et se délabrait, tout ce que
l'on avait de bien était bu, et l'on ne trouvait plus
nulle part que misère et décrépitude ; tout le pays
était saigné à blanc, comme après un incendie ou
une épidémie. Et si Yankel avait vécu dix ans de plus
au même endroit, il aurait sans doute saigné à blanc
toute la province. Taras entra dans la chambre. Le
Juif priait, la tête couverte d'un châle passablement

taché, et il venait de tourner la tête pour cracher une dernière fois selon les rites de sa religion, lorsque son regard tomba soudain sur Boulba qui se tenait derrière lui. Il ne vit d'abord que les deux mille ducats qui étaient promis pour sa tête ; puis il rougit de sa cupidité et s'efforça d'étouffer en son cœur l'éternelle hantise de l'argent qui, comme un ver, ronge l'âme du Juif.

« Écoute, Yankel, lui dit Taras, tandis que l'autre commençait à se répandre en courbettes et fermait prudemment la porte, afin que nul ne pût les voir. Je t'ai sauvé la vie, sans moi les Zaporogues t'auraient mis en pièces comme un chien ; à ton tour, maintenant, de me rendre service. »

Le visage du Juif se rembrunit.

« Quel service ? Si cela peut se faire, pourquoi pas ?

— Ne dis rien. Conduis-moi à Varsovie.

— À Varsovie ? Comment cela à Varsovie ? dit Yankel en levant les sourcils et haussant les épaules avec stupéfaction.

— Ne me dis rien. Conduis-moi à Varsovie. Quoi qu'il en advienne, je veux le voir une dernière fois, lui dire un mot, un seul mot.

— Dire un mot à qui ?

— À lui, à Ostap, à mon fils.

— Le seigneur n'a-t-il donc pas appris que déjà...

— Je sais, je sais tout. Ma tête a été estimée à deux mille ducats. Ils en connaissent donc bien le prix, les nigauds ! Moi, je t'en offre cinq mille. Voici toujours deux mille ducats — et Boulba vida devant lui son escarcelle de cuir — et le reste à mon retour. »

Le Juif saisit aussitôt une serviette pour en recouvrir les ducats.

« Ah, la belle monnaie que voilà ! Ah, la bonne monnaie, répétait-il en tournant et retournant une pièce entre ses doigts, puis en l'essayant avec ses dents. Je parie que l'homme que le seigneur a dépouillé de ses ducats ne leur a guère survécu plus d'une heure, qu'il s'en est allé droit à la rivière et qu'il s'y est noyé après avoir perdu de si beaux ducats !

— J'aurais mieux aimé ne rien te demander. J'aurais bien trouvé tout seul mon chemin jusqu'à Varsovie, mais ces maudits Polonais pourraient encore me reconnaître et me capturer, car je ne m'y connais guère en subterfuges. Tandis que vous autres, on dirait que vous êtes faits pour cela. Vous en feriez accroire au diable lui-même : vous connaissez tous les trucs. Voilà pourquoi je suis venu te trouver. Et puis du reste, une fois à Varsovie, tout seul, je n'aurais rien obtenu. Attelle tout de suite ta charrette, et en route !

— Le seigneur croit peut-être que c'est tout simple : je prends ma jument, je l'attelle, et hue cocotte ! Le seigneur imagine que je peux l'emmener comme ça, sans le cacher ?

— Bon, eh bien cache-moi, cache-moi comme tu l'entends. Dans un tonneau vide, peut-être ?

— Aïe, aïe, aïe ! Et le seigneur croit peut-être qu'on peut se cacher dans un tonneau ? Le seigneur ne sait donc pas que tout le monde va se dire que le tonneau est plein d'eau-de-vie ?

— Eh bien, qu'ils se disent que c'est de l'eau-de-vie !

— Comment ? Qu'ils se disent que c'est de l'eau-de-vie ? s'écria le Juif en portant les mains à ses cadenettes, puis en levant les bras aux cieux.

— Eh bien ! Pourquoi cet air ébahi ?

— Le seigneur ignore donc que si Dieu a créé l'eau-de-vie, c'est pour que chacun en goûte ? Ce sont tous des gourmands, des fines bouches, là-bas. Le premier gentilhomme venu fera cinq verstes en courant pour rattraper le tonneau, il y percera un trou, et il aura vite fait de s'apercevoir qu'il n'en coule rien. Il se dira : « Un Juif n'ira pas transporter un tonneau vide : il y a sûrement quelque chose là-dessous. Attrapez le Juif, ficelez le Juif, dépouillez le Juif de tout son argent, jetez le Juif en prison ! » Car s'il y a quelque chose qui cloche, c'est toujours sur le Juif que ça retombe ; parce que le Juif, tout le monde le prend pour un chien ; quand on est juif, pour eux, c'est qu'on n'est pas un homme.

— Bon, eh bien cache-moi sous du poisson.

— Impossible, seigneur, impossible, ma parole ! À travers toute la Pologne, à l'heure qu'il est, les gens sont comme des chiens affamés. On me volera mon poisson, et on mettra la main sur le seigneur.

— Fais-moi enfourcher le diable s'il le faut, pourvu que tu me mènes à Varsovie.

— Écoute, écoute, seigneur, dit le Juif en relevant les manches de façon à dégager ses poignets et en s'approchant de Boulba, les bras écartés. Voici ce que nous allons faire. En ce moment, on construit partout des places fortes et des châteaux ; on a fait venir des pays étrangers des ingénieurs français, et par toutes les routes on transporte beaucoup de briques et de pierres. Que le seigneur se couche dans

le fond du chariot, et je le recouvrirai de briques. Le
seigneur m'a l'air solide et bien portant, il ne s'en
portera donc pas plus mal si c'est un peu lourd ;
quant à moi, je ferai une petite ouverture dans le bas
du chariot pour pouvoir nourrir le seigneur.

— Fais comme tu veux, pourvu que tu me
conduises à Varsovie. »

Une heure plus tard, un chariot chargé de briques
sortait de la ville d'Ouman, tiré par deux haridelles.
L'une portait ce grand diable de Yankel, dont les
longues cadenettes frisées s'échappaient de sa
calotte de Juif et flottaient au vent tandis qu'il
sautillait sur sa monture, long comme une borne
plantée au milieu de la route.

XI

À l'époque où se déroulaient ces événements, on
ne rencontrait pas encore, au passage des frontières,
de ces postes et patrouilles de douaniers qui sont la
terreur des voyageurs entreprenants ; aussi chacun
pouvait-il transporter ce que bon lui semblait. S'il se
trouvait cependant des gens pour pratiquer des
fouilles et des inspections, c'était en général pour
leur propre plaisir, surtout si la marchandise était
attrayante et s'ils avaient eux-mêmes le bras long et
la poigne vigoureuse. Mais les briques de Yankel ne
trouvèrent pas d'amateurs et franchirent sans
encombre la porte principale de la ville. Des bruits
divers, des cris de charretiers venaient frapper

l'oreille de Boulba dans sa cage exiguë ; mais il n'en
entendait pas davantage. Sautillant sur sa rosse
courtaude et couverte de poussière, Yankel, après
avoir fait plusieurs détours, finit par s'engager dans
une sombre ruelle, dite la rue Sale et aussi la rue
Juive, car c'était là, en effet, qu'habitaient la plupart
des Juifs de Varsovie. Cette rue ressemblait étrange-
ment à une cour intérieure tournée vers le dehors.
Le soleil, semblait-il, n'y pénétrait jamais. Les
façades noircies de ses maisons, ainsi que les innombrables perches qui sortaient des fenêtres, en
augmentaient encore l'obscurité. Çà et là, on apercevait un mur de briques rouges, mais sa surface,
déjà, noircissait en maint endroit. Parfois seulement, au sommet d'une maison, le soleil venait
frapper un pan de mur blanchi à la chaux qui
resplendissait alors d'un éclat que les yeux ne
pouvaient supporter. On ne voyait partout que les
objets les plus inattendus : tuyaux, chiffons, pelures
de toutes sortes, débris de pots cassés. Chacun jetait
dans la rue tout ce qu'il avait chez lui d'inutile,
procurant ainsi au passant l'occasion d'éprouver les
sentiments les plus variés à la vue de ce bric-à-brac.
En levant le bras, un cavalier touchait presque les
perches tendues de maison en maison à travers la
rue, et qui supportaient une paire de bas, un petit
pantalon court tel qu'en portent les Juifs, une oie
fumée. Parfois, à une lucarne délabrée, on voyait
apparaître le joli minois d'une jeune Juive, parée
d'un collier noirci. Des bandes d'enfants juifs, aux
cheveux bouclés, aux vêtements couverts de taches
et déchirés en lambeaux, criaient et se vautraient
dans la boue. Un Juif aux cheveux roux et au visage

semé de taches de rousseur qui le faisaient ressembler à un œuf de moineau apparut à sa fenêtre, interpella Yankel dans son jargon, et Yankel, aussitôt, fit entrer sa charrette dans une cour. Un autre Juif qui passait par là s'arrêta, se mêla à la conversation, et lorsque Boulba réussit après bien des efforts à sortir de dessous ses briques, il vit trois Juifs qui discutaient avec animation.

Yankel se tourna vers lui et lui dit que tout serait fait, que son Ostap était enfermé dans la prison de la ville et que, si difficile qu'il fût de convaincre les geôliers, il espérait cependant lui obtenir une entrevue.

Suivis de Boulba, les trois Juifs entrèrent dans la pièce.

Les Juifs se remirent à parler entre eux dans leur langage incompréhensible. Taras les regardait l'un après l'autre. Il paraissait soudain en proie à une vive émotion : sur son visage rude et plein d'indifférence, l'espérance, comme une flamme irrésistible, avait jailli ; cette espérance qui vient parfois nous visiter lorsque nous avons atteint le fond du désespoir. Et Boulba sentit son vieux cœur battre violemment, comme celui d'un jeune homme.

« Écoutez, Juifs, fit-il, avec une sorte d'exaltation dans la voix. Il n'y a rien au monde que vous ne puissiez obtenir. Vous iriez, au besoin, le chercher au fond de la mer, et ce n'est pas d'hier que date le proverbe qui dit qu'un Juif pourrait se voler lui-même, si seulement il lui en prenait l'envie. Délivrez-moi mon Ostap ! Donnez-lui l'occasion d'échapper à ces mains diaboliques. Tenez, j'ai déjà promis douze mille ducats à cet homme, eh bien

vous en aurez encore autant. Tout ce que je possède,
toutes mes coupes précieuses, tout l'or que j'ai
enfoui sous terre, ma maison, mes dernières hardes
— tout cela je le vendrai, et je vous signerai un
contrat à vie par lequel la moitié de mes prises de
guerre sera pour vous.

— Oh, ce n'est pas possible, gracieux seigneur, ce
n'est pas possible, dit Yankel avec un soupir.

— Non, ce n'est pas possible ! » dit le second Juif.

Les trois hommes se regardèrent entre eux.

« Et si on essayait, dit le troisième, en lançant aux
deux autres un regard craintif. Qui sait, peut-
être... »

Et les trois Juifs se remirent à discuter en allemand. Boulba avait beau tendre l'oreille, il ne
pouvait rien deviner ; il distinguait seulement le nom
de « Mardochée » qui revenait souvent dans leurs
propos ; mais rien de plus.

« Écoute, seigneur, dit Yankel. Il faut que nous
consultions un homme unique au monde. Oh là là !
Celui-là, il est aussi sage que le roi Salomon. Et s'il
ne réussit pas, c'est que personne au monde ne
pourra réussir. Reste ici ; voici la clef, et ne laisse
entrer personne. »

Les Juifs sortirent de la maison.

Taras referma la porte et se mit à observer la
sordide avenue juive à travers une lucarne. Les trois
hommes s'arrêtèrent au milieu de la rue et commencèrent à discuter, non sans passion ; un quatrième,
puis un cinquième Juif se joignirent à eux. De
nouveau, Boulba entendait répéter le nom de Mardochée, et les voyait lorgner sans cesse dans la même
direction. Enfin, à l'extrémité de la ruelle, une

jambe chaussée d'une savate juive apparut au coin d'une chétive maisonnette, bientôt suivie par les pans d'un caftan court. « Ah, Mardochée, Mardochée ! » s'écrièrent d'une seule voix les cinq hommes. Un juif efflanqué, un peu moins grand que Yankel, mais bien plus ridé que lui, et dont la bouche s'ornait d'une lèvre supérieure monumentale, s'approcha du groupe qui le voyait venir avec impatience. Et les cinq hommes, parlant tous en même temps et se coupant fréquemment la parole, commencèrent à lui exposer la situation. De temps à autre, Mardochée tournait ses regards vers la lucarne, et Boulba devinait qu'il était question de lui. Le Juif agitait les bras, écoutait, interrompait son interlocuteur, se tournait souvent pour cracher par terre et, relevant les pans de son caftan, enfonçait ses mains dans ses poches pour en retirer toutes sortes de breloques, découvrant ainsi un fort misérable pantalon. Ils firent bientôt tant de bruit, que le guetteur qu'ils avaient posté au bout de la rue dut leur faire signe de se taire, et que Taras commençait déjà à craindre pour sa sécurité ; mais il songea que les Juifs ne pouvaient discuter autrement qu'en pleine rue, et que Satan lui-même aurait fort à faire pour comprendre leur langage, et cette pensée le rassura.

Quelques instants plus tard, tous les Juifs revinrent dans la pièce. Mardochée s'approcha de Taras, lui tapa sur l'épaule et lui dit :

« Si nous et le bon Dieu le décidons, tout se passera comme il faut. »

Taras examina ce Salomon qui n'avait pas son pareil depuis que le monde existe, et il en conçut quelque espoir. En effet, l'allure de Mardochée était de nature à inspirer quelque confiance : sa lèvre supérieure était un véritable épouvantail, et des raisons extérieures avaient certainement contribué à lui donner cette épaisseur. La barbe de ce Salomon ne comptait que quinze misérables poils, et encore ne poussaient-ils que du côté gauche. Quant au visage dudit Salomon, les coups que lui avait valus sa témérité y avaient laissé tant de marques, que, sans doute, il ne les comptait plus et avais pris le parti de les considérer comme des taches de naissance.

Mardochée partit avec ses compagnons, que sa sagesse ne cessait d'ébahir. Boulba resta seul. Il se trouvait dans une situation étrange, inaccoutumée : pour la première fois de sa vie, il ressentait de l'inquiétude. Son âme était en proie à une agitation fébrile. Ce n'était plus le Taras de jadis, inflexible, inébranlable, solide comme un chêne : il se sentait lâche, il se sentait faible à présent. Un murmure venant frapper son oreille, la silhouette inconnue d'un Juif apparaissant à l'extrémité de la rue, tout le faisait sursauter. Il passa finalement la journée entière en cet état, sans boire ni manger, sans parvenir, fût-ce un instant, à détacher les yeux de la lucarne qui donnait sur la rue. La soirée était fort avancée lorsque Mardochée et Yankel reparurent. Le cœur de Taras s'arrêta de battre.

« Eh bien ? Avez-vous réussi ? » demanda-t-il, en piaffant d'impatience comme un cheval sauvage.

Mais avant même que les Juifs eussent rassemblé leurs esprits pour lui répondre, Taras remarqua que Mardochée avait perdu la dernière mèche de cheveux frisés qui, naguère, s'échappait de sa calotte et, toute crasseuse qu'elle fût, lui ornait néanmoins le front. Il avait apparemment quelque chose à dire, mais il ne put que bredouiller des paroles auxquelles Taras ne comprit mot. Quant à Yankel, il portait un peu trop souvent la main à la bouche, comme s'il avait pris froid.

« Oh, gracieux seigneur, dit Yankel, il n'y a plus rien à faire à présent. Rien à faire, Dieu m'en soit témoin. Ces gens-là, c'est de telles canailles qu'il faudrait leur cracher à la figure, et rien de plus. Du reste, Mardochée que voilà vous le dira comme moi. Mardochée s'est démené comme jamais personne ne s'est démené ; mais Dieu n'a pas voulu qu'il en fût à notre gré. Il y a là-bas trois mille hommes en armes, et demain, on doit mener tous les Cosaques au supplice. »

Taras regarda les Juifs droit dans les yeux ; mais il ne ressentait plus ni impatience ni colère.

« Et si le seigneur veut revoir son fils, il faut y aller demain matin, avant le lever du jour. Les sentinelles sont d'accord, et nous avons la promesse d'un de leurs officiers. Mais qu'il n'y ait point de bonheur pour eux dans l'autre monde ! Aïe, malheur à moi ! Que ces gens-là sont cupides ! Même parmi nous il n'y en pas de si cupides : j'ai dû donner cinquante ducats à chacun, et à l'officier…

— Bon. Conduis-moi à lui ! » dit Taras d'un ton décidé. Il avait maintenant retrouvé toute sa résolution.

Il consentit, comme le lui proposait Yankel, à se travestir en comte étranger, venu des contrées occidentales ; le Juif, qui ne manquait pas de prévoyance, lui en avait déjà procuré le costume. Il faisait nuit. Le Juif aux cheveux roux et au visage couvert de taches de rousseur, qui était le maître de céans, sortit une mince paillasse recouverte d'une natte et l'étendit sur une banquette de façon à en faire un lit pour Taras. Yankel se coucha sur une paillasse semblable, étendue sur le plancher. Le Juif aux cheveux roux but un petit verre de liqueur, enleva son demi-caftan et, avec ses bas et ses savates qui le faisaient ressembler à un poulet, il entra, accompagné de sa Juive, dans une sorte de meuble qui avait l'allure d'une armoire. Deux enfants juifs, tels des chiens de garde, s'étendirent auprès de l'armoire, à même le sol. Mais Taras ne parvint pas à s'endormir. Il demeurait assis, immobile, et ses doigts tambourinaient légèrement sur la table ; il gardait sa pipe à la bouche et, à chacune des bouffées qu'il en tirait, le Juif éternuait dans son sommeil et enfonçait le nez sous sa couverture. À peine le ciel avait-il commencé à pâlir à l'approche de l'aube, que déjà, le poussant du pied, Taras réveillait Yankel :

« Debout, Juif, et donne-moi ton habit de comte. »

Il s'habilla en un instant ; il se noircit la moustache et les sourcils, planta sur son crâne une petite calotte de couleur sombre, et ses plus proches amis, parmi les Cosaques, eussent été bien en peine de le reconnaître sous son déguisement. Ses joues colorées respiraient la santé ; quant à ses balafres, elles ne faisaient que lui donner de l'autorité. Ses vêtements, rehaussés d'or, lui allaient à merveille.

Les rues dormaient encore. Pas une seule créature de l'espèce mercantile n'y apparaissait encore, avec son panier à la main. Boulba et Yankel parvinrent bientôt au pied d'un édifice qui ressemblait à un héron aux pattes repliées. C'était un bâtiment de faible hauteur, large, immense, aux murs tout noircis, flanqué d'une longue tour élancée, semblable au cou d'une cigogne, que surmontait une toiture saillante. Ce bâtiment remplissait toutes sortes de fonctions : il abritait une caserne, une prison, et même un tribunal criminel. Nos voyageurs franchirent la porte et se trouvèrent dans une vaste salle ou une cour couverte. Près de mille hommes y dormaient tous ensemble. En face d'eux, ils aperçurent une petite porte basse, devant laquelle deux sentinelles se tenaient assises, occupées à une espèce de jeu qui consistait à frapper à tour de rôle de l'index et du majeur réunis la paume de son partenaire. Les deux sentinelles ne parurent point s'apercevoir de la présence de nos voyageurs, et ne tournèrent la tête que lorsque Yankel leur dit :

« C'est nous. Vous entendez, seigneurs, c'est nous !

— Passez », dit l'un des deux hommes, en ouvrant la porte d'une main, tandis qu'il présentait l'autre à son compagnon.

Ils pénétrèrent dans un couloir étroit et sombre, d'où ils débouchèrent à nouveau dans une salle semblable à la première, mais dont les parois étaient percées à leur sommet de petites lucarnes.

« Qui va là ? crièrent plusieurs voix ; et Taras aperçut un nombre considérable de heiduques armés de pied en cap. Nous avons l'ordre de ne laisser passer personne.

— Mais c'est nous, criait Yankel. Je vous jure que c'est nous, illustres seigneurs. »

Mais personne ne voulait l'entendre. Par bonheur, ils virent alors s'approcher un homme de forte corpulence qui, selon toute apparence, devait être le chef, car il jurait plus fort que les autres.

« Voyons, seigneur, mais c'est nous, vous nous connaissez déjà ; et en outre, Monsieur le comte vous en sera reconnaissant.

— Laissez-les passer, mille diables ! Et ensuite, ne laissez plus passer âme qui vive. Et que je ne voie personne quitter son sabre et se vautrer par terre comme un chien !... »

La suite de cet ordre plein d'éloquence échappa aux oreilles de nos voyageurs.

« C'est nous... c'est moi... amis ! disait Yankel à tous ceux qu'ils rencontraient.

— Alors, nous pouvons y aller, maintenant ? demanda-t-il à l'un des gardes lorsqu'ils furent enfin parvenus à l'extrémité du couloir.

— Allez-y, mais je ne sais pas si on vous laissera entrer dans la prison même. Ce n'est plus Jan qui s'y trouve : un autre a pris sa place, répondit la sentinelle.

— Aïe, aïe ! dit le Juif à voix basse. Voilà qui est mauvais, cher seigneur !

— Avance ! » fit Taras avec obstination.

Le Juif obéit.

À la porte du souterrain, qui était surmontée d'une ogive, se tenait un heiduque qui portait une moustache à trois étages. L'étage supérieur était rabattu en arrière, l'étage moyen pointait en avant et l'étage intérieur retombait vers le bas, ce qui donnait au visage du garde l'apparence d'une tête de chat.

Le Juif se ramassa en boule et, plié en deux, l'aborda presque de biais :

« Votre grâce sérénissime ! Sérénissime seigneur !

— C'est à moi que tu dis cela, Juif ?

— Oui, à vous, sérénissime seigneur !

— Hm... Je ne suis qu'un heiduque ! dit l'homme à la triple moustache, tandis que son regard s'animait d'une certaine gaieté.

— Et moi qui croyais, ma parole, avoir affaire au gouverneur en personne. Aïe, aïe, aïe !... » Et, ce disant, le Juif secoua la tête et écarta les doigts. « Aïe, que vous avez l'air imposant ! Un vrai colonel, ma parole, ni plus ni moins qu'un colonel ! Un doigt de plus, juste un doigt de plus, et vous feriez un colonel. Il faudrait qu'on donne au seigneur un étalon rapide comme une mouche, et qu'il mène les régiments à l'exercice ! »

Le heiduque lissa la partie inférieure de sa moustache, cependant que ses yeux rayonnaient de joie.

« Ah, les beaux militaires ! continuait le Juif. Ah, malheur à moi, les braves gens ! Ces cordelières, ces médaillons ! Ça brille comme le soleil ; et les petites demoiselles, il suffit qu'elles voient des soldats... Aïe, aïe !... »

Et le Juif secoua de nouveau la tête.

Le heiduque frisa le haut de sa moustache et marmonna entre ses dents quelque chose qui évoquait assez le hennissement d'un cheval.

« Que le seigneur veuille bien nous rendre un service, dit alors le Juif. Le prince que voici est venu des pays étrangers, et il désire voir les Cosaques. De sa vie, il n'a jamais encore vu à quoi ressemble un Cosaque. »

La venue de comtes et de barons étrangers était chose assez courante en Pologne : attirés par la curiosité, ils venaient souvent visiter ce coin à demi asiatique de l'Europe ; quant à la Moscovie et à l'Ukraine, à leurs yeux elles faisaient déjà partie de l'Asie. Aussi le heiduque, après avoir fait une assez profonde révérence, jugea-t-il à propos d'ajouter quelques mots de son propre chef.

« Je me demande, votre grâce sérénissime, pourquoi vous désirez les voir, fit-il. Ce ne sont pas des hommes, ce sont des chiens. Voyez leur religion : personne ne la respecte.

— Tu mens, fils du diable ! dit Taras. C'est toi qui es un chien ! Comment oses-tu dire que l'on ne respecte pas notre religion ? C'est la vôtre que l'on ne respecte pas, hérétiques !

— Eh, eh ! fit le heiduque. Toi, mon ami, je te reconnais : tu es de ceux que je tiens là sous bonne garde. Attends un peu que j'appelle les nôtres. »

Taras se rendit compte de son imprudence, mais la colère et l'entêtement l'empêchaient de songer au moyen de la réparer. Par bonheur, Yankel était là, qui intervint sur-le-champ.

« Sérénissime seigneur ! Comment se pourrait-il qu'un comte soit un Cosaque ? Et si c'était un Cosaque, où donc aurait-il pris cet habit et cette allure de comte ?

— Parle toujours ! » Et le heiduque ouvrait déjà la bouche, qu'il avait large, pour appeler.

« Votre altesse royale ! Taisez-vous, taisez-vous pour l'amour du ciel ! s'écria Yankel. Taisez-vous seulement, et vous verrez, nous vous la paierons comme jamais encore on ne vous a payé : nous vous donnerons deux ducats d'or.

— Eh, deux ducats ! Que veux-tu que je fasse de deux ducats : deux ducats, c'est ce que je donne à mon barbier pour me faire seulement la moitié de la barbe. C'est cent ducats qu'il me faut, Juif ! » À ces mots, le heiduque frisa le haut de sa moustache. « Et si tu ne me donnes pas cent ducats, j'appelle tout de suite !

— Tant d'argent ! Mais pour quoi faire ? dit le Juif d'une voix abattue, en pâlissant tandis qu'il déliait les cordons de sa bourse de cuir ; mais, par bonheur pour lui, sa bourse n'en contenait pas davantage, et le heiduque ne savait pas compter au-delà de cent.

— Seigneur ! Seigneur ! Allons-nous-en au plus vite ! Vous voyez à quelles mauvaises gens nous avons affaire ! dit Yankel en remarquant que le heiduque examinait les pièces dans sa main, et paraissait regretter de n'en avoir pas demandé davantage.

— Eh bien quoi, heiduque de tous les diables, dit Boulba, tu empoches l'argent, mais pour ce qui est de nous montrer les Cosaques, il n'en est pas question ? Non, cela ne se passera pas ainsi, tu dois nous les montrer. Maintenant que tu as reçu l'argent, tu n'as pas le droit de nous le refuser.

— Allez, allez au diable ! Si vous ne vous en allez pas à l'instant, je fais signe, et on vous... Décampez, vous dis-je, et plus vite que ça !

— Seigneur, seigneur, allons-nous-en ! Ma parole, allons-nous-en ! La peste soit de ces gens !

Puissent-ils faire des rêves à cracher dessus », criait le pauvre Yankel.

Baissant la tête, Boulba se retourna sans hâte et s'éloigna, tandis que Yankel, dévoré de chagrin à la pensée des ducats inutilement dépensés, le poursuivait de ses reproches :

« Aussi, quel besoin aviez-vous de l'accrocher ? Il fallait le laisser dire, ce chien ! Ils sont ainsi faits, ces gens-là, il faut qu'ils disent des injures, ils ne peuvent pas vivre sans cela. Oh, malheur à moi, il y a des gens qui ont de la chance ! Cent ducats, rien que pour nous avoir chassés ! Tandis que nous autres, on peut nous arracher les cadenettes et nous arranger la figure au point qu'elle n'est plus à regarder, et personne ne nous donnera cent ducats pour cela. Oh, mon Dieu ! Dieu de miséricorde ! »

Mais Boulba était bien plus affecté encore par cet insuccès ; une flamme dévorante brillait dans son regard.

« Allons ! dit-il brusquement, comme en se secouant. Allons sur la grande place. Je veux assister à son supplice.

— Hélas, seigneur, pourquoi y aller ! Ce n'est pas cela qui pourra les aider maintenant.

— Allons ! » répéta Boulba avec obstination.

Et le Juif, comme une nourrice, se mit à trottiner derrière lui en soupirant.

La place où devait avoir lieu l'exécution était facile à découvrir : la foule y affluait de toutes parts. En ce siècle grossier, c'était là l'un des spectacles les plus attrayants qui fussent, non seulement pour la populace, mais aussi pour les classes supérieures. Quantité de vieilles femmes, parmi les plus dévotes, quantité de jeunes filles et de jeunes femmes, parmi les plus peureuses, ne manquaient pas l'occasion de satisfaire leur curiosité, quitte à rêver ensuite toute la nuit de cadavres ensanglantés et à crier à travers leur sommeil comme seul un hussard ivre pourrait le faire. « Ah, quelle horreur », criaient beaucoup d'entre elles avec des frissons hystériques, en fermant les yeux et en se détournant ; et pourtant elles ne se hâtaient pas de partir. D'aucuns, la bouche grande ouverte et les mains tendues en avant, auraient volontiers bondi sur la tête de la foule pour mieux voir. Au milieu d'une multitude de visages étroits, petits, ordinaires, on voyait s'avancer le visage épais d'un boucher qui suivait le déroulement des opérations avec l'air d'un connaisseur et échangeait des monosyllabes avec un armurier qu'il appelait son compère, parce que, les jours de fête, ils s'enivraient tous deux dans la même gargote. Certains discutaient avec ardeur, d'autres engageaient même des paris ; mais la majorité était faite de ces gens qui regardent, les doigts dans le nez, tout ce qui peut bien se passer ici-bas. Au premier rang, dans le voisinage immédiat des moustachus qui formaient la milice urbaine, se tenait un jeune gentilhomme, ou du moins un homme qui en avait l'apparence, en costume militaire, et qui avait sur lui toute sa fortune, si bien qu'il ne restait plus dans son logement qu'une chemise déchirée, sans parler d'une vieille paire de bottes. Deux chaînettes, au bout desquelles pendait une espèce de ducat, étaient passées l'une par-dessus l'autre autour de son cou. Il était venu avec sa maîtresse, Józysia, et il se retournait à chaque instant pour veiller à ce que nul

ne salît la robe de soie de la jeune femme. Il lui avait
tout expliqué en détail, de sorte qu'il n'y avait
vraiment plus rien à ajouter : « Voyez-vous, ma
petite Józysia chérie, lui disait-il, tous ces gens que
vous voyez là sont venus assister au châtiment des
criminels. Et celui-là, ma chérie, celui qui, comme
vous le voyez, tient dans ses mains une hache et
d'autres instruments, c'est le bourreau, c'est lui qui
va les supplicier. Et lorsqu'il commencera à les rouer
et à leur faire subir d'autres tortures, alors le
criminel sera encore vivant ; mais quand on lui aura
coupé la tête, alors, ma chérie, il mourra sur-le-
champ. Jusque-là, il va crier et remuer, mais aussitôt
qu'on lui aura coupé la tête, alors il ne pourra plus ni
crier, ni manger, ni boire, parce que, ma chérie, il
n'aura plus de tête. » Et Józysia écoutait tout cela
avec terreur et curiosité. Les toits étaient couverts de
monde. Aux lucarnes, on apercevait d'étranges
trognes moustachues, coiffées d'une espèce de bonnet. Sur les balcons, abrités par des baldaquins,
étaient assis les aristocrates. De sa jolie menotte,
une demoiselle rieuse, étincelante de blancheur, se
tenait à la balustrade. De grands seigneurs, assez
corpulents, contemplaient le spectacle d'un air
important. Un laquais, en superbe livrée à manches
rejetées en arrière, venait offrir des boissons et des
mets de toute sorte. De temps à autre, la jeune
espiègle aux yeux noirs prenait de sa petite main
blanche des friandises ou des fruits et les jetait à la
foule. Une multitude de chevaliers crève-la-faim
tendaient leurs bonnets pour recueillir l'aubaine, et
quelque grand diable de gentilhomme, dont la tête
émergeait de la foule et qui portait une houppelande

rouge défraîchie ornée de galons d'or noircis, parvenant à la saisir avant les autres grâce à ses longs bras, baisait sa prise et la serrait contre son cœur avant de la porter à la bouche. Un faucon, dont la cage d'or était suspendue au balcon, assistait aussi au spectacle : le bec de travers et la patte levée, il considérait attentivement les gens. Mais soudain, une rumeur se répandit dans la foule, et de toutes parts, on entendit crier : « Les voici... les voici... Les Cosaques !... »

Ils allaient tête nue, avec leurs longs toupets ; ils avaient laissé pousser leur barbe. Ils allaient sans montrer de crainte ni d'abattement, mais avec une sorte de fierté tranquille ; leurs vêtements de beau drap étaient usés et pendaient sur eux comme de vétustes haillons ; ils allaient sans regarder la foule, sans la saluer. Ostap marchait en tête.

Que ressentit le vieux Taras lorsqu'il vit son Ostap ? Que se passa-t-il alors dans son cœur ? Perdu dans la foule, il regardait son fils, attentif au moindre de ses mouvements. Déjà, les prisonniers étaient au pied de l'échafaud. Ostap s'arrêta. C'est à lui qu'il revenait de vider en premier ce calice d'amertume. Il regarda ses compagnons, leva la main, et dit d'une voix forte :

« Ô mon Dieu ! Fais que tous les hérétiques qui se trouvent ici rassemblés ne puissent, les impies, entendre souffrir un chrétien ! Que nul d'entre nous ne prononce un seul mot ! »

Puis il s'avança vers l'échafaud.

« Bien, mon petit, bien ! » dit Taras à mi-voix, et il courba sa tête chenue et fixa son regard à terre.

Le bourreau arracha les guenilles qui couvraient Ostap ; on lui lia bras et jambes à des supports préparés à cet effet, et… Mais nous n'allons pas troubler l'esprit des lecteurs en leur faisant un tableau de ces supplices infernaux, propres à faire dresser les cheveux sur la tête. Ils étaient le fruit de ce siècle grossier et féroce, où l'homme menait encore une vie sanguinaire, uniquement faite d'exploits guerriers, qui avaient trempé son âme, mais le rendaient inaccessible au moindre sentiment d'humanité. C'est en vain que de rares voix, isolées au milieu de leur siècle, s'élevaient contre ces atroces procédés. C'est en vain que le roi, ainsi que de nombreux chevaliers, qui avaient l'âme noble et l'esprit éclairé, faisaient valoir que d'aussi cruels châtiments ne pouvaient qu'exciter la soif de vengeance de la nation cosaque. Car l'autorité du roi et des opinions sensées n'était rien, face au désordre et à l'insolente anarchie des hauts dignitaires de la couronne qui, par leur légèreté, leur inconcevable aveuglement, leur vanité puérile et leur orgueil mesquin, avaient transformé la Diète en une caricature de gouvernement. Ostap supportait les tourments et les tortures comme un titan. Il n'eut pas un cri, pas un gémissement, même lorsqu'on eut commencé à lui broyer les os des bras et des jambes, lorsque d'horribles craquements parvinrent, par-delà la foule, jusqu'aux plus lointains spectateurs, lorsque les demoiselles détournèrent les yeux, oui, même alors, ses lèvres ne laissèrent pas échapper l'ombre d'une plainte, et son visage resta impassible. Taras se tenait au milieu de la foule, la tête baissée, et cependant il levait les yeux avec fierté, et disait seulement, d'un ton approbateur : « Bien, petit, bien ! »

Mais lorsqu'on amena Ostap à l'endroit où l'attendaient les ultimes tourments de l'agonie, il sembla que les forces commençaient à lui manquer. Et il promena son regard autour de lui : Seigneur Dieu, rien que des visages inconnus, étrangers ! Si au moins l'un de ses proches avait pu assister à sa mort ! Il n'aurait pas voulu entendre les sanglots et les gémissements de détresse d'une faible mère, ni les hurlements éperdus d'une épouse qui s'arrache les cheveux et frappe sa blanche poitrine : non, ce qu'il aurait voulu entendre en cet instant, c'était un homme au cœur ferme qui, d'une parole sensée, l'eût rafraîchi et consolé à son heure dernière. Et il perdit courage et s'écria, le cœur brisé :

« Père ! Où es-tu ? Entends-tu ?

— Oui, je t'entends ! » Ce cri retentit au milieu du silence général, et fit tressaillir au même instant les milliers de spectateurs.

Une partie des gardes à cheval s'élancèrent dans la foule pour la fouiller. Yankel pâlit comme un linge et, lorsque les cavaliers se furent un peu éloignés, il se retourna avec frayeur pour jeter un coup d'œil à Taras ; mais Taras n'était plus à ses côtés : il ne restait plus trace de sa présence.

XII

On retrouva pourtant les traces de Boulba. Une armée cosaque forte de cent vingt mille hommes apparut aux confins de l'Ukraine. Ce n'était plus

seulement un détachement isolé, une troupe en
quête de butin ou à la poursuite des Tatars. C'était
une nation entière maintenant, car la coupe était
pleine et la patience du peuple à bout, une nation
entière prenant les armes pour venger ses droits
bafoués, ses mœurs honteusement humiliées, la foi
et les rites sacrés de ses ancêtres couverts d'opprobre, ses temples souillés, ses provinces soumises aux
vexations des seigneurs étrangers, leurs populations
opprimées, l'union imposée à son église, et la
honteuse domination de la juiverie en terre chrétienne, bref toutes les avanies qui, s'accumulant à
longueur d'années, emplissaient le cœur des Cosaques d'une haine farouche. Le *hetman* Ostranitsa [41],
jeune, mais plein d'énergie, était à la tête de
l'innombrable armée. Auprès de lui, on apercevait
son compagnon et conseiller Gounia, un Cosaque
chargé d'ans et d'expérience. Huit régiments de
douze mille hommes étaient placés chacun sous les
ordres d'un colonel. Deux aides de camp généraux
et un enseigne général suivaient le *hetman*. Le porte-
drapeau général précédait l'étendard de l'armée ;
des bannières et des étendards en grand nombre
se déployaient au loin ; des cornettes portaient
les enseignes à queue de cheval. Puis venaient les
régiments, avec leurs gradés en tête : les officiers du
train et de la troupe, les secrétaires, suivis des
détachements d'infanterie et de cavalerie ; les volontaires à pied ou à cheval étaient presque aussi
nombreux que les Cosaques du registre. Il en était
venu de partout : de Tchiguirine, de Péréïaslav, de
Batourine, de Gloukhov, de toute la vallée du
Dniepr, en amont et en aval, de toutes les îles. Les

chevaux, les convois de chariots s'étiraient à travers
la plaine en files interminables. Et parmi tous ces
Cosaques, au nombre de ces huit régiments, il y
avait un régiment d'élite, et ce régiment avait à sa
tête Taras Boulba. Tout contribuait à lui donner la
supériorité : son âge avancé, son expérience, son
talent de manœuvrier, et la violence de la haine qu'il
vouait à l'ennemi. Les Cosaques eux-mêmes trouvaient excessives sa cruauté et son implacable féro-
cité. Ses cheveux gris ne connaissaient d'autre châtiment que le feu et la potence, et sa voix, au conseil
de l'armée, ne s'élevait que pour prêcher l'extermi-
nation.

Rien ne sert de décrire tous les combats où se
firent valoir les Cosaques, ni le déroulement progressif de la campagne : tout cela figure dans les
annales du temps. On sait ce que représente en pays
russe une guerre entreprise au nom de la foi. Car il
n'est point de force qui surpasse celle-là. Invincible et
redoutable, elle est pareille au roc qui se dresse au
milieu des flots tumultueux et changeants : du plein
milieu de l'abîme marin, il élève vers les cieux ses
parois infrangibles, lui qui n'est qu'un seul bloc
compact et sans fissures. On le voit de partout, qui
regarde droit dans les yeux les vagues courant à ses
pieds. Et malheur au navire qui viendrait à se briser
sur lui : ses frêles agrès volent en éclats, tout ce
qu'ils supportent sombre et tombe en poussière, et
les cris de détresse des navigateurs engloutis par les
flots retentissent dans l'air figé d'effroi.

Les annales de ce temps[42] racontent en détail
comment les garnisons polonaises furent chassées des
villes délivrées ; comment furent pendus les malhon-

nêtes fermiers juifs ; comment le *hetman* de la
Couronne, Nicolas Potocki, à la tête d'une nombreuses armée, se trouva désarmé devant cette force
invincible ; comment, taillé en pièces, pourchassé, il
noya dans une petite rivière la meilleure part de son
armée ; comment il fut investi dans la petite ville de
Polonnoïé par les redoutables régiments cosaques et
comment, réduit à cette extrémité, le *hetman* polonais promit sous la foi du serment que les Cosaques
trouveraient entière satisfaction auprès du roi et des
fonctionnaires de l'État et se verraient rétablis dans
tous leurs droits et privilèges. Mais les Cosaques
n'étaient pas hommes à s'y laisser prendre : ils
connaissaient la valeur d'un serment polonais. Et
c'en était fait de Potocki : jamais plus il n'aurait
caracolé sur son pur-sang de six mille ducats, attirant
les regards des nobles dames et l'envie des autres
gentilshommes, jamais plus il n'aurait mené grand
bruit dans les diètes et offert de somptueux festins
aux sénateurs si le clergé russe de la petite ville
n'était venu à son secours. Lorsque tous les popes,
revêtus d'éclatantes chasubles dorées, portant des
icônes et des croix, précédés de l'archevêque en
personne, croix en main et mitre pastorale en tête,
sortirent de la ville et allèrent au-devant des Cosaques, ceux-ci courbèrent le front et se découvrirent.
Ils n'auraient cédé à personne en cet instant, pas
même au roi, mais leur église chrétienne leur en
imposa, et ils cédèrent à leur propre clergé. Le
hetman cosaque, avec l'accord des colonels, consentit à délivrer Potocki, après en avoir obtenu le
serment solennel de respecter la liberté de toutes les
églises chrétiennes, d'oublier les anciennes querelles

et de ne pas inquiéter l'armée cosaque. Un seul, parmi les colonels, s'opposa à ce traité de paix, et ce colonel était Taras. Il s'arracha une mèche de cheveux et s'écria :

« Holà, *hetman* et colonels ! Ne vous conduisez pas en bonnes femmes ! Ne faites pas confiance aux Polonais : ils vous trahiront, les chiens ! »

Et lorsque le secrétaire du régiment tendit le traité et que le *hetman* l'eut signé de sa main souveraine, Boulba déceignit sa lame en pur acier de Damas, son précieux sabre turc de la meilleure trempe, le cassa en deux comme un jonc et lança au loin les deux fragments en disant :

« Adieu donc ! De même que les deux moitiés de ce fer ne se rejoindront jamais et ne feront jamais plus un même sabre, de même, camarades, nous ne nous reverrons jamais plus ici-bas. Gardez donc présentes à la mémoire mes paroles d'adieu (et à ces mots sa voix s'éleva, parut grandir toujours davantage, et retentit avec une force que nul ne lui connaissait, et ses paroles prophétiques troublèrent tous les cœurs) : à l'heure de votre mort, vous vous souviendrez de moi. Vous croyez avoir acheté la paix et le repos ; vous croyez que vous resterez les maîtres ? Mais c'est d'une autre façon que vous allez régner : toi, *hetman*, on t'écorchera le crâne, on en bourrera la peau de balle de sarrasin, et on l'exposera longtemps dans les foires ! Et vous non plus, seigneurs, vous ne parviendrez pas à sauver votre tête : vous pourrirez en d'humides caveaux, murés entre des parois de pierre, à moins qu'on ne vous fasse rôtir tout vifs dans des chaudrons, comme des moutons !

« Quant à vous, mes gaillards, continua-t-il en s'adressant à ses hommes, en est-il parmi vous qui veuillent mourir d'une mort qui soit la leur, non pas sur des dessus de poêles ou sur des couchettes de bonnes femmes, non pas ivres morts au coin d'un mur de tripot, comme la dernière des charognes, mais de la mort glorieuse des Cosaques, tous couchés dans un même lit, comme de jeunes mariés ? Ou peut-être préférez-vous retourner chez vous, vous convertir à l'hérésie, et porter sur votre dos des curés polonais ?

— Nous te suivrons, seigneur colonel ! Nous te suivrons ! s'écrièrent tous les hommes du régiment de Taras, et beaucoup d'autres vinrent se joindre à eux.

— Eh bien, puisque vous voulez me suivre, suivez-moi ! » dit Taras, et il enfonça son bonnet sur ses yeux, lança un terrible regard à ceux qui demeuraient, et, se redressant sur son cheval, cria à ses hommes : « Personne, au moins, ne pourra nous insulter par ses reproches. Allons, en avant mes gaillards, allons faire une visite aux catholiques. »

Là-dessus, il cravacha sa monture et partit, suivi d'un convoi de cent chariots et d'un grand nombre de cavaliers et de fantassins cosaques. Tourné sur sa selle, il menaçait du regard tous ceux qui étaient restés, et ce regard était plein de courroux. Personne n'osa l'arrêter. L'armée entière suivait des yeux le régiment qui s'en allait, et Taras, plus d'une fois encore, se retourna, et son regard était toujours chargé de menaces.

Le *hetman* et les colonels étaient profondément troublés. Plongés dans leurs réflexions, ils restèrent

longtemps silencieux, le cœur serré par quelque
lourd pressentiment. Taras n'avait pas parlé à la
légère : ce qu'il avait prédit devait un jour se
réaliser. Peu de temps après, à la suite de la félonie
de Kaniev, le *hetman* eut la tête coupée et hissée au
bout d'une pique, ainsi qu'un grand nombre des plus
hauts dignitaires cosaques[43].

Et Taras ? Taras, avec son régiment, s'en donnait
à cœur joie à travers toute la Pologne ; il avait
incendié dix-huit bourgades et près de quarante
églises, et déjà il approchait de Cracovie. Il avait
massacré nombre de gentilshommes de tout rang,
pillé les plus beaux et les plus riches châteaux ; ses
Cosaques avaient descellé et répandu à terre des
vases d'hydromel et de vins séculaires qui se conservaient intacts dans les caves seigneuriales ; ils avaient
taillé en lambeaux et réduit en cendres les draps
coûteux, les vêtements et les objets de prix qu'ils
trouvaient dans les remises. « N'épargnez rien », ne
faisait que répéter Taras. Et rien n'arrêtait les
Cosaques, pas même les demoiselles aux sourcils de
jais, les jouvencelles aux seins de neige et au teint de
lis. Les autels auprès desquels elles cherchaient
refuge ne leur étaient d'aucun secours : Taras les
livrait aux flammes en même temps que les autels.
Que de fois avait-on vu des bras de neige s'élever des
flammes ardentes et se dresser vers les cieux, tandis
que retentissaient des cris à fendre l'âme, qui
auraient remué l'humide terre et courbé de pitié
l'herbe des steppes. Mais rien ne pouvait émouvoir
les féroces Cosaques : à la pointe de leurs lances, ils
ramassaient les nourrissons en pleine rue et les
jetaient dans les flammes auprès de leurs mères.

« Voilà, Polonais du diable, qui vous servira de
messe à la mémoire d'Ostap ! » se contentait de dire
Taras. Et cette messe, il la célébra dans chaque
localité, jusqu'au jour où le gouvernement polonais
vit que les actes de Taras étaient plus que du simple
brigandage, et confia au même Potocki, placé à la
tête de cinq régiments, la tâche de capturer Taras à
tout prix.

Pendant six jours, empruntant des chemins de
traverse, les Cosaques échappèrent à toutes les
poursuites ; leurs chevaux, harassés par cette fuite
éperdue, parvenaient de justesse à soustraire leurs
cavaliers au péril. Mais Potocki, cette fois, se montra
à la hauteur de sa mission : il les harcela sans relâche
et finit par les atteindre sur les bords du Dniestr, où
Boulba avait occupé, pour faire halte, une forteresse
tombée en ruine et abandonnée.

Cette forteresse, avec son rempart déchiqueté et
ses murailles délabrées, on la voyait surplomber le
précipice que formait à ses pieds le cours du Dniestr.
Des pierrailles, des éclats de briques jonchaient le
sommet de la falaise, qui menaçait à chaque instant
de rompre et de s'ébouler. C'est là que, des deux
côtés qui attenaient à la plaine, le *hetman* de la
Couronne Potocki vint investir Boulba. Quatre jours
durant, les Cosaques luttèrent pour se défendre,
repoussant les assauts au moyen de briques et de
pierres. Mais leurs ressources et leurs forces furent
bientôt à bout, et Taras décida de briser l'encercle-
ment. Et les Cosaques, déjà, avaient percé les rangs
de l'ennemi, et peut-être, une fois de plus, leurs
rapides coursiers les auraient-ils fidèlement servis,
mais Taras, en pleine course, arrêta soudain son

cheval et s'écria : « Halte-là ! J'ai laissé tomber ma pipe et mon tabac. C'est plus que je ne voudrais en abandonner à ces satanés Polonais ! » Et le vieil *ataman* se pencha pour chercher dans l'herbe sa pipe et sa tabatière, ces compagnons inséparables qui, sur terre et sur mer, en campagne et au foyer, ne l'avaient jamais abandonné. C'est alors que survint une bande de Polonais, qui le saisirent par ses bras puissants. Il banda tous ses muscles, mais sans parvenir à culbuter, comme il l'aurait fait jadis, les soldats qui l'avaient empoigné. « Ah, vieillesse, vieillesse ! » gémit-il, et les larmes montèrent aux yeux du robuste Cosaque. Mais la vieillesse n'y était pour rien. Près de trente hommes étaient pendus à ses bras et à ses jambes. « L'oiseau de malheur est pris au piège ! criaient les Polonais. Il ne reste plus qu'à trouver la meilleure façon de lui rendre les honneurs, à ce chien ! » Et l'on décida, avec l'autorisation du *hetman,* de le brûler vif à la vue de tous. Il y avait là un arbre dépouillé, dont la foudre avait abattu la cime. On y attacha Taras au moyen de chaînes de fer, on lui cloua les mains au tronc de l'arbre, en veillant à le placer assez haut pour qu'on pût le voir de partout, et l'on se mit aussitôt à lui préparer un bûcher au pied de l'arbre. Mais ce n'était pas le bûcher que regardait Taras, et il ne pensait pas aux flammes qui allaient le dévorer ; il regardait, ce cher compagnon, dans la direction où l'on apercevait les Cosaques, protégeant leur retraite par des coups de feu ; de la hauteur où on l'avait placé, son regard embrassait tout le champ de bataille.

« Hâtez-vous, mes gaillards, hâtez-vous de pren-

dre position sur la colline, de l'autre côté du bois :
vous y serez à l'abri ! »

Mais le vent emporta ses paroles.

« Ils sont perdus, perdus pour une bagatelle ! »
dit-il avec désespoir et son regard tomba sur le
Dniestr, qui étincelait en contrebas.

« Au rivage, courez au rivage, mes gaillards !
Descendez par le sentier à flanc de roche, sur votre
gauche. Il y a là des barques amarrées au rivage,
prenez-les toutes, pour qu'on ne puisse pas vous
poursuivre. »

Le vent avait tourné et les Cosaques, cette fois-ci,
l'entendirent. Mais un coup de massue vint sur-le-
champ le punir de leur avoir donné ce conseil, et
tout se brouilla devant ses yeux.

Les Cosaques se lancèrent au grand galop sur le
sentier à flanc de roche. Mais les poursuivants sont
déjà sur leurs talons. Le sentier devant eux tourne et
serpente, et décrit de nombreux crochets. « Allons,
camarades, arrive que pourra ! » s'écrient-ils tous en
même temps, et ils s'arrêtent net, lèvent leurs
cravaches, les font siffler, et leurs chevaux tatars
bondissent, se déploient dans l'air comme des ser-
pents, franchissent le précipice et plongent dans les
eaux du Dniestr. Il n'y en eut que deux qui
n'atteignirent pas le fleuve, allèrent s'écraser sur les
pierres, et disparurent à tout jamais avec leurs
chevaux sans avoir eu le temps de proférer un cri. Et
les autres, déjà, atteignaient à la nage les embarcations et commençaient à les détacher. Les Polonais
s'arrêtèrent au bord du précipice, stupéfaits de cet
exploit inouï des Cosaques, et se demandaient s'ils
devaient sauter. Un jeune colonel, au sang vif et

ardent, le frère de la belle Polonaise qui avait
ensorcelé le pauvre André, n'hésita pas un instant
et, éperonnant violemment son cheval, voulut
s'élancer à la poursuite des Cosaques. Il se retourna
trois fois dans les airs avec sa monture et s'écrasa sur
les aspérités de la roche. Les pierres tranchantes le
déchirèrent en morceaux, et il disparut dans le
précipice, tandis que son cerveau mêlé de sang
éclaboussait les buissons qui croissaient sur les
saillies de la falaise.

Lorsque Taras revint à lui et regarda le fleuve, il
vit que les Cosaques avaient déjà pris place dans les
barques et faisaient force de rames ; les balles
pleuvaient autour d'eux mais n'atteignaient personne. Et la joie brilla dans les yeux du vieil *ataman*.

« Adieu, camarades ! leur cria-t-il du haut de la
falaise. Souvenez-vous de moi, et, dès le printemps
prochain, revenez ici pour vous en donner à cœur
joie. Eh bien, vous m'avez pris, Polonais du diable !
Et vous croyez qu'il est rien au monde qui fasse peur
à un Cosaque ? Patience, le temps viendra, oui, il
viendra, ce temps où vous apprendrez à connaître la
foi russe orthodoxe ! Dès à présent les peuples,
proches et lointains, commencent à le pressentir : la
terre russe voit surgir son tsar, son propre tsar, et il
n'est pas de force au monde qui ne doive un jour lui
apporter sa soumission !... »

Et les flammes, déjà, s'élèvent du bûcher, s'en-
roulent autour de ses jambes, vont lécher le tronc de
l'arbre... Mais face à la force russe, est-il des
flammes, est-il des supplices, est-il une force au
monde qui pourra jamais avoir le dessus !

C'est un grand fleuve que le Dniestr, riche en bras

morts, en épaisses jonchaies, en gouffres et en bancs de sable ; le miroir de ses eaux scintille, assourdi par le cri perçant des cygnes, sillonné par le vol rapide de la grèbe orgueilleuse [44], tandis que les courlis, les maubèches au bec rouge et d'innombrables oiseaux de toute espèce se cachent dans ses roseaux et sur ses berges. Les Cosaques voguaient à vive allure dans leurs étroites embarcations à deux gouvernails, ils ramaient en cadence, évitaient prudemment les bancs de sable, faisaient lever des nuées d'oiseaux effarouchés et parlaient de leur *ataman*.

DOSSIER

VIE DE GOGOL
1809-1852

(Les dates sont, sauf indication double, celles du calendrier julien, alors en retard de douze jours sur le grégorien.)

20 mars/1ᵉʳ avril 1809. Naissance à Sorotchintsy (district de Mirgorod, province de Poltava) de Nicolas Vassiliévitch Gogol-Yanovski, fils d'un petit fonctionnaire issu d'une famille ukrainienne de soldats et de prêtres anoblis au XVIIᵉ siècle. Il sera l'aîné de douze enfants, dont seuls survivront avec lui son cadet Ivan et quatre sœurs. Santé fragile.

1809-1821. Enfance à Vassilievka, où son père possède environ 1 200 hectares et 200 « âmes » (paysans et domestiques serfs).

1821-1828. Pensionnaire au lycée de Nièjine, études sans éclat, mais il étonne professeurs et condisciples par ses dons d'imitateur et d'acteur. *Décembre 1828 :* départ pour Pétersbourg pour faire carrière.

1829. Premiers essais littéraires. Il fait imprimer à ses frais un poème romantique, *Hans Küchelgarten* sous un pseudonyme. Mis à mal dans deux revues, il retire lui-même son livre des librairies, brûle tous les exemplaires récupérés et n'en parlera jamais à personne sauf à son ex-condisciple Prokopovitch qui gardera le secret jusqu'en 1852. *En juillet 1829,* départ brusqué pour l'Allemagne en inventant dans une lettre à sa mère une histoire de fuite devant un amour impossible, puis (avec aveu du premier mensonge) une maladie étrange à soigner aux eaux de Travemünde. En *septembre,* retour brusqué à Pétersbourg, chez Prokopovitch.

1830. Emplois successifs au ministère de l'Intérieur (département des Édifices publics), puis au ministère de la Cour (département des Apanages), vie moins besogneuse. En mars *Les Annales de la Patrie* publient sa première nouvelle ukrainienne. *La Nuit de la Saint-Jean*. En automne il tente, sans succès, de se faire admettre comme acteur des Théâtres impériaux.

1831. Il donne quelques articles anonymes et des fragments de nouvelles ukrainiennes dans l'almanach *Fleurs du Nord* publié par Delvig ; celui-ci, ami très proche de Pouchkine, le fait connaître à l'entourage du grand poète : Pletniov (directeur de l' « Institut patriotique » pour filles d'officiers nobles, où il casera Gogol comme professeur), Joukovski (poète en pleine gloire, lecteur de l'impératrice mère et précepteur du tsarévitch). Alexandra Rosset (à partir de 1852 Mme Smirnov, demoiselle d'honneur de l'impératrice, et qui à son tour présentera Gogol à Pouchkine peu après le mariage de celui-ci). Gogol se sent maintenant lancé dans le monde littéraire et dans l'aristocratie ; Pouchkine surtout l'encourage à écrire.

Septembre 1831. Publication du premier volume des *Soirées du hameau près de Dikanka*, nouvelles inspirées du folklore ukrainien, sous le pseudonyme de « Panko le Rouge, éleveur d'abeilles ». *Mars 1832* : publication du deuxième volume. Succès et début de célébrité.

Été 1832. Il fait connaissance de Michel Pogodine, historien, archéologue et homme de lettres proche des slavophiles (début d'une amitié d'abord étroite qui deviendra plus tard de plus en plus orageuse), et par lui, à l'occasion d'un passage à Moscou, de Serge Aksakov (patriarche du slavophilisme) et des milieux littéraires de Moscou.

Automne 1832. Il fait connaissance des milieux littéraires « occidentalistes » de Pétersbourg (Annienkov, et par lui Biélinski, déjà critique influent), mais les fréquente peu. Projet de comédie satirique *(La Croix de Saint-Vladimir)*, qu'il abandonne par crainte de la censure.

1833. Arrêt de sa production littéraire, crise de conscience et crise de vocation. Il croit se découvrir une vocation d'historien, sollicite même une chaire d'histoire à la nouvelle Université de Kiev, soumet au ministre Ouvarov un *Plan d'enseignement de l'histoire universelle*. En *février 1834,* Ouvarov publie son plan dans une revue officielle... mais nomme un autre à la chaire que postulait Gogol.

Été 1834. La Brouille des deux Ivan, écrite en 1832, paraît dans un almanach publié par le libraire Smirdine. Le 24 juillet, Gogol est nommé professeur adjoint d'histoire à l'Université de Pétersbourg. En septembre, leçon inaugurale « Sur le Moyen Age » (apprise par cœur) : intense curiosité de ses auditeurs (parmi lesquels le jeune Ivan Tourguéniev). Grand succès, mais qui ira vite déclinant. Ses leçons se feront de plus en plus courtes et irrégulières ; il est peu à peu abandonné, et même tourné en dérision, par les étudiants. Mais il s'est remis au travail littéraire.

1835. En janvier, publication des *Arabesques,* groupant, avec *La Perspective Nevski, Le Portrait* et *Le Journal d'un fou,* des fragments de nouvelles ukrainiennes, ses leçons à l'Université et des articles de critique et de pédagogie. En mars, publication de *Mirgorod,* « Nouvelles servant de suite aux *Soirées du hameau* » (avec notamment *Taras Boulba* première version). Il remanie et achève *Le Nez* (commencé en 1832), que la revue de Pogodine *(L'Observateur moscovite)* refuse comme « sale et trivial ». En mai il obtient de l'Université un congé de quatre mois « pour raisons de santé » et va passer ses vacances à Vassilievka et en Crimée.

Automne-Hiver 1835. En septembre, Pouchkine lui donne le sujet des *Âmes mortes,* « son propre sujet, dont il voulait tirer un poème ». Dès le 7 octobre, il annonce à Pouchkine que trois chapitres sont déjà écrits, et il lui demande encore un sujet, mais pour une comédie : Pouchkine lui donne le sujet du *Révizor.* Dès le 6 décembre, Gogol annonce à Pogodine qu'il a terminé la comédie (et c'est déjà la deuxième rédaction). Il lui annonce aussi qu'il a « craché ses adieux à l'Université » (« L'Opinion générale est que je me suis fourré dans ce qui n'est pas mon affaire »), mais que désormais l'agitent « de hautes pensées, pleines de vérité et d'une effrayante grandeur... Merci à vous, mes hôtes célestes, qui avez déversé sur moi de divines minutes dans mon étroite mansarde ! »

Janvier-avril 1836. Premières lectures du *Révizor* (et aussi du *Nez*) chez Mme Smirnov et chez Joukovski : grand succès. Pour soustraire *Le Révizor* à la censure, Pouchkine obtient de ses amis qu'ils intercèdent directement au Palais. Nicolas Ier se fait lire la pièce et donne aux Théâtres impériaux l'ordre de la monter sans attendre le visa du censeur.

19 avril 1836. Première représentation, à Pétersbourg, du *Révizor,* en présence du tsar. Grand succès, mais les uns rient comme d'une simple farce, les autres s'enthousiasment (la jeunesse des galeries) ou s'indignent (le haut *tchine* des loges et du parterre) de la satire sociale et presque politique. Une réflexion attribuée au souverain (« Tout le monde en a pris pour son grade, moi le premier ») sauvera la pièce. Gogol a assisté en coulisse, nerveux et mécontent, attentif plus que tout aux réactions hostiles, ulcéré d'être mal compris. Il écrit à ses amis des lettres découragées, et refusera de se rendre à la représentation du *Révizor* à Moscou le 25 mai.

Juin-octobre 1836. Départ pour l'Allemagne (voyages incessants d'une ville à l'autre), puis pour la Suisse (un mois à Genève, un mois à Vevey), début de sa frénésie de déplacements. Il travaille assidûment, et même, à Vevey, allégrement aux *Âmes mortes :* « Je le jure, je vais faire quelque chose qui n'est pas l'œuvre d'un homme ordinaire », écrit-il à Joukovski en lui demandant le secret sauf pour Pouchkine et Pletniov. À Pétersbourg, *Le Contemporain* d'octobre publie *Le Nez,* présenté par Pouchkine lui-même.

Novembre 1836-février 1837. Séjour à Paris (12, place de la Bourse). Il apprécie les promenades, le théâtre, la cuisine des restaurants, mais déteste l'atmosphère politique : « Chacun se préoccupe ici des affaires d'Espagne plus que des siennes propres. » *Les Âmes mortes* avancent : « C'est un Léviathan qui se prépare, écrit-il à Joukovski. Un frisson sacré me parcourt en y pensant... Immensément grande est mon œuvre, et la fin n'en est pas pour bientôt... »

Février 1837. Il apprend chez les Smirnov (alors à Paris) la mort de Pouchkine (blessé en duel le 27 janvier, mort le 29). Profondément affecté, il abandonne un moment tout travail. « Je n'entreprenais rien sans son conseil... Je n'ai pas écrit une ligne sans qu'il fût devant mes yeux... J'ai le devoir de mener à bien le grand ouvrage qu'il m'a fait jurer d'écrire, dont la pensée est son œuvre » écrira-t-il à ses amis.

Mars 1837-juin 1839. Séjour à Rome, sauf l'été (1837 à Baden-Baden, 1838 à Naples). C'est le pontificat de Grégoire XVI, despotisme théocratique dont Gogol, fermé à la politique, goûte l'atmosphère de pieux conservatisme à l'abri des influences étrangères. « C'est la patrie de mon âme, où mon âme a vécu avant ma naissance... Il n'y a vraiment qu'à Rome qu'on prie, ailleurs on fait semblant... » En Russie on s'émeut de ses fréquentations dans l'aristocratie russe convertie, le bruit court même de sa propre conversion. Il se lie avec Stièpane Chèvyriov, professeur et homme de lettres, ami de Pogodine, il fréquente beaucoup les jeunes artistes pensionnés du tsar. Vie besogneuse, recours à des emprunts à ses amis de Pétersbourg et de Moscou, plaintes sur sa santé, travail irrégulier aux *Âmes mortes* avec des alternances d'inspiration et de découragement. Après une visite de Pogodine, il revoit en vue d'une réédition ses œuvres antérieures. Il commence *Annunziata,* nouvelle romaine (qui restera inachevée sous le titre de *Rome*), apologie de l'atmosphère pieuse et conservatrice de la capitale pontificale opposée à la stérile agitation politique et novatrice de Paris.

Juillet-septembre 1839. Saison en Allemagne et en Autriche, fin septembre départ pour la Russie pour s'occuper de ses sœurs qui terminent leurs études à l'Institut patriotique.

Octobre 1839-mai 1840. Séjour en Russie, principalement à Moscou chez Pogodine, fréquentation quotidienne de la famille Aksakov où il est l'objet d'un véritable culte malgré ses sautes d'humeur. En avril 1840, lecture chez Aksakov des chapitres IV, V et VI des *Âmes mortes* : ravissement général, tous déplorent que Gogol s'obstine à vouloir repartir pour Rome. Il part néanmoins le 18 mai, en promettant à ses amis moscovites de revenir « dans un an » avec la première partie des *Âmes mortes* achevée.

Juin-août 1840. Séjour à Vienne, d'abord période d'alacrité, lettres très gaies, première rédaction du *Manteau,* révision de *Taras Boulba.* Mais en août il tombe gravement malade, profonde dépression nerveuse, il écrit son testament et « pour ne pas mourir parmi les Allemands » s'enfuit en Italie. Dès Trieste « je me sentis mieux : le voyage, mon unique remède, avait fait son effet » (lettre postérieure à Pogodine).

Automne 1840-été 1841. Venise, puis Rome où il se remet peu à peu au travail. *Début 1841 :* convalescence et sentiment d'une régénération intérieure. Il se remet aux *Âmes mortes* (révision complète de la première partie et préparation de la seconde) et au *Révizor* (quatrième rédaction). À partir de mars 1841, période d'exaltation créatrice et de foi de plus en plus exaltée en sa « mission » : « Une création étonnante s'accomplit dans mon âme... Ici se manifeste à l'évidence la sainte Volonté de Dieu : pareille inspiration ne vient pas de l'homme... J'ai absolument besoin de la route et du voyage : eux seuls me remettent sur pied... » Et il demande à ses amis de l'aider, d'emprunter pour lui. En juillet deuxième édition (profondément remaniée) du *Révizor,* en août la première partie des *Âmes mortes* est achevée. Il quitte Rome fin août, passe septembre en Allemagne.

Octobre-décembre 1841. Retour en Russie, une semaine à Pétersbourg chez Pletniov, puis à Moscou chez Pogodine. Le 12 novembre, *Les Âmes mortes* sont soumises au comité de censure de Moscou, qui les interdit : le président Golokhvastov s'indigne d'abord du titre (« Jamais ! L'âme est immortelle ! »), puis, quand on lui explique qu'il s'agit d' « âmes » de recensement : « À plus forte raison ! C'est contre le servage ! » ; les censeurs plus jeunes sont aussi révoltés : « Deux roubles et demi l'âme ! On n'admettrait cela ni en France ni en Angleterre ! Aucun étranger ne voudra plus venir chez nous ! »... Gogol écœuré décide de s'adresser à la censure de Pétersbourg, confie ses manuscrits à Biélinski rencontré à l'insu des slavophiles.

Janvier-avril 1842. Attente exaspérée du visa de la censure qui ne sera donné que le 9 mars (avec une trentaine de « corrections » et suppression de l'*Histoire du capitaine Kopéikine*), puis du manuscrit, qui circule à Pétersbourg et ne lui revient que le 5 avril ; il le donne aussitôt à l'impression et refait l'épisode Kopéikine pour le sauver.

21 mai 1842. Sortie des presses des *Âmes mortes.* Déjeuner d'adieu chez Aksakov, il promet la deuxième partie « dans deux ans ». Le *23 mai,* départ de Moscou, dix jours à Pétersbourg, puis départ pour l'Allemagne.

Juillet, août 1842. Cure à Gastein. En juillet, *Le Contemporain* publie *Le Portrait* entièrement refait, véritable manifeste d'une conception apostolique de l'art. le 6/18 août, longue lettre à Aksakov où il parle, avec le style et par moments le vocabulaire slavon de l'homélie, de son projet de pèlerinage en Terre Sainte : « ... Un homme qui ne porte ni capuce ni mitre, qui a fait rire et qui fait rire les hommes, qui persiste encore à considérer comme important de mettre en lumière les choses sans importance et le vide de la vie, un tel homme, n'est-ce pas, il est étrange qu'il entreprenne pareil pèlerinage. Mais... comment savoir s'il n'y a pas, peut-être, un lien secret entre d'une part mon œuvre, entrée au monde au cliquetis de ses hochets par un obscur petit portillon, et non par un victorieux arc de triomphe au fracas de trompettes et d'accords majestueux, et d'autre part ce lointain voyage que je projette ? Et comment savoir s'il n'y a pas un profond et miraculeux lien entre tout cela et toute ma vie, et l'avenir qui s'avance invisible vers nous et que nul ne perçoit... Voilà ce que vous dit l'homme qui fait rire les hommes. »

Septembre 1842-mai 1843. Nouveau séjour à Rome. Il travaille peu aux *Âmes mortes,* mais revoit et refait abondamment ses œuvres antérieures : celles-ci sont publiées à Pétersbourg le 26 janvier 1843, par les soins de Prokopovitch, en quatre volumes (*Âmes mortes* non comprises) ; parmi les inédits : *Le Manteau, Taras Boulba* presque entièrement refait, *Hyménée, Les Joueurs,* etc. « Cette œuvre est ce qui constitue à la minute présente la fierté et l'honneur des lettres russes », écrit Biélinski. Mais la critique en place redouble d'hostilité, et c'est elle que Gogol demande à ses amis de lui faire connaître : « Le blâme et les réprobations me sont extrêmement utiles. » En *février* et *mars 1843,* il demande à ses amis moscovites (Aksakov, Pogodine et Chèvyriov) de prendre ses affaires en charge pour trois ou quatre ans : lui fournir des ressources (6 000 roubles par an en deux fois) pour ses voyages (« ils me sont aussi indispensables que le pain quotidien »), assister sa mère et ses sœurs : « Si vous n'avez pas d'autre ressource, quêtez pour moi... Toutefois je ne dois coûter à personne la privation du nécessaire : je n'en ai pas encore le droit... »

À partir de 1843 et pour trois ans, Gogol, errant à travers l'Europe, disparaît de la scène littéraire russe. On attend en vain la suite des *Âmes mortes :* « Mes œuvres sont si étroitement liées à ma propre formation spirituelle, et j'ai besoin de subir d'abord une si profonde rééducation intérieure, qu'il ne faut pas espérer prochaine la publication de nouveaux ouvrages de moi », écrit-il à Pletniov le 24 septembre/6 octobre 1843. Lectures et pratiques religieuses de plus en plus assidues, invasion du ton religieux et sermonneur dans ses lettres, invitant ses correspondants à se perfectionner comme il le fait lui-même.

Mai-octobre 1843. Incessants déplacements à travers l'Italie, l'Autriche et l'Allemagne, où il retrouve occasionnellement Joukovski (à Francfort, plus tard à Ems) et Mme Smirnov (à Baden-Baden, où il fréquente l'aristocratie russe, notamment le comte Alexandre P. Tolstoï, plus tard procureur du Saint-Synode). Des *Âmes mortes* il évite ou refuse de parler.

Début novembre 1843. Une lettre de Joukovski laisse supposer que Gogol reprend de zéro la seconde partie des *Âmes mortes.* Départ pour Nice.

Hiver 1843-1844. Séjour à Nice chez la comtesse Vielgorski et ses deux filles : il a là un auditoire dévot qui va affirmer sa vocation de directeur de conscience. Il y retrouve aussi Mme Smirnov, et entre eux va commencer une période d'entretiens pieux, puis une correspondance de confesseur à pénitente : à Moscou on fait courir le bruit (peu vraisemblable) d'une liaison amoureuse. Il n'écrit presque plus que ses lettres spirituelles, de plus en plus nombreuses. En *janvier 1844,* il annonce à ses amis de Moscou, comme cadeau de nouvel an, « un remède contre les maux de l'âme » : ils s'attendent à la seconde partie des *Âmes mortes...* et reçoivent chacun une *Imitation de Jésus-Christ,* avec le mode d'emploi : « Lisez chaque jour un chapitre, pas davantage... de préférence après le thé ou le café, afin que l'appétit ne vous distraie pas... »

Mars-décembre 1844. Constants déplacements en Allemagne, été à Ostende. « Je crains le mysticisme comme le feu, et je le vois poindre chez vous ; je crains que l'artiste n'en pâtisse », lui écrit Aksakov. Gogol répond qu'il n'a pas changé et qu'il n'est pas mystique, mais lui demande de lui envoyer des ouvrages d'édification religieuse, œuvres des Pères de l'Église, etc.

Toutes ses lettres de cette époque (qu'il utilisera plus tard dans ses *Passages choisis d'une correspondance avec des amis*) ont le ton du prêche, et c'est alors le plus clair de son travail « littéraire ». *Les Âmes mortes* n'avancent pas : « Le sujet et l'œuvre sont tellement liés à ma formation intérieure que je ne suis pas capable d'écrire hors de ma propre présence et que je dois m'attendre : j'avance — l'œuvre avance aussi ; je m'arrête — elle cesse aussi d'aller » (lettre à son ami le poète Yazykov).

Décembre 1844. De Francfort, il donne à ses amis de Pétersbourg (Pletniov et Prokopovitch) et de Moscou (Aksakov et Chèvyriov) mission d'employer le produit de la vente de ses *Œuvres* en faveur d'étudiants méritants, en secret et sous serment de ne révéler ni le nom du donateur ni ceux des bénéficiaires.

Janvier-février 1843. Trois semaines à Paris comme invité du comte Alexandre P. Tolstoï (Hôtel Westminster, 9, rue de la Paix). Fréquentation quotidienne des offices à l'église russe, lecture d'ouvrages liturgiques et théologiques.

Mars-juin 1845. À Francfort chez Joukovski. Grave crise de dépression nerveuse, au point qu'il rédige le *Testament* qu'il placera en tête des *Passages choisis* (« Qu'on ne m'élève pas de monument... »). Inaction à peu près totale. Le 21 mars/2 avril, une lettre à Mme Smirnov annonce à la fois l'abandon, au moins momentané, des *Âmes mortes* (« Il est impossible de parler des choses saintes si l'on n'a pas commencé par sanctifier sa propre âme... ») et la préparation des *Passages choisis*.

Été 1845. Publication à Paris des *Nouvelles russes par Nicolas Gogol,* traduites par Louis Viardot (et Tourguéniev). Critique élogieuse de Sainte-Beuve dans *La Revue des Deux Mondes.*

Juin-septembre 1845. Consultations médicales et cures d'une ville allemande à l'autre, pratiques religieuses, lectures édifiantes, description de ses maux dans ses lettres. En *juillet 1845,* à l'insu de tous (il ne se révélera que dans les *Passages choisis*), il jette au feu « le travail de cinq ans », c'est-à-dire la seconde partie des *Âmes mortes.*

Automne-hiver 1845. Nouveau départ pour Rome en octobre, convalescence et reprise d'activité (« Rome m'a toujours vivifié et exalté », écrit-il à Mme Smirnov), mise en chantier (toujours très secrète) des *Passages choisis*. Il élude toute allusion aux

Âmes mortes. Au nouvel an, invocations dans son carnet :
« Seigneur, bénissez-moi à l'aube de cette année nouvelle,
faites que je la consacre tout entière à Votre service et au salut
des âmes... Que le Saint-Esprit détruise mes impuretés... »

1846. Exaltation grandissante et nouvelle frénésie des voyages.
En mars il annonce à Joukovski son intention de visiter pendant
l'été toute l'Allemagne, l'Angleterre et la Hollande, en
automne l'Italie, en hiver la Grèce et l'Orient : « Au milieu de
mes crises les plus douloureuses, Dieu m'a récompensé d'instants célestes... J'ai même réussi à écrire quelque chose des
Âmes mortes... Je m'arrangerai pour écrire en route, car on
commence à avoir besoin de mon travail ; le moment approche
où la publication de mon Poème sera d'une nécessité essen-
tielle... » En fait, il ne travaille guère qu'aux *Passages choisis,*
qu'il envoie par cahiers successifs à Pletniov pour les faire
imprimer, en lui demandant le secret absolu (sauf, nécessaire-
ment, pour le censeur). Accessoirement, mais toujours dans le
sens de son apostolat, il écrit une Préface pour une réédition de
la première partie des *Âmes mortes* et un *Dénouement du
Révizor.*

Juillet-octobre 1846. Le « scandale Gogol » éclate dans les milieux
littéraires en Russie. Alors qu'on attend toujours la suite des
Âmes mortes, sa rentrée dans les lettres après trois ans et demi
de silence est un article *Sur l'Odyssée traduite par Joukovski,*
apologie des mœurs patriarcales et diatribe contre les idées
nouvelles. De plus, Pletniov et le censeur n'ont pas gardé le
secret sur les *Passages choisis* et leur tendance piétiste et bien-
pensante. En *octobre* paraît la deuxième édition des *Âmes
mortes* (première partie), avec l'appel *Au lecteur de cet ouvrage*
où il invite toute la Russie à collaborer à son œuvre. Enfin ses
amis des deux capitales sont informés par lui qu'il médite une
nouvelle représentation du *Révizor,* augmentée d'un *Dénouement* « que le spectateur ne s'est pas avisé d'imaginer lui-
même » (et qui tend à donner à la pièce un sens allégorique et
mystique : Khlestakov avatar du Diable), et une quatrième
édition de la comédie « au bénéfice des pauvres », précédée
d'un *Avertissement* associant nommément tous ses amis —
aristocratie pétersbourgeoise et slavophiles moscovites —,
comme collecteurs et répartiteurs, à son entreprise de bienfai-

sance. Consternation de tous ses admirateurs d'autrefois, exultation ironique de tous ses ennemis littéraires. Lui cependant, à Rome en novembre, à Naples en décembre, convaincu de commencer une nouvelle carrière, prend dans ses lettres un ton de plus en plus sûr de lui et du succès à mesure qu'approche la publication des *Passages choisis*. Pourtant, aux premiers échos du scandale, il se ravise au moins pour *Le Révizor* et en fait arrêter la représentation et l'impression.

31 décembre 1846. Les *Passages choisis d'une correspondance avec des amis* paraissent à Pétersbourg ; les interventions de la censure en ont fortement aggravé la tendance réactionnaire et obscurantiste. Rebondissement du scandale : d'anciens détracteurs saluent le retour de Gogol à « de saines idées », d'anciens admirateurs le baptisent Tartuffe Vassiliévitch.

1847. Sa confiance cède de plus en plus au doute, notamment après une lettre sévère reçue en février d'Aksakov : « Pensant servir le Ciel et l'humanité, vous offensez Dieu et l'homme... Ils auront à répondre devant Dieu, ceux qui vous ont encouragé à vous prendre aux pièges de votre propre esprit, de l'orgueil diabolique que vous prenez pour l'humilité chrétienne. » Le 22 février, il écrit de Naples à Joukovski : « L'apparition de mon livre a fait le bruit d'une espèce de gifle : gifle au public, gifle à mes amis, et gifle encore plus forte à moi-même. Je me suis retrouvé comme après un rêve, sentant, tel un écolier fautif, que j'avais fait plus de bêtises que je ne l'avais voulu... » Il persiste pourtant à croire à l'utilité des *Passages choisis,* et surtout des critiques qu'ils déchaînent : « Tous les renseignements que j'ai acquis au prix d'un labeur incroyable sont encore insuffisants pour que *Les Âmes mortes* soient ce qu'elles doivent être », écrit-il au frère de Mme Smirnov en avril ; « voilà pourquoi je suis si avide de savoir ce que les gens disent de mon livre, parce que dans les jugements qu'ils portent, c'est le juge lui-même qui révèle ce qu'il est. » Et il mendie de toutes parts les critiques, surtout les plus sévères, et écrit pour se justifier sa *Confession d'un auteur* (non publiée de son vivant). À partir de juin, nouvelle frénésie de déplacements (Allemagne, Belgique, Côte d'Azur, Italie) à la recherche de l'équilibre nerveux. En juillet-août, pathétique échange de lettres avec Aksakov (« Le livre m'a couvert de honte, dites-vous ; il est vrai, mais je bénis

Dieu pour cette honte ; sans elle je n'aurais pas vu ma malpropreté, mon aveuglement... et je n'aurais pas trouvé l'éclaircissement de bien des choses qu'il m'est indispensable de connaître par mes *Âmes mortes*... »), et avec Biélinski, qui lui écrit de Salzbrünn une lettre très dure, et assez sectaire, où il lui fait honte de ses hymnes à l'Église orthodoxe, à l'autocratie et à l'obscurantisme, et va jusqu'à lui attribuer de bas mobiles d'intérêts : « Les hymnes aux puissances du jour arrangent fort bien la position terrestre du pieux auteur... » Le père Matthieu Konstantinovski, prêtre zélé jusqu'au fanatisme, à qui il a envoyé les *Passages choisis* sur le conseil du comte A. P. Tolstoï, lui a écrit qu' « il aura à répondre de son livre devant Dieu ». Redoublement de pratiques pieuses, préparatifs de départ pour la Terre Sainte.

1848. Fin janvier, départ pour l'Orient : Constantinople, Smyrne, Rhodes, Beyrouth, Jérusalem. Peu de traces dans sa correspondance, sinon expression de sa déception : « J'ai eu le bonheur de communier aux Saintes Espèces placées sur le Saint Sépulcre même comme autel — et je ne suis pas devenu meilleur... À Nazareth, surpris par la pluie, j'ai passé deux jours oubliant que j'étais à Nazareth, exactement comme si ç'avait été un relais de poste en Russie », écrira-t-il en 1850 à Joukovski. En mai retour en Russie, à Vassilievka d'abord, puis visites à Kiev en juin, à Moscou en septembre, à Pétersbourg en octobre (chez les Vielgorski), de nouveau à Moscou (chez Pogodine) de mi-octobre à décembre. Vers la fin de l'année il s'est remis aux *Âmes mortes* : « Avant de reprendre sérieusement la plume je veux m'emplir les oreilles de sons et de paroles russes », écrit-il à Pletniov en novembre. Vers cette époque il confie à Alexandre Boukharev (en religion le moine Théodore) son intention de terminer le « Poème » par la conversion de Tchitchikov à une vie de vertu : ç'aurait été la troisième partie du roman.

1849. Il est hébergé à Moscou chez le comte Alexandre P. Tolstoï : ambiance « de popes [notamment le père Matthieu], de moines, de bigoterie, de superstitions et de mysticisme », juge Aksakov ; mais Gogol est désormais libéré de tout souci matériel, ses droits d'auteur gérés par ses amis servant uniquement à assister sa mère et à alimenter son fonds d'aide aux étudiants. L'été, visites à ses amis à la campagne : chez les Smirnov à Biéguitchèvo, chez les Aksakov à Abramtsèvo : à leur surprise enthousiaste, il y donne lecture du premier chapitre de la deuxième partie des *Âmes mortes,* mais refuse de lire les chapitres suivants déjà rédigés.

Janvier-juin 1850. De nouveau à Moscou chez le comte A. P. Tolstoï. « *Les Âmes mortes* ne sont pas près de leur fin, tout n'est encore qu'en brouillons sauf deux ou trois chapitres », écrit-il à Pletniov en janvier ; pourtant, au même moment, il lit chez Aksakov deux chapitres (le premier entièrement refait et le deuxième) : « Maintenant je suis convaincu que Gogol est capable d'accomplir la tâche dont il semblait parler avec tant d'outrecuidance dans la première partie », écrit Aksakov à son fils. En mai, lecture du chapitre III chez Aksakov de nouveau enthousiasmé. C'est vers cette époque que Gogol semble (d'après un brouillon de lettre dans ses papiers) avoir demandé à la comtesse Vielgorski, sa grande admiratrice depuis 1836, la main de sa fille Anne devenue depuis deux ans sa disciple et confidente, et avoir essuyé un refus : en tout cas ses relations cessent avec les Vielgorski.

Juin-octobre 1850. Voyage au célèbre ermitage d'Optina, où il admire la bienfaisante influence des moines jusque sur les paysans de la région, puis vacances à Vassilievka : travail littéraire le matin, puis dessin, jardinage, botanique. Le 20 août lettre à Mme Smirnov : « Si Dieu me donne l'inspiration, la deuxième partie [des *Âmes mortes*] sera terminée cet hiver. »

Fin octobre 1850-mars 1851. Long séjour à Odessa, chez son lointain parent A. Trochtchinski. Nouvelle période de lectures et pratiques pieuses (« il prie comme un moujik », disent les domestiques du prince Repnine chez qui il fréquente quotidiennement), crises d'abattement et de somnolence. *Les Âmes mortes* avancent lentement.

Printemps-été 1851. Mai à Vassilievka, puis retour à Moscou chez le comte A. P. Tolstoï. Travail plus alerte. Le 24 juin lecture chez Aksakov du chapitre IV. De juillet à septembre, nombreuses visites à ses amis à la campagne. Le 15 juillet, lettre à Pletniov parlant de la préparation du deuxième tome des *Âmes mortes,* et aussi de la réédition de ses *Œuvres* (il le prie de sacrifier son propre exemplaire pour obtenir le visa de la censure : l'édition de 1842 est introuvable, vendue au marché noir, et on fait courir le bruit que la réédition est interdite). Fin juillet, il lit à Chèvyriov sept chapitres achevés des *Âmes mortes*, puis lui demande de n'en parler à personne, même par allusions.

Septembre 1851. Un ami de passage lui fait lire ce que Herzen, à Londres, a écrit à son sujet dans sa brochure (interdite en Russie) « Sur le développement des idées révolutionnaires en Russie » ; Gogol est très ému du rôle de pamphlétaire qui lui est attribué, mais encore plus de l'accusation d'avoir « trahi » les idées qu'il incarnait dans ses œuvres. Nouvelle crise morale et nerveuse : le 22, parti de Moscou pour se rendre à Vassilievka au mariage de sa sœur, dans un brusque accès de mélancolie, il rebrousse chemin à Kalouga, va demander conseil au père Macaire à l'ermitage d'Optina où il passe quatre jours en hésitations, puis rentre à Moscou, avec un bref arrêt à Abramtsèvo chez les Aksakov : « Comme il a l'esprit douloureux et les nerfs à vif ! » note la fille d'Aksakov.

Automne-hiver 1851. Lutte contre le temps pour achever *Les Âmes mortes* et rééditer ses *Œuvres* : « Le temps ne suffit à rien, absolument comme si le Malin le volait », écrit-il à Aksakov. Le 10 octobre, Pletniov lui obtient le visa de la censure pour une réédition de ses *Œuvres* en quatre volumes sans changements : mais Gogol aurait voulu un cinquième volume avec les *Passages choisis* « complètement revus et nettoyés »... Le 20 octobre, Ivan Tourguéniev va le voir chez le comte A. P. Tolstoï : « J'allais le voir comme on va voir un homme extraordinaire, génial, un peu timbré : c'est ainsi que le jugeait alors tout Moscou... J'avais seulement le désir de voir cet homme dont je connaissais l'œuvre autant dire par cœur : il est difficile de faire comprendre la résonance magique qu'avait alors son nom... » Il le trouve très affecté de la diatribe de Herzen.

Janvier 1852. Au nouvel an, il confie au frère de Mme Smirnov que onze chapitres de la deuxième partie des *Âmes mortes* sont terminés. Mais à Aksakov le 9 janvier : « Le temps passe si vite qu'on n'arrive à rien. » À la mi-janvier, la femme de son ami le slavophile Khomiakov, sœur de Yazykov, mère de sept enfants dont un est filleul de Gogol, tombe malade, et meurt en quelques jours (le 26 janvier). Profondément affecté, Gogol parle pendant des jours de cette mort, se désintéresse de son travail, prie et jeûne. Pourtant, le 31, il corrige encore des épreuves avec Chèvyriov.

4-10 février 1852. C'est le Carême. Gogol multiplie les exercices pieux, jeûnes, prières, offices de jour et de nuit à sa paroisse et à l'oratoire privé du comte A. P. Tolstoï. Le 5, le père Matthieu vient le voir, lit la deuxième partie des *Âmes mortes* et en critique rudement certains passages ; il niera avoir dit à Gogol de tout détruire, mais Gogol s'écrie : « Assez ! Je n'en peux plus ! » quand il évoque le Jugement Dernier. Le 7, après avoir communié, Gogol se fait transporter à l'Hôpital de la Transfiguration où est soigné le « fol en Christ » Ivan Koriéïcha, comme pour lui demander son conseil de « voyant » ; il piétine un moment devant la porte dans la neige, hésite, puis repart. Dans la nuit du 8 au 9, il se réveille soudain, fait venir un prêtre et lui demande les derniers sacrements : « il s'est vu mort, il a entendu une voix l'appeler... » Le 9 février, dernière visite à quelques amis, dont Khomiakov.

Nuit du 11 au 12 février 1852. Après un office du soir et une longue prière dans sa chambre, à 3 heures du matin, avec son jeune domestique ukrainien comme seul témoin, Gogol jette au feu tout ce qu'il a déjà écrit pour la deuxième partie des *Âmes mortes,* se signe, va se coucher et pleure. Le jour qui suit, il est si faible qu'on lui fait garder la chambre, dans un fauteuil, et qu'on appelle, malgré lui, les médecins.

13 au 20 février 1852. Longue agonie, selon toute apparence volontaire : refus de toute conversation, de toute nourriture, de tous soins médicaux même quand Chèvyriov le supplie à genoux, même quand les prêtres lui conseillent de les accepter. Le 18, il reçoit en larmes les derniers sacrements et quitte son fauteuil pour le lit, et à partir du 19 les médecins les plus cotés, appelés par le comte Tolstoï, le « soignent » malgré ses plaintes (sangsues, moxas, glace sur la tête, sinapismes, bains froids et jusqu'aux passes magnétiques...). Le 20, il délire.

Jeudi 21 février. Gogol meurt à 8 heures du matin.

22-24 février 1852. Obsèques à l'église de l'Université de Moscou. Levée du corps par quelques hommes de lettres, puis par les étudiants, pendant deux jours défilé devant le cercueil. Le 24, translation, par les étudiants, au monastère Saint-Daniel, au milieu d'une foule considérable. (Le tombeau sera transféré en 1931 au monastère dit des Nouvelles-Vierges.)

Mars 1852. Les autorités impériales ont arrêté la réimpression des *Œuvres* (elles ne seront réédités qu'en 1855, après la mort de Nicolas Ier), et le nom même de Gogol est pratiquement interdit à la presse. Ivan Tourguéniev, pour un article ému publié par les *Nouvelles de Moscou,* est arrêté le 16 avril, gardé à vue un mois et puis exilé dans ses terres.

GUSTAVE AUCOUTURIER

NOTES

Page 31.

1. Il s'agit de l'*Académie slavo-gréco-latine* de Kiev, fondée en 1625 sur le modèle des collèges de jésuites par l'archimandrite du Monastère des grottes de Kiev Pierre Moguila pour combattre l'influence catholique sur l'élite cultivée de la « Russie occidentale » (Ukraine et Biélorussie) sous domination polonaise. À côté du slavon d'église, langue liturgique des Slaves orthodoxes, on y enseignait aussi le grec, le latin et les humanités classiques. Avant même l'annexion de l'Ukraine, ce sera l'une des voies de pénétration de la culture occidentale moderne en Russie. La vie de ses étudiants, séminaristes et *boursaks,* évoquée plus loin (p. 49), a déjà inspiré la verve de Gogol dans *Vii.*

Page 33.

2. *Zaporojié,* littéralement « pays d'au-delà des chutes *(porogui)* » du Dniepr, « no man's land » séparant l'Ukraine polonaise du khanat tatar de Crimée (sous domination turque) qui occupe le littoral de la mer Noire.

Page 35.

3. Les *kobzars,* ou joueurs de *kobza* (guitare ukrainienne à huit cordes, appelée aussi *bandoura*), sont en général de vieux aveugles qui gagnent leur vie en chantant les vieilles chansons épiques ukrainiennes, les *doumy,* transmises par la tradition orale et remontant aux XVIe et XVIIe siècles.

4. L'Union des Églises, plaçant les églises orientales sous l'autorité du pape tout en leur permettant de garder leur rituel

propre, a été acceptée au concile de Brześć (Brest-Litovsk) en octobre 1596 par la majorité des évêques orthodoxes de l'État polono-lituanien, qui ont constitué une Église « Uniate »; mais celle-ci a suscité aussitôt de vives réactions de rejet dans le bas clergé et les « fraternités » constituées par les laïcs orthodoxes de la « Russie occidentale » sous domination polonaise. La *Setch* des Zaporogues est devenue le foyer de cette résistance.

Page 36.

5. *Essaoul :* mot d'origine turque signifiant « exécutant des ordres » et désignant d'abord l'adjoint de l'*ataman*. Au XIXe siècle, ce sera un grade de l'armée cosaque correspondant à celui de capitaine.

6. Le mot *Setch* (en ukrainien *Sitch*) désigne le campement de l'armée zaporogue, et, par extension, toute son organisation militaire. Il signifie étymologiquement « coupe », et semble donc indiquer que ce campement était à l'origine installé au milieu d'une région boisée qui en assurait la protection. Il est situé dans l'île de Khortitsa, sur le Dniepr, depuis le début du XVIIe siècle.

Page 38.

7. XVe siècle : Gogol pense certainement à l'époque qui a donné naissance au « caractère cosaque » en général, et non à celle de Taras en particulier, puisque l'action du récit est située aux environs de 1630.

8. Les Mongols, venus d'Asie par les steppes du nord de la Caspienne, apparaissent en Russie au début du XIIIe siècle (bataille de la Kalka, en 1223). Entre 1237 et 1242, ils saccagent les principautés russes et les placent pour plus de deux siècles sous la domination de la Horde d'or. C'est en 1480 seulement que les grands-ducs de Moscou, fondateurs du nouvel État russe, cesseront de lui verser leur tribut.

Page 39.

9. Le mot polonais *hetman,* venu de l'allemand *hauptmann* par l'intermédiaire du tchèque, est le titre qui désigne le ministre de la guerre et commandant en chef des armées du roi de Pologne (« Hetman de la couronne »). Les « Cosaques du registre », créés au XVIe siècle, seront placés sous son commandement. Au XVIIe

siècle, le chef élu des Cosaques zaporogues prendra lui aussi le titre de Hetman, qui lui sera reconnu par la couronne polonaise. Après son annexion à l'Empire russe, l'Ukraine restera gouvernée par un Hetman, désormais nommé par le tsar dont il tient son autorité. La dignité de Hetman, dernier vestige de l'autonomie ukrainienne, sera abolie par Catherine II en 1764.

Page 40.

10. Le premier contingent de Cosaques « réguliers » (« Cosaques du registre »), créé en 1570, et placé sous l'autorité du Hetman de la couronne, ne comptait que 300 hommes. Sous le roi Étienne Batory (1575-1587), leur nombre passe à 500. En 1625, il sera de 6 000 hommes.

Page 41.

11. Cet appel, ajouté dans la deuxième édition, est emprunté presque littéralement à la « douma » (ballade populaire), « Ivas Konovtchenko », que Gogol a pu lire dans le recueil *Doumy et chansons populaires de Petite-Russie et de Ruthénie,* publié à Saint-Pétersbourg en 1836 par P. Loukachevitch.

Page 46.

12. Les *charovary* (mot d'origine turque), typiques du costume folklorique ukrainien.

Page 49.

13. Voir note 1 de la p. 31.

Page 50.

14. Dans la nouvelle *Viï,* où Gogol a également décrit le milieu de l'Académie slavo-gréco-latine de Kiev, il distingue la *boursa,* c'est-à-dire les pensionnaires, et le *séminaire,* qui comprend les externes logés en pensions privées.

Page 51.

15. Adam Kisel : gentilhomme orthodoxe du grand-duché de Lituanie, gouverneur de Tchernigov, et serviteur dévoué de la couronne de Pologne. Son attachement à l'orthodoxie le qualifie néanmoins pour jouer le rôle d'intermédiaire entre l'autorité royale et les Cosaques, auprès desquels il est nommé en 1636 commissaire du gouvernement.

Page 54.

16. Kovno, en lituanien Kaunas, ville de Lituanie (sur le Niemen).

Page 63.

17. Le *gopak* (en ukrainien *hopak*) est une danse populaire ukrainienne, le *trepak* une danse populaire russe.

Page 64.

18. Petcheritsa (« champignon de couche »), Kozoloup (« écorcheur de chèvre »), Doloto (« ciseau »), Gousty (« l'épais »), Remen (« courroie »), Borodavka (« verrue ») sont des sobriquets à nuance comique.

19. Tolopan et Kizirkmen (ou Kizi-Kermen) sont des forteresses turques sur le bas-Dniepr, dans le khanat de Crimée.

Page 67.

20. *Kochevoï* est formé sur le mot turc *koch,* qui signifie campement.

Page 68.

21. *Kourégne,* sans doute aussi d'origine turque, signifie à l'origine hutte, abri, et par extension ensemble de huttes, quartier d'un camp.

Page 69.

22. La description du châtiment réservé aux meurtriers est tirée de l'*Histoire des Cosaques zaporogues, comment ceux-ci ont jadis commencé, et d'où ils tirent leur origine, et dans quel état ils se trouvent maintenant* du prince Mychetski, parue seulement en 1847, mais que Gogol a pu connaître soit en manuscrit, soit à travers l'ouvrage de Benoît Schérer *Annales de la Petite-Russie* (Paris, 1788) (voir préface, p. 16).

Page 71.

23. *Boussourman* : forme populaire de *musulman.*

Page 72.

24. Dans la scène qui suit, Gogol s'est inspiré de la description donnée par Mychetski (voir p. 69, note 22) du rituel de la

« rada » (conseil) de la Setch pour la déposition et l'élection d'un ataman.

Page 74.

25. Voir p. 64, note 18. Chilo signifie « alène », Balaban « dadais », Tcheravaty « ventru ». Les noms en *-enko* sont des diminutifs ou des patronymes.

Page 80.

26. Natolie : c'est-à-dire de l'Asie Mineure (Anatolie).

Page 82.

27. C'est-à-dire en Ukraine occidentale sous suzeraineté polonaise.

Page 83.

28. L'établissement des Juifs en Pologne, où ils concourent au développement du commerce et des villes, a été favorisé dès le XIVe siècle par le roi Casimir le Grand. En Ukraine, la noblesse polonaise les utilise comme financiers, les chargeant notamment de prélever les impôts : les faits que cite Gogol par la bouche de son personnage, sans doute démesurément grossis par la propagande anticatholique et antipolonaise, sont tirés de l'*Histoire des Ruthènes* du pseudo-Konissky (voir préface, p. 17), qui justifie ainsi les massacres perpétrés par les Cosaques à l'encontre des Juifs.

Page 84.

29. À la différence de *hetman,* mot polonais d'origine allemande qui désigne la fonction militaire suprême dans l'État polonais (voir note 9 de la p. 39, le mot turc *ataman* peut désigner n'importe quel chef de bande.

30. Gogol a trouvé la description de ce supplice dans l'*Histoire des Ruthènes,* où il est infligé au chef cosaque Nalivaïko dont les romantiques (notamment le décembriste Ryléïev) ont fait un héros de l'indépendance ukrainienne. La ressemblance avec la légende antique du taureau de Phalaris, tyran d'Agrigente, incline à penser qu'il s'agit là aussi d'une légende.

Page 88.

31. Traduction du mot russe *tchaïka,* désignant les barques
effilées des Zaporogues.

Page 102.

32. La ville de Doubno semble imaginaire. Son nom rappelle
celui de Loubny, à l'est de Kiev, où ont eu lieu plusieurs
affrontements entre Zaporogues et Polonais, notamment l'une
des batailles livrées par l'ataman Ostranitsa.

Page 109.

33. Gerardo della Notte : surnom du peintre hollandais Gérard
Van Honthorst (1590-1656), disciple du Caravage, qui a travaillé
en Italie, et qui est réputé pour son goût des scènes nocturnes aux
effets de lumière violemment contrastés.

Page 112.

34. Cette description d'un office catholique, ajoutée dans la
deuxième rédaction, porte la marque du premier séjour de Gogol
à Rome, dont l'atmosphère religieuse l'a fortement impressionné
(mars 1837-juin 1839).

Page 115.

35. Le *Boudjak* région côtière de la Moldavie actuelle, entre
l'estuaire du Dniestr et celui du Danube, sous domination turque.

Page 127.

36. Pereïaslav : ville d'Ukraine, au sud-est de Kiev, sur le
Dniepr.

Page 132.

37. Chklov : ville de Biélorussie, sur le haut Dniepr, à l'est de
Minsk.

Page 145.

38. Boulbenko : c'est-à-dire fils de Boulba.

Page 164.

39. Allusion à l'ingénieur et capitaine d'artillerie français au
service du roi de Pologne, Guillaume Le Vasseur de Beauplan,

qui a construit en 1635 la forteresse de Kodak pour surveiller les Zaporogues, et qui a laissé une *Description de l'Ukraine* (Paris, 1650) que Gogol a utilisé (voir préface, p. 15-16).

Page 172.

40. L'histoire du « rénégat par ruse » Mosée Chilo est tirée de la « Douma de Samoïlo Kichka » qui figure dans le recueil de P. Loukachevitch (voir p. 41, note 11). Cependant, la « douma » originale a un caractère beaucoup plus « édifiant » : le héros refuse de se convertir à l'islam ; c'est un Polonais qui joue le rôle du rénégat nommé garde-chiourme, et le héros parvient à le surprendre ivre mort après un festin pour lui subtiliser ses clefs et délivrer ses compagnons de captivité. Au moment d'aborder en terre cosaque, les prisonniers évadés sont sauvés par l'oriflamme marquée de la croix que le héros est parvenu à conserver sur lui pendant ses cinquante-quatre ans de captivité. Ainsi, Gogol met l'accent sur la ruse et la ténacité du héros plutôt que sur l'intransigeance de sa foi.

Page 214.

41. Ostranitsa, cosaque originaire de Poltava, a pris part en 1637 à la révolte de Pavliouk, et s'est réfugié au pays zaporogue après sa défaite. Élu hetman des Zaporogues en 1638, il a battu à deux reprises l'armée polonaise, commandée par Stanislas Potocki, mais, battu à son tour devant Loubny, il se réfugie dans les États de Moscou, où sa trace se perd. L'insurrection continue pendant quelque temps sous la direction de son second Gounia, mais celui-ci ne tarde pas à être écrasé à son tour.

Page 215.

42. Les annales de ce temps : les chroniques ukrainiennes, et surtout l'*Histoire des Ruthènes,* d'où est tiré l'épisode du siège de Polonnoïé.

Page 219.

43. D'après l'*Histoire des Ruthènes,* Ostranitsa, vainqueur de Potocki, aurait conclu avec celui-ci un traité de paix, après lequel il serait parti en pèlerinage à Kaniev, où il aurait été pris par traîtrise pour être emmené et exécuté à Varsovie. Cette version

« hagiographique » n'est pas confirmée par les documents de l'époque (voir note 41 de la p. 214).

Page 224.

44. La grèbe se dit en russe *gogol* : en évoquant cet oiseau, l'auteur semble avoir voulu inscrire sa signature dans le dernier paragraphe de son texte.

M. A.

Impression Bussière Camedan Imprimeries
à Saint-Amand (Cher),
le 20 avril 2000.
Dépôt légal : avril 2000.
1ᵉʳ dépôt légal dans la collection : juin 1991.
Numéro d'imprimeur : 002048/1.
ISBN 2-07-038383-0./Imprimé en France.